新潮文庫

謎の毒親

姫野カオルコ著

新潮社版

11015

謎の毒親　目次

謎の毒親

相談小説

プロローグ
打ち明けてみませんか

新聞や雑誌などにはよく相談のページがあります。人生相談、悩み相談、Q&A、教えて、などといったページです。読者が相談を投稿し、識者が回答します。

こうしたページの相談の、細部がわからないことがありませんか？　読んで我が身と照らし合わせて考えてみたいのに、細部がわからないことがあります。回答なさるほうも助言しづらいのではないでしょうか……。

実は私には子供のころからずっと、どなたかに解いてほしい謎《なぞ》があるのです……。悩みというほどの大事《だいじ》ではないので、とりあえず謎と言います。

私は平凡な境遇に生まれ、平凡に暮らしてまいりました。

平凡は、恵みです。

平凡が恵みであることは、若いじぶんにはわかりません。

若くなくなると心からわかります。

これまで私は痛ましい目にも遭わず、酷《むご》たらしい目にも遭わず暮らして来られました。

そんな私が、相談ページへの投稿を考えたことですから、悩みというレベルではありません。それで謎と。ただし解けば秘宝が得られるとか、美女や美男を救えるとかいったファンタジックなものでもなく……。

内容は……、家庭での出来事です。ずいぶん昔に、他者に打ち明けかけたことが、なきにしもあらずなのですが、一割も話さないうちに口を噤《つぐ》んでしまいました。内容が家のことですから、両親を実際に知る人に話すには憚《はばか》りがあったり、相手にも話をぜんぶ聞く前から強い思い込みがあったりしたのです。

ならば相談ページのような、面識のまったくない相手に訊《き》くのが適切だろう、と思ったものの、こんどはどう説明すればよいのかわからない。内容が小事で、投稿したところで採用されないに決まっている。結局打ち明けずじまいで今日に至ります。

小さいながら数多《あまた》の謎を残した両親でしたが、長患《ながわずら》いの末に父親が先に他界し、母親も長患いの末に昨年他界しました。

二歳か三歳か、日本語を理解できるようになったときから周囲の人に「可愛《かわい》い可愛いの一人子《ひとりっこ》さんやね」「だいじだいじの一人子ちゃんやね」と言われつづけた一人子でしたのに、私は介護をしたとはとても言えぬ、至らぬ子でした。豚児《とんじ》とは私のことです。

父親、母親の順に患っていった二十余年のあいだは、過去をふりかえることを自らに禁じ、新幹線内でも病院でも、自分の心の中を覗《のぞ》くことにはブレーキをかけ、そのときそのときで要せられる病人への対処だけを考えました。

そうして先日の一周忌で、声にはっとしました。

祖父母の葬式、戸籍上の父の葬式、伯母伯父の葬式、実父の葬式、そして去年の母の葬式とは読経《どきょう》の声がちがう。菩提寺《ぼだいじ》のご住職もまた他界により二代が替わり、先日はお孫さんの代の、まだゲームやアイドルに夢中になっていても似合いそうな若い方の読経だったのです。

「なんと若い声だろう」

読経の声に幾星霜《いくせいそう》を、しみじみ感じました。

帰途の「のぞみ」最終列車は、駅から離れるにつれ、車窓からビルがなくなります。

夜の中に灯が点在している。それは家々から洩《も》れる灯です。家の灯です。私が高校を卒業するまで住んだ家も、夜には当然ながら窓から灯が洩れていたでしょう。

（あれは何だったのだろう）

（それに、あれも何だったのだろう）

ずっとわからないままの、いくつかの謎。

（ついに訊けなかった）

ちっぽけなことだけれど、今でもだれかに訊きたい。

けれど法要を一人で仕切ったあと、時速２００㎞の超特急の揺れは体を疲れさせ、ついに訊かずじまいだったように、沈黙のまま私はもどるとベッドにもぐりこんでしまいました。

文容堂書店に行ったのは一周忌のあった週末です。

西武線Ｓ駅からけっこう歩きます。

私の現在の自宅も勤め先も、西武線からは遠い相鉄線沿線なのですが、元上司が退職後に西武線沿線の病院に入院され、見舞ったのです。帰り、ドア付近に立っていた私は、電車がS駅に停まると、駅名にひどくなつかしさをおぼえ、降りてしまいました。

大学生のころ、私はS駅を使って通学していたのです。

下宿していた家が、文容堂書店近くにありました。当時は「パンもノートも売っている本屋さん」でした。コンビニエンスストアがいたるところになかった時代には、本だけでなく、パンや牛乳、ノートやマスク、名札なども置いてある何でも屋のような本屋さんがよく小中学校のそばにあったものです。

ふとS駅で降りた私が、気分を大学生にもどして歩いてたどりついた文容堂書店は、建っている場所は同じでも、すっかり様変わりしていました。四階建ての小ぶりのビルは、一階の一部が書店、それも古書店になっていました。あとは整体マッサージと公文《くもん》書き方教室。階上は賃貸室と、一部が書店主自宅になっているようです。

ただ書店の戸だけは、なつかしい、当時のままでした。自動ドアではなく木枠の引き戸。ガラスに、金色塗料の明朝体《みんちょうたい》で「文容堂」と書かれている。

「大学生のころ、毎日見ていたロゴだ……」

このあたりに住んでいたころ、私は文容堂に行くと『城北新報』なる、壁新聞のような、今でいうならタウンペーパーを愛読していました。

レジスターのわきの壁に貼《は》ってあり、地域の歴史や植物などについて数人が交替で随筆を寄せている。それも手書きで。今でもよくおぼえているのは長谷川博一さんという方の随筆です。へえと感心することがいつも書かれていました。

ただ随筆はたまのことで、たいていはそばの小中学生からの悩み相談でした。「打ち明けてみませんか」と見出しがついて、相談と回答が出ている。随筆筆者が、これも交替で回答していらして、このコーナーがおもしろかったのです。

たとえば、夏休みに偉人伝を読まないとならない小学生が、世界で一番の偉人を教えてくれと相談していたり、身長の低い中学生が、背を高くするにはバスケット部か、なぜか合唱部かどちらに入部するのが効果的かと相談していたり。私はいつも壁の前に突っ立って読んだものです。

文容堂の店番は、たいてい和服というか作務衣《さむえ》を着た男性で、名前は児玉清人。ある日、支払いをするさい、カウンターに「児玉清人様」と書かれた封筒が置いてあり、知りました。

封筒を見て、「あっ、一字ちがい」と口をついて出ました。

俳優の児玉清には、多くの人が「理想のお父さん」のイメージを抱いていたのではないでしょうか。私もそうでした。「お父さん」というのは抽象的なイメージです。

「お母さん」も同様に。「お父さん」なるものは、カール・ブッセの詩のごとく〝山のあなたの空遠くに住んでいると人のいう〟ものであり、現実の父親なるものは、各々《おのおの》の人の各々の父親であると思っていたので、児玉清ではなく児玉清人と、「人」がつくことで、なんだか「あなた（彼方）」が「こなた（此方）」に来たみたいで、一字ちがいと、つい口に出してしまったのです。

「すみません。失礼しました」と不作法を詫《わ》びた私に、一字ちがいの作務衣の人は「よく言われます」と鷹揚《おうよう》でした。

笑顔ではなかった。親しげでもなかった。人によっては無愛想と感じるかもしれない。こちらとの距離を一気に縮めてしまわない。距離を保って、でも、鷹揚でした。ことばを交わしたのはこのていどだったのですが、なつかしい気持ちで、私は様変わりした文容堂のガラス戸を引きました。

「どうぞ」

声だけが書架の向こうから。

入り口近くには、ほぼ新品の学習参考書や問題集、中ほどに実用書、古い映画に関する写真集、さらに奥は書道関係の本でした。そういえば、『城北新報』の手書き文字は、いつもみごとな硬筆でした。

静かです。

レジスター机に広げた何かを、男の人が読んでいました。あ、あの人だ。声なく開く私の口。一字ちがいの児玉さんの髪はおおかた白くなり、皺《しわ》も多く深くなっていましたが、

（おかしいな……）

思いました。経た年月からすれば、もっと老人になっているはずなのに六十代半ばに見えます。

（じゃあ、もっと……）

長い年月を経て気づきました。私がこの書店によく来てたころ、この方は私が思っていたよりずっと若かったのだと。

（顔をよく見てなかったんだ……）

書店の建物の古さ、着ている作務衣、そんなものに目を奪われて肌や髪をよく見ておらず、実年齢よりずいぶん上だと思い込んでいたのでしょう。

「おや」

下向きだった店主の頭が上がりました。

「久しぶりですね」

「……」

私は棒立ちになりました。

当時、私はこの方と、一字ちがいの名前の一件をのぞけば、客として必要最小限のことをしゃべったことがあるだけです。それに、この界隈《かいわい》から引越してずいぶんたっているのです。

おぼえていてくださったのですか。どうしてわかりましたか。もしかして別のどなたかとまちがえておられませんか。平静であったなら、こんなふうなことばが先に出たと思います。

ですが、何十年の歳月を跳び越えて、久しぶりですねと言われた私は、「むかし」をおぼえている人が、自分以外にもいたことに、ものすごくおどろいたのです。

私は幼いころから、会った人やあった事など、「むかし」をよくおぼえているのですが、世の中の多くの人はそうではなく、どんどん捨てていく……。

「稲…先生みたいに、みんな……」

口に出したつもりはなかったのですが、

「イナ先生とは？」

聞き返されました。

「あっ、その、小学校低学年の時の担任の先生です。忘れるのが上手で……」

「そうですか。便利でいいですね」

鷹揚でした。『城北新報』が壁に貼ってあったところのまま。

「あの……、わ、私は……」

何を言おうとするのか、何が言いたいのか……。

「『城北新報』をよく読んでくださっていたでしょう。それでおぼえていたのです」

「……あの新報はまだあるのですか？」

「ありません」

「あったときに私も投稿すればよかった」

私は、手をのばして取りやすいところにあった薄い文庫が、廉価《れんか》なことだけ見て、中身もたしかめもせず、一冊買って、ガラスの戸を引きました。

「またいらして下さい」

書架の向こうから声が聞こえました。

私は、引いた戸を開けたまま、中ほどまでもどり、

「はい」

書架越しに声のみ返すと、Ｓ駅まで、必要もないのに走りました。

それから相鉄線沿線の自室にもどるとすぐに、机に向かい、もうなくなってしまった『城北新報』宛《あて》に筆をとりました。

名札貼り替え事件

拝啓、『城北新報』「打ち明けてみませんか」御担当者様。

「打ち明けてみませんか」欄に出すにはそぐわないかもしれませんが、ままよとPCの電源を入れました。

悩みというよりは、謎《なぞ》です。

両親と私の三人で暮らした家で、へんな出来事にたびたび遭遇しました。ずっと謎で、今でも謎です。ただし、どれもみな瑣末《さまつ》なことです。ちっぽけ過ぎて、どれからどうお話しすればよいのかわかりません。

ですので、名札が貼《は》り替えられた出来事を打ち明けます。家とは直接関係ありません。けれど、この出来事のへんさは、私が家で遭遇した出来事と同質なのです。

＊＊＊＊

『城北新報』の何号かに長谷川博一氏が、【今はペンライトなどというものを点灯させるらしいが、むかしは人気スタアの公演といえば、紙テープが盛んに飛んだものだ】という随筆を寄せておられました。「スター」ではなく「スタア」と書かれていましたよね……。芸能人の公演でなくても、かつては紙テープが、船の見送りにも使われましたし、学校でもいろいろな用途に使われていたものです。

私が小学校2年生のときのことです。

近畿地方のQ市に住んでいました。まだそこにお住まいの方が大勢いらっしゃいますので、プライバシーに配慮して具体的な市名は控えさせていただきます。以下に出す名前も全員仮名です。

私が小2のころのQ市は人口3万余。人口30万以上の都会で生まれ育った方にはおわかりにならないでしょう。これくらいの規模のコミュニティは難儀です。

もっと小規模であれば、牧歌的なゆるさに流れるのですが、これくらいの規模だと、融通《ゆうずう》のきかなさ、旧弊さが強く出てしまい、人目が煩《うるさ》いのです。

私の家は、私鉄Q駅からさらに同私鉄バスですこし行ったところにありました。通っていたのは市立小学校。児童数603人。私は2組で、男児19人、女児18人。担任は稲辺《いなべ》和子《かずこ》先生。

稲辺先生は当時、三十代後半だったでしょうか。日教組に入っておられない方で、組合員の一部の先生方からは、情緒的だと陰で評されることがたびたびありました。組織でも制度でも、およそものごとが改変や改革をされると、その過渡期に乗じてはいいしこく動く人というのがいます。女子師範は出ずに代用教員をしていたところ、過渡期にするりと正教諭になったのだという陰口が、「情緒的」という表現になっているのです。難儀な「町」では、実年齢より老《ふ》けて見える人のことを「落ち着いてはるね」と表現します。そういう、やわらかな口ぶりの刺《とげ》です。日教組に属さず、日教組がとってきたメリットには預かるわけですから。

「稲辺さんは、ちょっと……、情緒的っていうか、その場にいる人の力加減を見て動くとこがある人だろ」

「署名は無理だろうな」

小坪主事と高学年担当の星野先生の会話を聞いたことがあります。

実際にはお二人は、関西方言で話されていましたが、『城北新報』御担当者様には、方言のままですとニュアンスがわかりにくいと存じますので、以下すべて事実ながら、方言の部分についてのみ標準語に直して続けます。

襖《ふすま》が半分開いていました。小坪主事と高学年担当の星野先生が、何かプリントされた紙を、ささっと鞄《かばん》にしまわれるのが、私の位置から見えてしまいました。

小坪主事というのは教育委員会の先生です。学校現場には来られない先生を、なぜ小学生の私が知っていたかというと、若いころの祖父が同会に在籍しており、祖父の一知人として、祖父宅にいらしていたのです。祖父宅は県庁近くの水辺にありましたので、私はボート遊びや魚釣りついでに寄り、そこで小坪主事をお見かけすることが時々あったのです。

「稲辺さんは……」

祖父の家で会う大人の方は、幼稚園や学校で私が存じあげている先生のことを「さん」づけでお呼びになります。それが私には、聞いてはいけなかったものを聞いてしまったような妙な居心地の悪さを与えました。

「……稲辺さんは第二だからね」

第二、というのは第二組合のことです。日教組とどうちがう組織なのか、そうしたことは小学生にはわかりません。ただ小坪主事が星野先生のことを「星野さん」とお呼びになるといやでした。お二人が稲辺先生を「稲辺さん」とお呼びになるのも。その呼び方が嫌いというのではなく、そういう呼び方を耳にすると、どういうふうな顔をして、どういうふうに息をして、そこにいるべきなのかがわからなくて、いやなのでした。

子供心の印象にすぎないかもしれませんが、むかしは今よりずっと日本人の道徳心が強かったように思います。お金持ちであることより、礼儀正しいことや正直であることを敬っていたように思うのです。地方の町に住む、まだ小2の私には、担任の先生という偉い方が「稲辺さん」と呼ばれているのを耳にすると、不謹慎な心地がするのでした。

小坪主事が「稲辺さん」と口にされるのを耳にすると、私はビクッとしました。稲辺先生から叱《しか》られるのではないかとビクッとするのです。

稲辺先生は、何かのはずみで急にお怒りになることがあります。ルールのない状態は、のろまな者には安らげません。その時々の変化に、のろまな者はすみやかに応《こた》えることができません。

私はむかしからのろまでした。

私の脳味噌《のうみそ》は、石でできた車輪のように、ごっとりごっとりとしか回転してくれません。鈍い頭で、一生懸命ああだろうか、こうだろうかと考えているうち、みんなの話題はパッパッパッと変わってしまう。「機を見るに敏」の真逆の、のろまでした。のろい上に、明朗さややさしさを欠いているので、私のことを積極的に嫌っている人もいることを、自分でわかっていました。

ただ、嫌う人はいても複数でかたまっていじめてくる人はいなかった……と当時を記憶しているのですが、のろまさが幸いして、いじめられているのに気づかなかったのかもしれない。

＊

最初に名札が貼り替えられたのは二学期です。

12月12日でした。同じ数字なのでおぼえています。

給食の後。掃除の時間。私は児童昇降口を掃除する班でした。

児童昇降口というのは、全校児童の下駄箱が学年・クラス別にずらりと並んだ、児童用の出入り口です。

簀《す》の子《こ》を上げ、如雨露《じょうろ》で水をまき、掃《は》いて、簀の子をもどし、雑巾《ぞうきん》で拭《ふ》き、下駄箱の側面や天を拭きます。蓋《ふた》はなく、ただ仕切っただけの下駄箱。それぞれに名前が貼ってあります。これが紙テープでした。

紙テープに、稲辺先生がマジックで一人一人、名前を書いて、一枚一枚、糊《のり》で貼ってくださっているのでした。学年共通のクラスの色というのがあり、1組は赤、2組は黄色、3組は緑に色分けされています。私は2組ですから、黄色い紙テープに名前を書いていただいておりました。

稲辺先生はたいへん字のお上手な方です。運動会や卒業式などの重要行事で毛筆で大きな字を書かねばならないおりには、必ず稲辺先生が太筆をさばかれ、みごとな墨文字をお書きになるのでした。下駄箱の名札については、油性マジックできれいな楷《かい》書《しょ》で書いてくださっていました。

掃除もそろそろ終わりかけ、しゃがんでバケツで雑巾をすすいでいた私は、

「あれ？」

手をとめました。

入学時に書いていただいた名札も小2の冬ともなりますと、マジックの黒字も、紙テープの黄色も、色褪《あ》せてきております。しかし人は徐々の変化になかなか気づきません。あることが、もう「むかし」なのだと気づくのは、真新しい状態と並べてつきつけられたときです。

「むかし」を私に気づかせ、手をとめさせたのは、一枚だけ新しい名札でした。

わじ　みつよ。

和治光世は私です。私の名札のみ新しく貼り替えられていたのです。

クラスのほかの子のマジックの文字は褪せているのに、私の名を記す文字だけがはっきり黒い。ほかの子の紙テープの色は褪せているのに、私の名札のみ鮮やかに黄色い。

「……」

靴を入れる所は五十音順で、私の場所は下駄箱の一番下です。さらの名札にうずくまるように目を近づけていると、袖《そで》を引っ張られました。

「ヒカルちゃん、どうしたの？」

「光世」の「光」から、ヒカルちゃんと私は呼ばれています。二学期からこうなりました。

周囲から愛称で呼ばれるのは人気者と相場が決まっています。人気者ではない私は、ずっと苗字《みょうじ》に「さん」を付けて呼ばれていました。国語の時間に「光」という漢字が出てきて、稲辺先生が音読み訓読みのご説明をされるさい、真ん中の前の席だった私に目をとめ、私の名前を例にされたのです。「和治さんは、訓読みするとヒカルヨちゃんです」と。ヒカルヨちゃんという名前のすわりの悪い響きに、教室にどっと笑いがおこりました。その日は一日中、ヒカルヨちゃんと呼ばれていたのですが、長いので、そのうち「ヨ」がとれたというわけです。

袖を引っ張ったのは美和雪子ちゃん。彼女こそ、みんなが自然に「ミワちゃん」と呼ぶ子です。

私は名札を指さしました。

「あっ、なに、これ？　新しくなってる」

ミワちゃんも、名札が新しくなっていることに気づきました。

「ヒカルちゃんが、貼り替えたの？」

「ううん。さわってもいない」

「じゃ、なんで新しいの？」

ミワちゃんは私とは正反対の子です。声が通り、明るく、友だちからも先生方からもだれからも好かれます。のろまで人好きのしない私は、だからこそなのか、ミワちゃんのような子が大好きでした。

「私もなんでだろうと思って見てたの」

「ふうん……」

私たちは並んでしゃがみます。

「これ、きれいだけど、稲辺先生の字とは違うね」

「うん、ちがう」

さらの名札の字は、とても上手な大人の字ですが、教室で、学校行事で、よく知っている稲辺先生の字とは筆蹟《ひっせき》がちがいます。
「ほかの子のはそのままなのに、なんでヒカルちゃんのだけ貼り替わったの？」
私がいちばん訊《き》きたいです。なぜなのでしょうか？
「朝、ヒカルちゃんが学校に来たときは、もう新しかった？」
「朝は変わってなかった……」
……変わっていなかったはずです。朝は大の苦手で、昼以上にぼーっとしています
から、下駄箱の自分の名札などを注意して見もしませんでしたけれど、これだけ真新
しければ、いくらぼんやりの私でも気づいたのではないでしょうか。
「四時間目までは勉強だから、給食のあいだに貼り替えたのかな」
「へんなの。先生に言いなよ、ヒカルちゃん」
「どう言うの？」
都会の小学生は先生に気軽に話しかけられるのでしょうか。小さな町の、しかも私
が小学生のころは、先生とは気軽に話しかけられない存在でした。名札が新しくなっ
たことで何か問題がおきているのならともかく、おきていないのに、軽々しく、なぜ
名札が新しくなったのか、先生はどう思うかなどは訊けません。
「そうだね……、どう言ったらいいのかわからないね」

「そうだよ……」

尻《しり》を上げ、頭は下げ、私たちは名札を凝視します。

「おっかしいなあ。ヒカルちゃんの名札、剥《は》がれかけたりしてた？」

「ううん」

凝視するには、下げた頭の、顎《あご》が簀の子につきそうになるほどの姿勢をとらねばならない位置にある私の場所ですから、名札はほかの子のものより、きれいさが保たれていたくらいです。

姿勢が苦しくなって私たちは立ち上がり、傘立ての鉄枠に腰かけました。

*

ところで。

私は名前について隠していることがあります。

戸籍では、私は和治という苗字ではないのです。

大伯父である日比野義雄のもらい子になっているからです。

日比野の家を継ぐ長男の下には、次男の義雄、三男の和雄がいました。三男が私の血縁の祖父です。二人の女子は他家に嫁ぎ、末子で三男であった和雄も婿《むこ》養子に出て、妻姓を名乗りました。そのすぐ後に、長男が亡《な》くなりまして、次男義雄が家を継ぎました。義雄は子に恵まれず、

とはいえ、私が実父母と暮らす家には「和治」と表札がかかっておりますし、母も和治と名乗っているのですから、私の名札も「和治」と貼られるわけです。

私が実は日比野姓なのは、母の、ある種の抵抗であったのだと、後年に思うに至りました。

「あなたは、本当はね、日比野光世なの」

まだ私がかなり幼いころから、父が数日間不在になると、感情を穏やかにした母は、そう言うのでした。

「だからね、あなたは牢屋《ろうや》に入る人の子ではない。わたしも、よその家からだまされてここに来ただけだから、出て行きさえしたら牢屋に入るような人とは関係ない」

そんなことを言う母は、しかし、ふだんよりずっと温和でたのしそうなのです。

母は敷子というのですが、敷子の言い分を補足いたしますと、私を祖父方本家の子にしたのは、父、和治辰造が戦犯だからなのだそうです。「せんぱんの子にならないようにするためよ」「ぐんのことはぜったい秘密よ」「へいたいさんに徴《と》られたとだけ

言うのよ」などと、敷子は辰造が旧陸軍の士官であったことを伏せよと言いました。

また、「せんぱんのことはいんぺいして、結婚させられた」とも、よく言いました。

小学生のころは意味がわかりませんでしたが、後年に聞いたところによると、ソ連抑留復員兵の助け合い組合のような仕事をされていた某氏が、辰造の釣書《つりがき》を日比野義雄に持っていったさい、二人は彼らなりに濃《こま》やかな配慮をしたのです。戦勝国が和治辰造に一方的に出した決定を、日本が復興せんとする時期には悲しいことであると、和雄（私の祖父）には詳しく言わなかったのでした。

和雄は和雄で、当時にあってはかなり嫁き《い》遅れていた娘（敷子）に、縁談相手として和治辰造を引き合わせました。辰造は辰造で、戦犯であることはみなが承知のことと、敷子と結婚したのでした。結婚してすぐ、敷子は私を産みました。

敷子は、隠蔽《いんぺい》などというオーヴァーな単語を使いましたが、ようは単純で微細な行き違いです。こうした次第を、私は、中学校卒業式の後で、そのときには既にお亡くなりになっていた某氏の奥様から、偶然、伺いました。式の来賓としてお見えになっていたのです。

奥様はひどくためらいながら私にお話しになりましたが、小学生のころには靄《もや》の中で見ていたものを、やっと晴天の下《もと》で見た心地がし、よほどすっきりといたしました。

母はただ父が嫌いだったのでしょう。旧態依然とした田舎町に住む女性にとって、離婚は今とは比較にならないくらい、汚点であり悪いことと見なされていました。当時の女性たちの多くは「離婚すると子供がかわいそうだ」という、ほとんど宗教に近いような意識を持っていました。

戦犯云々《うんぬん》は母にとってさして関係なかったと思います。産んだ子を日比野の家の子と法的に記録することが、離婚したくてもできない母の、(私ではなく)自分が、父から離れられる手段だったのでしょう。些《いささ》か不可思議な思考の仕方ではありますが。辰造が、敷子の屈折した戸籍操作を承知したのは、帰国後の経済的な事情からであって、敷子の感情を慮《おもんぱか》ったのではなかったのでしょう。日比野の家から養育費が出ました。

子のない義雄にとっては、家存続のことも多少は考えたかもしれませんが、大層な家柄ではありません。扶養家族がいることで小さな税金対策としたのでしょう。三者ともに利が一致したのです。

ですが小学生のうちは、こうした工夫が、賄賂《わいろ》だとか脱税といったような、なにやら不正めいた「いんぺい」にひびき、私は母のとった方法について、関わり合いたくないというか、知らないほうがよい、知らないでいたいと望み、母が日ごろには見せぬ晴々とした表情で「あんたは本当は和治じゃない。日比野なのよ」と言い始めると、前にはすわっているものの、よく聞いてはいないのでした。

小学校低学年の子供の耳には、「せんぱん」「りくぐん」という音が、とても怖かったのです。祖父宅で会食があると、必ず『戦友』を歌うお爺《じい》さん（老人）がいました。〝ここはお国を何百里、離れて遠き満州の、赤い夕日に照らされて〟というあの歌です。あの歌の旋律がものすごく悲しく、「せんぱん」「りくぐん」という語音は、あの旋律を思い出させたのです。

なもので、私はなにがなんでも「いんぺい」しなくてはならないと思い、それがかえって「自分の正体は日比野なのだ」「なのに正体をいんぺいしている」と思われ、罪悪感に苛《さいな》まれるのでした。

＊

「ヒカルちゃんの名札、ぜったい剝がれかけてたんだよ。だれか通りかかってこすれて破れてしまったんだよ。その人は、どうしよう、なんとか修理《なお》さないとって思って、新しい名札を貼ってくれたんだよ」

ミワちゃんは推理しました。

「けど……」

誤ってだれかの名札を剝がしてしまったからといって、短い時間に、ちゃんと2組の色である黄色の紙テープを用意して、油性マジックを持ってきて、達筆で名前を書き直し、糊で下駄箱に貼れる小学生がいるでしょうか？

「……この字は、大人の人の字だよ」

六年生のお兄さんお姉さんでも、たぶん中学生でも、こんなに上手な字は書けません。後年からの説明になりますが、稲辺先生の癖のない正確な筆蹟とはまたちがう、ソリッドな美しさのある筆蹟《て》でした。

「家の人に書いてもらったんだよ、きっと」

どうやって？　かりに一時間目の始まる前にうっかり名札を剝がしてしまった子がいたとして、その子はどうやって家の人に、それもちゃんと2組色である黄色い紙テープに油性マジックで私の名前を書いてもらい、また、私の下駄箱に糊で貼っておけたのでしょう？

ミワちゃんの推理はちゃちでした。それはミワちゃん本人もわかっていたはずです。

大人ならおわかりと存じます。子供は好奇心旺盛《おうせい》ですが、きわめて短い時間しか持続しません。ミワちゃんは「名札の謎」に興味をどんどん失っていったのです。

「そうだね。きっとそうだね」

ちゃちな推理に私も同意しました。私もまた子供だったので、疲れてしまいました。

「ミワちゃん、水を捨てに行かないとね。掃除終わりのチャイムが鳴るし」

私はバケツを指さしました。

「ほんとだ。早く捨てに行こう」

私たちは流し場へ行きました。

＊＊＊

三学期。三月。低学年最後の授業は音楽でした。

低学年の音楽の授業はたいてい、音楽室ではなく、各教室でおこなわれます。

〝森は春だよ　厚い上着、さあ脱いで〟

低学年最後に、音楽の授業でうたった歌。明日は終業式で、それが終われば、私たちは中学年になるのです。

「みんな、明日は終業式です。勉強はありません。でもいろいろと家に持って帰らないとならない物があります」

稲辺先生がおっしゃいました。

「ですから、今日は『窓の棚』の木琴を先に持って帰りなさい」

廊下に沿って棚があります。「窓の棚」とみな、そこを呼んでいました。木琴は重く嵩張《かさば》るので、ずっと「窓の棚」に置いてあるのです。

私が通っていた小学校の音楽室には楽器がそう多く備わっておらず、半音の出ない簡易な作りの木琴を、クラスの七割が購入していました。きょうだいのいる子がほとんどだったので、きょうだいで一台といったぐあいに。

木琴は専用のケースに入っています。学校指定の教材店で一括購入するので、みんな同じケースです。70㎝×20㎝×5㎝くらいの平べったい、木琴の形に合わせたものです。蝶番《ちょうつがい》がついていて、ぱかっと大きく開きます。合板で、男子は青地に白のマーブル模様。女子は朱色地に白のマーブル。各自が「窓の棚」からしゅっと抜けるように、ケースは立ててならべていました。

起立・礼をして、私はみんなといっしょに廊下の「窓の棚」に木琴をとりにまいりました。立てたケースの、廊下のほうに向いた5センチ幅の面には、稲辺先生が黄色い紙テープに名前を書いてくださっています。

紙テープの部分を私は注視しました。下駄箱の名札のことを思い出して。ぱかっと開くケースですから、5センチ幅全体に貼ったのでは開けません。開き口を塞《ふさ》いでしまわぬよう半分側だけに、先生は紙テープを貼って下さっています。黄色は褪せてしまっているものの、先生の癖のないきれいな筆蹟で、私の名前が（母いわく嘘《うそ》の名前が）書かれていました。

「ヒカルちゃん、なにぼんやりしてんの。あたしが木琴、とれないよー」

うしろからミワちゃん。

「あ、ごめん」

私は自分の木琴を抜きました。

「そうだ、このあと、ちょっと教室に残って。先生から色画用紙を一枚もらったよ。×子ちゃんとか〇子ちゃんとかで寄せ書きをしようって言ってるの。ヒカルちゃんも書いて」

「うん」

数人の女子でひとつの机をとりかこみ、桃色のきれいな色画用紙に鉛筆で、先生へひとことずつ御礼を書きました。

「じゃ、これ、先生に渡しに行こう」

ミワちゃんがふんわりと画用紙をまるめ、皺《しわ》がよるといけないので、私がミワちゃんの木琴を左手で持ってあげ、右手には自分の木琴と上靴《うわぐつ》入れを持ち、教室を出ました。

「あれ、あんた……」

廊下を歩きかけると、×子ちゃんが私の右手を顎でさして、

「上靴は明日も要るんだよ」

「あっ、ほんとだ」

明日の体育館での終業式には上靴を履かないとならないのに、私は早々に上靴入れを家から持って来て、昇降口を出るときに上靴を持って帰ろうとしていたのでした。

「教室に置いて来なよ」

「ふだんはグズ屋さんなのに、こんなときだけ気が早いんだね」

×子ちゃんや○子ちゃんの笑い声を背に、私は教室にいったんもどり、自分の席の椅子《いす》に上靴入れをひっかけ、また教室を出ました。

「あの上靴入れ、バレリーナの絵がついててすごくかわいいね。ジゼルみたいなチュチュ着ててね。あんなかわいい上靴入れ、どこに売ってたの？」

職員室まで歩いてゆく廊下で×子ちゃんは、私の上靴入れを絶賛してくれました。

「いただきものなの」

両親は共に公務員でしたが各々《おのおの》外郭的団体への赴任でしたので勤務時間は不規則で長く、私は赤ん坊のころからいろいろな方の家に預かってもらっていました。そのうちのお一人が贈ってくださったのです。

「へえ、いつもらったの？」

「一年になるとき。入学祝い」

「そうなんだー。いーなー、いーなー」

×子ちゃんが言うのを聞いたミワちゃんが、

「×子ちゃんも、三年生になるお祝いに誰かからプレゼントしてもらえるかもよー」

と言うと、それを機に、職員室へ向かう女子たちには、自分たちが「中学年」になることへの不安がざわめきました。

「あーあ、三年生になるの、いやだなー」

「そうだねー」

「ほんとだよね」

「やだやだ、中学年なんて」

みんな、中学年になることに対し、否定的でした。

笑えます。今からふりかえると。たかだか小2が小3になるだけのことで重苦しくなって。

おそらくみんな、いやだったわけではないのです。中学年になるということに身構えていただけなのです。

職員室の戸を開けたすぐのところに、水仙が花瓶に活《い》けてあり、一本だけ、花がクキンと曲がってしまっていたのを、私は今でもよくおぼえております。

＊

翌日。３月24日。

体育館での終業式で校歌をうたいました。校長先生のお話のあと教室にもどり、稲辺先生のお話。それから先生から図画の絵やプリントを返していただき、風呂敷に包み、上靴入れを持って児童昇降口に向かいました。下靴に履きかえ、上靴を、バレリーナの絵のついた上靴入れにしまおうとして、

「あれっ」

短いかすれた声が喉《のど》から出ました。

×子ちゃんが「いーなー」と褒めてくれた上靴入れには、隅に、透明な細長いビニ

ールのポケットがあり、そこに名前を書いた小さな紙を入れられるようになっています。紙には、上靴入れをプレゼントしてくださった方が私の名前をわざわざ書いて入れてくださっていました。バランスのちょっと悪い、癖のあるその字を見ると、家の中をばたばたと音をたてて動いていらしたその方の、大きな動作が思い出されました。その紙がポケットから抜かれ、新しい紙に、私の名前が書かれているではありませんか。

（え、え、なんで？　なんで？）

朝には？　朝にはどうだった？　体育館に行く直前は？　びっくりした私は頭の中でぐるぐると時間をもどして止め、止めてもどしましたが、わかりません。登校してから下校しようとする今までの間、上靴入れをしげしげとながめるようなことをしませんでした。すくなくとも昨日の放課後には、紙の字は贈り主の筆蹟でした。寄せ書きを職員室に持っていこうとして回れ右して教室にもどって、急いで自分の椅子に上靴入れをひっかけるとき、名札ポケットをちらりと見ましたから。

終業式を終えた今、別の名札が入っている。しかも達筆です。

（どうだったっけ、どうだったっけ……）

貼り替えられていた下駄箱の名札の字と並べて比べたい。でもできない。中学年では下駄箱の場所が変わるので、昨日の大掃除で、各自が下駄箱の名札を剝がしたのです。

私は突っ立っていました。クラスの子にも稲辺先生にも言えません。クラスの子は帰ってしまったし、稲辺先生は終業式がすんだのだから、もう担任ではありません。わからない。

小学生の私は、本当にわかりませんでした。なにがわからないといって、一番わからなかったのは、このわからなさをどう説明するかです。

（なんで？）

名札はひとりでに替わりません。だれかが替えたのです。なんのために？　名札が替わったからといって、とくに困ることはありません。だからこそわからない。こんなことをする人の目的が。

（なんで替えるの？）

狐《きつね》につままれたように私は通学路を歩いて帰りました。

日が暮れると母親が帰宅しました。私は上靴入れの、名前ポケットの部分を指でさして、紙がすり替わっていたことを伝えました。

「へえ。そういや替わったかしら」

それだけです。母が言ったのは。父には見せませんでした。見せても母と同じようなことだろうと。

＊＊＊＊

春休みは、毎日長い時間、読書をいたしました。偕成社の名探偵ホームズシリーズを。名札がなぜ新しくなったのか、だれがそんなことをしたのか、なんのためにしたのか。有名な名探偵の譚《はなし》を読めば「みごとな推理」というものができるようになるかもと、漠然と思ったのです。当然ながら、できるようになるはずはなく、なんの手がかりも得られませんでした。

きっかけこそ名札の謎でしたが、ひとたび読み始めると、ホームズシリーズの虜《とりこ》になってしまい、やめられなくなったのがじっさいのところです。ほぼ一日一冊のペースで読みました。フーダニットには関心がなかったと言っては言い過ぎなものの、最重要ではありませんでした。

それより雰囲気です。子供向きにアレンジされているとはいっても、ホームズの話すべてにただよう、まだ馬車が走っていた時代のロンドンの雰囲気に魅了されました。

もちろん、もくもくと毎日読んでいたのですから、旧《ふる》い時代の探偵小説における、犯人がだれかをあてるコツは体得しました。まさか、と思う人が犯人なのです。

うたた寝していてカクッと首をゆらせて目をさますように、ホームズシリーズを読みつつも、霧にけむるロンドンからカクッと現実にもどり、私は春休みに何度も下駄箱と上靴入れの名札のことを思いました。「犯人はいったい誰？」と。

誰があんなことをしたのか、何がしたくてあんなことをしたのか？　いつしたのか？　した人のことを「犯人」と呼ぶようになっていました。

「犯人……」

考えていると、誰もいない、まっくらな学校がぼんやりと想像されます。だれもいないまっくらな教室や、児童昇降口……。

私は一度、それを見たことがあるのです。

前任の用務員さんと、私にバレリーナ上靴入れを下さったご夫婦とは知り合いでした。ある日、ご主人のほうが、前用務員さんに何かを届けに行こうとされ、私は玄関先で「いっしょに行く」と、いつになく大きな声を出しました。ご主人がスクーターを運転されるので乗せてもらいたかったのです。

真夜中だった……と、つい最近までそんな印象があったのですが、考えてみれば届けものをするのに真夜中なはずはない。たんに日没が早い季節だったのが幼児には真夜中に感じられたのでしょう。

初めて見る一帯の、真っ暗な空を背景にそびえる小学校の、外壁を白いペンキで塗り上げた校舎は、じっさい以上に大きく大きく、高く高く、私の目に映りました。昇降口は暗く、前用務員さんがストーブがちゃんと消えているかを点検するというので、バレリーナ上靴入れのご主人といっしょについていって見た、真夜中のだれもいない教室は、唸《うな》るように静かでした。

この記憶のせいで、犯人の行動を想像すると、怖い。下駄箱の名札の貼り替えや、上靴入れの名札の差し替えを、もし、犯人が夜中にしていたのだとしたら……。

夜の昇降口でかがみこみ、下駄箱の、狭い狭い部分に紙テープを貼る……。夜の教室で、上靴入れの小さな名札入れからそうっと紙を抜き取り、かわりにどこかで名前を書き直してきた紙をさしこむ……。

夜の学校。真夜中の、肉食獣が口を開いたような、真っ暗な昇降口で……、獲物を呑《の》み込んだあとのように静かな教室で、細かな作業を犯人がしていたのだとしたら、そんなことをもくもくと平気でできる人が、私は怖い。

怖くなって、私は考えることをやめてしまいました。名札のことも、犯人のことも。

****

ホームズシリーズは読んでよかったです。ホームズとワトソンと知り合えたことは、私を、以前より社交的な子にしてくれました。ホームズシリーズに漬かるような二週間を過ごしたために、ロンドンに旅行して来たに似たリフレッシュ効果があったようです。

○子ちゃんや×子ちゃんやミワちゃんたちとあんなに「いやだ」「いやだ」と否定していた中学年でしたのに、いざなってみればなんのことはない。低学年より、はるかにたのしい日々の幕開けでした。

担任の須田顕彰先生のお人柄も影響したかもしれません。物知りのお坊さんでいらしたので、お話の仕方がお上手でした。クラスの子は自然と先生とよくしゃべるようになり、授業中にでも給食の時間にでも掃除の時間にでも、みんなでドッと笑うことが多《お》うなりました。

須田先生は男の先生でいらしたので、音楽と家庭科は女の先生が担当されました。決まっていたわけではないのでしょうが、当時は県内の別の小学校でも、男の先生が担任の場合は、音楽と家庭科は、担任ではない女の先生がそれぞれ受け持ってくださるのが一般的でした。

そこで音楽の時間になるとオルガンのある低学年の教室まで移動します。須田先生のクラスの音楽は稲辺先生の受け持ちでした。

＊

三度目の名札貼り替えがおきました。

小3の、十月に入ってまもない音楽の時間のことです。

クラスで発表会の練習にかかったころです。実りの秋ということで月末に中学年の「学習発表会」があるのです。クラスの半分が歌、残りはハーモニカと木琴。私は木琴係になり、また木琴を廊下の棚に並べることになりました。

「木琴係の人、いちいち持ってくるのは重いでしょうから、学習発表会が終わるまで『窓の棚』を使いなさい。今は空いてるから」

稲辺先生が御指示なさったのですが、もう予想がおつきになられたかと存じます。木琴の名札に異変があったのです。

10月某日。低学年教室に入った私は、まず音楽の教科書を机に置いてから、廊下へ木琴をとりに行こうといたしました。すると、

「はい、ヒカルちゃん。ついでに」

同じく木琴係である美和雪子ちゃんことミワちゃんが、私の木琴も持ってきてくれました。

「これはかたじけない」

私はTV時代劇のお侍さんの口真似《くちまね》をして頭を下げました。この程度のふざけができるほど、中学年になった私は社交性を身につけられていました。

「はいはい、みんな、ちゃっちゃとする。時間をむだにしたらだめよ。歌う人は前に出て。楽器の人は準備オッケーにして」

ぱんぱんと稲辺先生が手を叩《たた》かれます。稲辺先生は「オッケー」などという軽口をたたいておられたかと思うと、たちまち一転して機嫌を悪くされることを、私は低学年のあいだに経験しておりましたので、急いで木琴のケースを開こうとしました。ところが開きません。

「えっ」

私は留め金を確認しました。ちゃんと外れています。

「どうしたの？」

ミワちゃんに訊かれました。

「開かない」

「開かないって？」

ミワちゃんは私の木琴のケースに顔を寄せました。私も寄せました。

名札が、貼り替えられている。まるでついさっき書いたような、黒々としたマジックで、大人の筆蹟で、私の名前が書かれているではありませんか。

それは稲辺先生が貼って下さっていたような黄色い紙テープでしたが、幅がもう少し広く、厚みもあるものです。それがベタッと貼ってありました。開閉部分をまたがるようにベタッと。なものですから、ケースを開かなくさせていたのです。

「先生、これ、開きません」

低学年の時とはちがい、私はすぐに木琴ケースを教卓まで持って行き、先生にお見せしました。開かないから困ったのではなく、名札の謎を、先生のような大人に見ていただきたかったのです。

「だれかが貼ってしまっているんです」

私は訴えました。

「これは……」

稲辺先生は、私が指さしたところに顔を近寄せ、じーっとご覧になりました。

「これはだめよ。こんなふうに、こっちとこっちにまたがるように、全体に貼ったらだめよ」

右の小指を名札にお当てになりました。稲辺先生は、右手の小指の爪《つめ》だけを長くのばしておられます。

「こんなふうに貼ったのは……」

私はどきどきしました。大人の、偉い、先生なら、どう「名推理」をしてくださるでしょう。

「こうしたら開くでしょ」

けれど、稲辺先生は長くのばした小指の爪で、紙の端をカリカリとめくると、べりっと名札を剝がされただけです。

「ほら開いたじゃない。こんなことでグズグズしてないで。さっさと席について準備しなさい」

ケースの5センチ幅の部分には紙が糊で貼られていた痕《あと》が所々に汚く残っただけ。ショックでした。稲辺先生が苛々《いらいら》したお顔をなさったこともですが、なによりショックだったのは先生が何ら謎を解いてくださらなかったこと。名札の異変にまったく関心をお寄せにならなかったこと。

(私の言い方では、何を言おうとしているのかが相手につたわらないんだ)

席についてから、私はうぬぼれから目が醒《さ》めました。

(やっぱりだめなんだ)

身につけられたとよろこんでいた少しの社交性も、相手がミワちゃんのようなやさしい子だから通用するのであって、私のしゃべり方や動作は、やっぱりだめなのだと気落ちしました。それなら、「よし、これからは山でヤッホーと言うくらいの勢いで大きな声を出すぞ」とへこたれずに考えられるいい能力こそ、私が摑《つか》もうとしても摑もうとしても、手からすべり落ちてしまう能力でした。

ひとたび気落ちすると、もしや私の脳には鼻から毒がまわりはじめたのではないかと、日ごろから両親から言われている恐れもまざってきて、木琴の撥《ばち》を握る手が震えてきました。

どきどきして手が震えるときは、必ず腋《わき》の下にひどい汗をかくことを知っていたので、そっとそこに手をあてますと、秋なのにネルシャツが湿っていました。

(どうしよう……)

なにをどうしたいのかわからないけれど、「どうしよう、どうしよう」と思い、撥を鍵盤にふれないようにし、木琴を弾いているふりをして音楽の時間をやりすごしました。

三度目の名札の差し替えのショックと相まって、自分への失望で、自分が無用の土《ど》管《かん》になったようでした。

〝ぼくらは明るく、希望の朝を……〟

すぐ前でクラスの子達が歌っているのに、自分だけ遠いところにいるようでした。

＊

名札が貼り替えられた（すり替えられた）のは、この三回だけです。

私が気落ちしたところで「学習発表会」にはなんの影響もなく、ぶじに終わりました。

やがて木々から葉が落ち北風が吹き、Q駅前の鄙《ひな》びた商店街にクリスマスセールに合わせた飾りがされるようになると、

「二学期も終わりですから、木琴を持って帰りなさい」

学期末の音楽の時間のあと、稲辺先生がおっしゃいました。みなが「窓の棚」から、

それぞれの木琴を抜いていると、

「うれしいわ。美和雪子ちゃんも、――くんも、――ちゃんも、須田先生のクラスになっても、まだ先生が書いてあげた名札を、ちゃんと木琴ケースに貼っといてくれてるのね」

稲辺先生がやってきてにこにこされました。

「えらいえらい。いい中学年になったわね。だれかに貼ってもらった名札を大切にする子は、ものを大切にする責任感の強い児童よ」

低学年時に稲辺先生のクラスだった子もそうでない子も、順に頭をなでてゆかれ、

「見なさい。この子なんかは、びりびりに破ってしまっています」

と、私を指さされました。

＊＊＊＊

以上です。

謎と言うのも口幅《くちはば》ったい出来事です。

子供時代は「むかし」になり、今では私自身も、稲辺先生のように、自分で名札を

破っておきながら、すぐにそれを忘れてしまうようなことをしていることでしょう。それでもこの名札事件は、今でも忘れることができません。今でも奇妙でなりません。つまらぬ出来事なのは重々承知いたしております。解決する必要もなければ、歳月がたちすぎていて、解決できようはずもありません。ただせめて御担当者方の「推理」だけをお伺いしとうございます。

いったい誰が、なんのために、私の名札を書き替え、貼り替えたと思われますか。

敬具

名札貼り替え事件、への回答

——拝復

なんてフシギな事件でしょう。何回も読み直し（名札が変わっていたことに関する部分はとくに）ましたが、フシギきわまりないです。

わたしは、名札を貼り替えたりした人は、貴方《あなた》と同じ学級の人だと思います。同じ学級であるが、貴方とは余り親しくない人が、もっと貴方と親しくなりたくて、したのではないでしょうか。……

＊

このように書き出された「回答」を私は受け取りました。裏側から封筒を見ましたので、「児玉幸子」という名前を見て一瞬わからず、住所の「文容堂」という店名と、表側を見てわかりました。表には赤く濃く「回答」と記されていたからです。

「えっ、本当に来た」

本当に回答が来たとあわてるのは矛盾しています。

先日、自室にもどるなり机に向かった私は、次の日がちょうど仕事が休みだったので、ずっと書き続けました。それはもう堰《せき》を切ったようでした。

食事もせず、書き終えたときには日の出どころか、明るい朝になっていました。

『城北新報』「打ち明けてみませんか」に宛《あ》てたとはいえ、新報はもうないわけです。書いてどうするか考えず、ただ書いたのです。

稲辺先生は二カ月前に名札を破ったこともころりと忘れておられたのに、文容堂の店主さんは、何十年ぶりに会ったのに、何十年前だってとくに交流があったわけではないのに、長いその歳月をポンッと跳び越えるように、おぼえていて下さった。胸がいっぱいになって、堰を切ったように、キーを打つ私の指から「むかし」がどんどんあふれてきたのです。

書き上げると、読み返しもせずプリントアウトして封筒に入れ、受け取ったレシートにあった文容堂の住所を記すなり椅子から立ち、朝日を浴びるポストに投函《とうかん》してしまいました。徹夜による昂奮《こうふん》作用だったのでしょう。

投函後は昏睡《こんすい》しました。起きたときです。自分の奇矯《ききょう》な行動を後悔したのは。「バカなことをして」と恥じました。

けれど次の日になると、「きっと捨てた」と思いました。「城北新報・打ち明けてみませんか御担当者様」と記しましたから、開封したのがどなたであっても、ちらと見て捨てたろうと。あんなに長々と書かれたものが、もうなくなってしまった壁新聞宛に来たら、なにかのまちがいだろうと捨てるはず。そう思ったのです。

ですから、自分で投函しておいて、児玉幸子さんからの回答にあわてたのです。

児玉幸子さんは、文容堂書店のどなたでしょう？　文容堂書店がかつて「パンも売ってる本屋さん」だったころ、三人が交替で店番をしておられました。おばあさん、おじさん、ご親戚《しんせき》、と私には映っていました。おばあさんとおじさんが親子で、ご親戚のご婦人がたまに手伝いに来られていると見ておりました。おじさんが児玉清人さんです。清人さんは、たまに店にいるご婦人に「です・ます体」で話してらして、ご婦人のほうはもっとくだけた口調でしたから、ご婦人は従業員ではないようだからご親戚なのだろうと。

……　あれをした人は、貴方ともっと親しくなりたいのだけど、どうすればよいのかわからなくて、名札を新しいきれいなものに取り替えることで自分をアッピールしたのではないかしらと推理します。

＊

それはそうと、主人（ムコです）から、貴方が久しぶりに店にいらっしゃったと聞いたのですが、わたしも貴方のことをおぼえています。

『城北新報』の新しいやつを壁に貼ろうとしていたとき、スミッコをおさえたり、画《が》鋲《びょう》をわたしてくれたり、手伝ってくださったわよね。そのとき、画鋲のことを「押しピン」と言われたのが、わたしには何のことかわからなくておぼえているのです。ちょっと逸《そ》れますが、「上靴《うわぐつ》」という言い方も、こちらではしません。「上履《うわば》き」のことですよね？　あのころは下の息子が小さく、上の息子にもまだ手がかかり、店も家事も、母とムコにまかせっぱなしでしたが、『城北新報』の清書の大半はわたしがしていたのです。なつかしい。元気だった母は一昨年ぽっくり亡くなりました。古本屋になったけど、また店に来てちょうだいね。

児玉幸子《さちこ》――

では私が、たまに手伝いに来られるご親戚と見ていたご婦人が幸子さんで、おばあさんが幸子さんの御生母、おじさんが婿《むこ》養子の清人さんだったのです。

一昨年にぽっくりお亡くなりになられたとある御生母のすがたを、私はよくおぼえています。白い割烹着《かっぽうぎ》でハタキをかけ売り物を整頓《せいとん》し、小学生客にいつも話しかけられていらした。

＊

だれそれくんが消しゴムをぶつけるだの、だれそれくんが漫画を返してくれないだの、「打ち明けてみませんか」のミニマムな現場に臨《のぞ》んで、割烹着のおばあさんはいつもそれはほがらかに助言をなさっていた。ああ、こんなお祖母《ばあ》ちゃんが自分にもいたらと、ひいては、こんな婦人を実母として成長した人を妬《ねた》ましいほど羨《うらや》んだものです。だから、この店主さんは鷹揚《おうよう》なのだろうと。当時は、割烹着のおばあさんの息子さんが清人さんだと思っていたので。

あの方のもとで育ったのは幸子さんだったのです。そして実家にお婿さんを迎えた。

明朗にもやさしい性格に育ち、そのまま妻となり母となっていかれたのではないでしょうか。力のある筆圧の筆蹟を前に、あらためて私は羨みました。

『わたしには何のことかわからななくておぼえているのです。』

「わからなくて」が「わからななくて」になっている。「幸子」に「さちこ」とよみがなふってありますが、「幸子」と同じくらい大きな字。ながめていると口元がゆるみます。「少しおっちょこちょいでよく笑うやさしい心根の主人公」といったふうの、何かのフィクションの主人公みたいです。

『あれをした人は、貴方ともっと親しくなりたいのだけど、どうすればよいのかわからなくて、名札を新しいきれいなものに取り替えることで自分をアッピールしたのではないかしらと推理します。』

幸子さんがなさったのと同じ推理は、事があった当時、ミワちゃんのお姉さんがされたのと同じです。

いったん貼り替え事件に興味を失くしたミワちゃんですが、夜になってまた思い出し、お姉さんに話したそうです。その回答は、もちろん幸子さんより表現は幼かったものの、主旨としては同じでした。

私ともっと親しくなりたいと思ってくれていたクラスメイトがいたとしたら、とてもうれしいですが、この推理では、小2の子供がどうやって黄色い紙テープを入手し、書き替えて貼り替えたのかがわかりません。

「お姉さんに頼んで書いてもらったのよ、きっと」とミワちゃんは言い、その時は私も、自分で自分にそうだと思わせました。ミワちゃんにとって五歳上の中学生のお姉さんは、ものすごく大人に感じられており、そんな大人は、たとえ筆蹟はちがっていても、稲辺先生レベルの達筆で書ける、と思っていたのだと思います。でも大人の字とはやはり違う。書き替えられていたあの字は、ソリッドな見事な達筆でしたし、そもそも、小学生の子が「黄色い紙テープを買ってくれ」「和治光世と書いてくれ」と頼んできたら、頼まれたほうは「なんのためにそんなことするの？」と問うはずです。問われて「もっと仲良くなりたいから」と答えるでしょうか？　小学生ですから、仮にそう答えたとしましょう。かなりな文字が書けるほどの年長の兄姉なら、ましてや父母なら、仲良くなるのにそんな方法は無意味だと諭すでしょう？

私はつづいて、封筒に入っていた、ホチキスで綴《と》じられた長いほうを読み始めました。

＊

——まずは「回答」から綴《つづ》るのがよろしかろうと存じます。

御「投稿」を拝読いたしまして、しばし妻《さい》と目を丸くしました。お名前の〝光世〟の〝光〟の字からヒカルさんと呼ばれていたとあり、気に入りましたので、倣《なら》ってわたくしもヒカルさんと呼ばせていただくことにいたしますが……、ヒカルさんが繰り返しおっしゃっているように、たしかに小さな出来事です。しかし乍《なが》ら、ふしぎのあまり、名札事件にひきこまれてしまいました。

いったい誰が、何のために？

遠き日の事件ゆえ、真の真相を知ることあたわずでありましょうが、たとえ憶測の域出ずとも、ヒカルさんが納得できる「回答」をお送りしたい、もとい、お贈りしたいと思いました。

回答にあたり、男性からも女性からも、また幅広い年齢の視点からも読むべきと、廃刊後も親交のある『城北新報』を通じての面々に、ヒカルさんの御名前や御住所などは伏せて、計六人で知恵を搾《しぼ》りました。

みな一様に、ふしぎ、ふしぎ、と口から出るのは、ふしぎばかり。

そして、みなそれぞれに、こうではないかああではないかと想像するものの、再びみな一様に、犯人は（このさい、ものものしい呼称を用いますが）子供だと結論しました。子供というのは、ヒカルさんと同じクラスの児童という意味です。

しかし、それでは、どうやって上手に名前を書いたか、どうやって貼ったかなど、作業としての謎が残ります。

そこで、わたくしのみ、犯人＝大人説を考えました。……

＊

ホチキスで綴じられた、児玉清人・文容堂店主さんからの「回答」を、ここまで読んで、私は住宅展示場のモデルハウスに入ったときのように恍惚《こうこつ》としました。

モデルハウス……。家を買う予定もないのに、それどころか家を買いたいと思ったこともないのに、私はモデルハウスに入るのが大好きです。

小学生のころ大きな街に行って、初めてモデルハウスに入ったときの恍惚感といったら。

以来、現在に至るまで、モデルハウスを見つけると入ります。歩いていてふと入るのではなく、ちゃんと展示場を調べて、休日に長い時間をとって入りにいくのです。

モデルハウス……。

入るとじーんと涙がにじむ。

入っているあいだだけ、夢の、夢の、小さいころからぜったいかなわなかった夢の、笑い上戸のママと、怒鳴らないパパのいる家庭。あるいは、ちょっとおっちょこちょいのパパと、どーんとかまえたしっかり者のママのいる家庭。私はそんな家に生まれた子、鼻に毒がまわらないか髪が臭くないかと悩まずに大きくなった人なのだわと、入っている間だけは思っていられる。

お二人からの「回答」は、モデルハウスの恍惚を私に与えたのでした。

＊

……わたくしは、はじめ「犯人＝教諭説」でした。

あなたのお祖父《じい》様のご自宅をよく訪れていた小坪主事や星野先生とは申しませんが、どなたか別の、大人の先生。

個人情報が洩《も》れやすいQ市の体質により、その人は、ヒカルさんの御尊父のご事情（戦犯云々《うんぬん》）や、御母堂の本家分家のご事情（戸籍や名前についてのご事情）を知って、ヒカルさんが悩んでいるのではないかと心配していた。

また稲辺先生の人柄についても、過敏な低学年を担任するには問題があると、快く思っていなかった（逸《そ》れますが、ヒカルさんが随筆を読んでくださっていた長谷川博一氏の息子さんが、稲辺先生のことを「ムカつく」と評され、わたくしも大いに同意します）。

そこで、遠くからがんばれとエールを送るつもりで、稲辺先生の書いた下駄箱や木琴の名札、それにバレリーナの絵付のシューズケースの名札も稲辺先生が書いたと思い、すべて自分で書き直して貼り替えた……。

「犯人＝教諭説」として推理し始めたときは、ふとこう思いました。しかし、これではとてもじゃないが、小学生へのエールにはならない。

そこで、エールというよりは、すこしばかり（いや、かなり）小児愛的嗜好《しこう》の大人の不可思議な愛情表現かと思いました。小学校には先生以外の大人も今より自由に出入りできましたから。だが、それでも腑《ふ》に落ちない。エールにしろ、小児愛表現にしろ、名札を取り替えるというのが、やはりあまりに無意味です。行為者に満足感を与えるとは思われないのです。

ヒカルさんのお母様の戸籍操作なら、お母様ご本人には満足感(ヒカルさんのおっしゃるとおり、些《いささ》かふしぎではありますが)を与える気がいたします。わたくしが児玉姓になることを実父は残念がりましたので、なんとなくご心情は察せられます。

小児愛説ですと、行為者の満足感が重要ですから、相手の持ち物が欲しかったという感覚も考えられなくはないですが、貼り替えると元の名札は剝《は》がれてしまう。だからシューズケースの名札をあらたに入手したのかとも思いましたが、次は木琴ですから、また剝がれてしまう。では、自分が相手の名前を書くことで、それを相手が持っていてくれることで満足する、という感覚なのかもしれません。この説は可能性がなくはありません。

ですが、さらに考え、「犯人=紙テープを持っていた子供」を、わたくしの結論とします。……

＊

「紙テープを持っていた子供……」

ここまで読んで私はハッとしました。私は何十年ものあいだ、名札を剥がしてから、新しい紙テープを入手した、と思い込んでしまっていたのです。逆もあり得ると初めて気づきました。

＊

……わたくしどもの店が文具も扱っていたことから発想したのですが、たしかにかつては、紙テープを飾りなどに使うことがよくありました。よってたとえば、家族の誰かが、何かで紙テープが必要になり一巻《ひとまき》買った。それが余っていた。つまり「手元にもともと紙テープがある状態」だった子もいたはずです。その状態にあった子をXちゃんとしましょう。

Xちゃんは、同じクラスのヒカルちゃんを遠くから羨ましく思っていた。本人が嫌っている自身の要素は、他人には羨ましい要素に映る可能性があるのです。Xちゃんはそうだった。羨ましさの裏返しで憎たらしさも心中に芽生えた。愛憎は裏表です。

ある日、なにかのきっかけで、ヒカルちゃんの行動か発言に反感をおぼえた。それはヒカルちゃんのXちゃんへの悪意からくるものではなかったのですが、Xちゃんのヒカルちゃんに対する感情は愛憎ですから、ちょっとしたことで刺激されます。Xちゃんは反感から、ヒカルちゃんの下駄箱の名札を剝がしてしまった。剝がしてから、なぜこんなことをしてしまったのかと後悔した。なんとかしないといけない。そこで、お父さんかお母さんに、掃除の時間に誤って剝がしてしまったなどと、適当な言いわけをして、家にあった黄色いテープに名前を書き直してもらい、翌日には糊持参で早々と登校し人目のないときを見計らって貼り直した。ところが、このときは深く反省したにもかかわらず、そこは小学生なので、ヒカルちゃんの言動に対する同様の反応を繰り返してしまい、同様の事後処置をした。

Xちゃんの性別については男女ともに考えられます。小学校低学年ですと、同性に対する憧《あこが》れも、異性に対する好意も、まだ心の中の同じ部分に涌《わ》きますから。……

＊

私は手を打ちました。

小児愛説も、もともと手元に黄色い紙テープがあった子説も、真相ではないかもしれません。しかし、どちらも、ともかくも納得できます。真相を知ることあたわぬなら、納得できる想像を得られたことで、私はようやく……なんといえばいいでしょうか、拭《ふ》き掃除ができたような気持ちでした。掃除しなくてはと長く気にしていた棚を、やっと拭き掃除できた気持ち。

＊

……さて、先日は、会ったとも言えぬほどの短い時間ではありましたが、久しぶりにお目にかかれて幸いでした。

『城北新報』の発端は、当店そばの中学校の保健室の先生が、生徒が悩みをそっと（気軽に）打ち明けられる場を作りたいと、家内に持ちかけられたことからです。家内とその先生は幼なじみです。

学校内に貼ると、どうしても「学校」「先生」という堅苦しさから本音を明かせないのではないか、文容堂なら向かいに小学校もあってちょうどいい場所ではないかと、最初は藁半紙《わらばんし》一枚に、ご自分が聞いた子供の悩みと、それへの回答を書かれてきたのです。藁半紙ですと面が小さいので、大きな紙に妻《さい》が書き直していました。

ときどき、保健室の先生のお知り合いや、わたくしどものお知り合いが、随想を発表することもあって、そういうときには各人が手書きして拙宅に持ってくる、それを不定期に貼り出していたのです。

しかし「打ち明けてみませんか」のコーナーが、どれほど児童生徒の役に立っているのかはわかりかねましたし、随想にいたっては、インターネットなどなかったころのブログ代わりでした。

模造紙に手書きですから、とくに製作費もかからず、貼るだけならと貼っていたのです。

あのころは、親類や縁故の大学生を下宿させておられる広いお家もわりにあり、小店顧客の一部は青年層だったのですが、『城北新報』をいつも熱心に読んでくださる(長谷川博一氏の名前をいまだにおぼえていてくださるほど)珍しい学生さんということで、わたくしどももも、お名前を存じあげぬままヒカルさんのことはよくおぼえていたのです。外見が当時とほとんどお変わりになっていないので、一目見てわかりました。

お元気でお過ごしだったことを、まことにうれしく思います。

ビルになったことでおわかりのとおり、古本屋業は開店休業に等しく、わたくしの書斎のようになっております。ですから何もお買いにならなくてもかまいませんので、過日に申し上げましたとおり、ぜひまたいらしてください。

児玉清人――

追伸／わたくしの名前は、きよんど、と読みます。

＊

読み終えたあと、長いこと私はぺたんと床にすわっていました。十数枚にわたる「回答」を膝《ひざ》に広げたまま。

恐怖の虫館

先日は長い電話になってしまい、すみません。発作的に投函《とうかん》してしまった「投稿」ですのに、あのようにご「回答」いただき本当にありがたかったのです。本当にすみません。すみませんすみませんと言うなとおっしゃってくださいました。すみません、やりなおします。『城北新報』のあのコーナーに出すと思って、やりなおします。

拝啓。

今でもわからない家の謎《なぞ》について、今日は直接ふれます。

県内での何度かの引越しのあと、両親はO市に土地を買って家を建てました。農家の多い町でしたので、私が小学生のころにはまだ一般住宅にコンクリート建築は少なく、「よかったねえ、こんなテッキンの、大きな家にお父さんお母さんといっしょに住めるようになって」

とバレリーナの絵の上靴入れをくださったご夫婦は、その入学祝いを私にわたしながら言われたものです。

「テッキンの、あんな広い家だと走り回れるだろうに、あんた体育がダメね」

子供の遠慮のなさで言う同級生もいました。言われたこちらも、言った相手を「この子は威張り屋」と、子供の一刀《いっとう》で聞いているので不快感はさしてなく、それよりテッキンというのが人目をひく、なにかよいことのように他人が言うのがへんな心地がしました。外から見ている人には大きく映ったのかもしれませんが、内にいる者には狭い狭い家でした。そして怖い家でした。

暗喩《あんゆ》ではありません。前回の投稿（名札事件）のとおり、たしかに最初からボタンがかけ違っていたらしい両親でしたが、私が今回の投稿で狭いと申しますのは、文字通り、建物としてです。

動線、採光、通風、水はけについての考慮が浅い設計でした。そこに物がぎっしりつまり、狭くて暮らしにくい家屋だったのです。

狭いうえに、ものすごく虫が多かった。ムカデ、ゲジゲジ、ゴキブリ、蚊、アブ、蠅《はえ》、ミミズ、蜘蛛《くも》。こうしたものが、大袈裟《おおげさ》な表現ではなく、うようよいました。寝ようとして布団《ふとん》をめくると、ゲジゲジが三匹も、長い足を動かしていたりしました。勉強机に向かってノートを広げていると蜘蛛が白い面に這《は》ってきたりしました。学校でランドセルを開けると、アブが飛び出してきたりしました。

夜中に足に痛みをおぼえて起きると、剛毛の毛虫が太腿《ふともも》の内側にはりついていたりしました。

ハンカチ、シャツ、タオル、洗濯したものでも新品でも、ゴキブリの卵がついているので常に点検しないとなりませんでした。都会育ちの方はゴキブリの卵を見たことがないかもしれません。小豆《あずき》にそっくりで、だから私はお汁粉や赤飯などを前にすると先《ま》ずゴキブリを思い出します。

すごく気持ちの悪い家でした。怖かった。なぜあんなに虫が多かったのだろう。いたるところに虫、虫、虫、虫。

前回の投稿のとおり、いろいろな方に預けられたため、いろいろな家屋に住んだ私です。預かって下さった家ではこんなことはなかった。預かり手は全員、同県の方ですから地域差ではないはずです。

とすれば虫スポットだったのか。虫スポットというのは造語です。沼地や湿原ではないのに、ぽこっとスポット的に水が溜《た》まるような場所がありますでしょう？　そういうところみたいに、両親が買った土地は虫スポットだったのかもしれない……。あるいは水はけを悪くする設計が、虫が棲《す》むのに心地よい環境をつくったとか……。

地質的、生物的、建築的、なにか理由があったのでしょうが、小学生の私は、いえ、中学生高校生になっても、節足動物の見た目の形状、そしておびただしい数に、怖気《おぞけ》を震いました。

虫には分類されませんが、蛇《へび》も多かった。「大きな庭に木がたくさんあって、すてきねえ」と言ってくださる方もいた庭でしたが、庭を歩くのにも私はびくびくしていました。

山桜桃《ゆすらうめ》を採ってこいと言われ、夕暮れどきに庭に出る。あれ、風でどこかからリボンが飛んできたのかなと、黒と橙《だいだい》色のツートンに顔を向けると、にゅるりと動いて蛇だとわかるときの、あの怖さ。

薔薇《ばら》、欅《けやき》、水仙、ユーカリなど、庭には何種類かの花、木がありましたが、父親が寝ている部屋のそばに枇杷《びわ》が根付き、テラスに葡萄《ぶどう》がからまっていました。枇杷と葡萄について、

「枇杷は病人の呻《うめ》き声を聞いて育つ」

「葡萄は家を滅ぼす」

と言われる方がいました。その方にしてみれば、両親が仕事で帰宅が遅いため、ひとりで家の前でボール遊びなどをしている子供の私に、さして深い意図なく迷信を口にされただけなのでしょうが、「病人の呻き声を聞いて」とか「滅ぼす」とか響きが

不気味で、恐怖を煽《あお》りました。

非科学的な迷信を怖がる子供の心理がいつまで持続して作用していたかはわかりません。ただ小学生のうちは確実に、常に心のどこかで作用していたような気がします。

歯医者さんの待合室にあったグラフ雑誌で見た往年の大女優に顔が似ていたので、私が（ひとりで勝手に）高峰三枝子さんと呼んでいた、町の有力者夫人がいます。

ある日、担任の須田顕彰先生に用事をことづかって校長室に行くと、高峰三枝子さんが校長先生とお話をされていました。

「あら、あなた……」

高峰三枝子さんのお嬢さんとは年が近いので、何度もお屋敷に伺ったことがありますから、夫人は私に気づかれ、私もお辞儀をいたしました。

「あなたのお家、葡萄を植えてあるでしょ……」

夫人がいきなり、私の家の葡萄の話をされたのは、校長先生となにか木々にまつわる話をされていたのでしょう。

「はい」

「葡萄の木を家に植えるのはよくないわ。葡萄を植えた家はね、その家の子の能力を……能力ってわからないかしら、いいところのことね、それを縛りつけてしまうから、本来のびるはずの頭がのびなくて、成績がよくならないのよ」

この断言は、このときに聞いた以外、他で耳にしたことはありません。ですが似たようなことは、後年にも読んだり聞いたりしましたから、高峰三枝子さんも、ご自身がどこかで聞いたことをうろおぼえのまま、このとき私に言ったように思い込んでいらしていたのではないでしょうか。

「家に帰ったら家の人に、葡萄の木を切ってって頼むといいわよ」

「……はい」

夫人はきれいにきれいにお化粧をされていました。いつもきれいにされていましたが、この日、校長室にいらしたときは、いつにも増してお化粧もお着物もおきれいでした。そんな高峰三枝子さんに言われ、私は青ざめて校長室から下がりました。

心臓がどきどきしました。

(そうなんだ。葡萄は私の頭をのびなくするんだ……。成績をよくならなくするんだ……)

納得してしまったのです。場所は校長室、そこで高峰三枝子さんに言われると、つねづね母親から言われていることが裏付けされた、と思ったのです。

つねづね母親は私に言うのです。

「あんたは、わたしが年をとって産んだ子だから悪い遺伝をしている。もっと早く産んでたら脳がよい遺伝をしたけれど、遅くできた子だから劣った遺伝をした」と。母親は、当時としては晩婚の有職婦人でしたから、出産も遅かった。初めての出産にあたっての不安で、どこかで古いあやふやな知識を仕入れてしまったのかもしれない。あるいは祖母（母の母）が、自分の娘敷子を気遣うつもりで、敷子よりさらに古い時代の情報をつたえてしまったのかもしれない。理由はわかりませんが、敷子の、娘（私）に対する「年をとって産んだ子だから悪い遺伝をしている云々《うんぬん》」という発言には悪気はないのです。

今の年齢になったから感じるのではありません。小学生当時からそう感じていました。母親に悪気はないと。高峰三枝子さんからも、私は悪気を感じませんでした。

ただ、子供ですから、大人から受けた言葉は「絶対」で、絶対の言葉が伝えることも「絶対」です。発言者に悪気は感じずとも、発言内容に恐怖を感じるのです。

自分は悪い遺伝をして脳が劣っている。葡萄が家に植わっているから成績がのびない。幼いころから私の耳にはいつも、どこかからこうした呪文《じゅもん》が聞こえました。劣った脳の成績ののびない自分を、私は嫌いになってゆきました。ひたひた、ひたひたと雨漏《あまも》り水が石に窪《くぼ》みを作るように、ゆっくり時間をかけて、深く。

＊＊＊＊

母親は人を、よくナメクジにたとえました。

私が小学生だったころ第百生命に加入していて、その積立金は第百レディ（顧客訪問係）が定期的に集金に来てくださっていました。

その方は、四十代とお見受けいたしました。外回り営業職にはめずらしい、もの静かな、線の細い、体つきもほっそりとした方で、私は、何かでおぼえたばかりの「はかなげ」という語で、その第百レディさんを形容しました。

でも母親は、その方をナメクジにたとえるのです。

「そうお？　いつもうつむいてて、ナメクジのような人じゃない」

と。第百レディさんのほかにも、母親からナメクジにたとえられた女性がいました。

松浦《まつうら》さんという方です。

私は松浦さんの生活を目指していたので、松浦さんの家に行くのが大好きでした。

松浦さんは、洋服を仕立てることを仕事にされていました。

今ですと世界に一着きりの洋服を仕立ててもらうなど、限られた富裕層しかしないようなイメージがありますが、かつては、客から持ち込まれた布で洋服や着物に仕立てる仕事を自宅でしている方があちこちにいらして、そうした方に注文をするのも庶民的なことで、めずらしいことではありませんでした。

松浦さんのお家は、私のテッキンの家とは正反対に、小さいけれど、塵《ちり》ひとつないほどによく片づいた、虫のいないきれいなお家でした。

きちんと掃《は》かれ、打ち水のされた玄関の戸には、桜の模様入りの短冊《たんざく》がかけられ、「御仕立《おしたて》」と優美な行書で書かれていました。行書の「御仕立」は、子供の目には平仮名の「ゆにち」と映り、「すごいな、松浦さんのようなお仕事の人は『ゆにち』で【オシタテ】と読むんだ」と感心していました。松浦さんのお家に採寸に行くたび、「大きくなったら松浦さんみたいになりたい」と強く願ったものです。

いつも通信簿に「もっと明るく」「声が小さい」と注意書きされていた私が思う「明るい」とは、「体育の時間が大好きなこと」でした。体育の時間が嫌いでもよくて、大きな声を出さなくてもよくて、小さな家に一人で住んで、自分で時間を差配して仕事をして生計をたてている松浦さんは、私には理想中の理想の将来の図でした。先に申しました文化住宅風のコンパクトなお家も、それはそれはすてきに映りました。

松浦さんの暮しに憧《あこが》れる私は、『水車小屋タイプ』の典型です。

鴨長明《かものちょうめい》とかトーベ・ヤンソンとか、水辺の小屋で遁世《とんせい》して暮らしているような人がときどき世の中にはいます。最小限の所有物と最小限の交際で静かに暮らしている人。いずれこんなふうに暮らしたいと願う人を、私は『水車小屋タイプ』と（大人になってから）名づけているのです。

松浦さんの暮しは、理想の『水車小屋タイプ』と私には映っていました。この松浦さんのことも、母親はナメクジにたとえていました。

「ナメクジのような手先だから縫い物が得意なのよ。きっとオテカケサンね」

と。オテカケサンというのが何か、小学校低学年の私はわからず、

「オテカケサンて何？」

母親に訊《たず》ねると、

「ちょっとよくないことよ……」、仕立ての仕事だけではお金がそんなに入らないということよ……」

と言われ、経済的に苦しいということなのだと思いました。

しばらくして小学館の学年誌で、鸚鵡《おうむ》が「オタケサン、オタケサン」と鳴いているコマを見て、そうか松浦さんは一人暮しだから話し相手代わりにしゃべる鸚鵡が飼いたい、でもQ市に一軒だけある「小和田禽獣店《きんじゅうてん》」では鸚鵡は取り扱っていないし、都

会の禽獣店で手に入ったとしても、仕立ての仕事では鸚鵡は高額で買えない。鸚鵡の代わりにインコを飼っていたことがあったのだ、と解釈をしました。

おかしいです。子供時代のことを思い出すと笑ってしまうことがたくさんあります。大人とちがって知識が乏しいので、乏しい知識でパッチワークのような納得をさせようとしますよね。オタケサンとオテカケサンが似ているので、高額の鸚鵡は「オタケサン」と鳴いて、鸚鵡より安価なインコは「オテカケサン」と鳴くのだという解釈だったのです。たとえ鸚鵡は買えない収入であったとしても、松浦さんの暮らしぶりに対する私の憧れはゆらぎませんでした。

そんな憧れの人生（私には）を送っている松浦さんを、母親は、

「しんねりーとしてナメクジのようだ」

と仕立てを注文しては言うのでした。

「しんねりーとして」という形容は、方言なのかどうかわかりません。私の育った県のみならず周辺の地域の出身の人で、この形容詞を使う人に一人も会ったことがありません。父親も使いませんし母親の親戚《しんせき》も。私自身も。

玉葱《たまねぎ》を炒《いた》めているときなどには、母親は「しんなりしてきたから、もう火を止めて」と言います。だから「しんなり」とはちがうのです。だれかをナメクジにたとえ

るときだけ、「しんねりーとして」を、枕詞《まくらことば》のように付けていました。

母親が「しんねりーとしてナメクジのようだ」と評する人に男女差はありません。身近な人のみならず、TVに出てくるような人もナメクジにたとえていました。

たとえば、さる高貴な家のご長男の××様がTVに出てくると、××様がアップになったブラウン管を指さして、「うへへぇ」と笑ってナメクジみたいだと言いました。とまどったように笑う、笑っているのにおどおどしている、嫌悪感《けんおかん》を隠して笑う、そんなとき人は妙な笑い声を発するものですが、それです。この笑い声を母親は頻繁に発する人でした。それは母親がいつも失望していたからですが、このあたりのことは後述いたします。

母親がだれかをナメクジにたとえるとき、彼女の胸の奥には、嫌悪感や反感といった不快な感情もあるけれど、なにかしらの愉《たの》しみがあるのを、私はひしひしと感じました。大人になって分析しているのではなく、子供心に感じました。きちんと説明はできないながら感覚として、そう感じていました。

ですから、「あんたはナメクジみたい」と、私のこともナメクジにたとえても、母親に対して強い怒りは感じませんでした。当時も現在も。

もちろん、うれしかったわけではありません。ですが、こうした陰気な愉しみは、だれにでもあるもので、私にもありましたから、それがこと母親にかぎって過剰だとは感じなかったということです。今はこうして説明できます。子供のころは、あくまでもどことなくこんなふうに思っていました。それで、母がナメクジのようだと自分に言っても、他人に言っているのを見ても、流せてしまったのです。

いやにききわけのよい、優等生ぶった述懐《じゅっかい》に聞こえるかもしれません。ですが、本心です。

というのは、私の知る母親は、私がものごころついたころから、そうですね、四歳とか五歳のころから、たいていの場合、がっかりしていたのです。それがかわいそうで……。

大人、それも自分の母親をかわいそうだと言うのは、今度は、あまりに大人びていると聞こえるかもしれません。これとて、あくまでも現在の語彙《ごい》で説明しているだけで、子供だったときには、自分の内に起こる母親への感情が「かわいそう」というものだとは分析できていません。胸のへんがキリキリ刺されるような感触と感じていただけです。

そんなふうな、感じ、としてかわいそうでしたから、第百レディさんや××様や松浦さんを、それに私を、ナメクジみたいだと断定することで、母親に一種の気散じをもたらすのならと（これもまた、あくまでも漠然とした思いなのですが）、そんなものが私にあったので、聞き流せていたのです。

堪《た》えられなかったのは、母親が物を捨てないことでした。

父親も捨てません。

ふたりとも捨てないのです。

空きビンを捨てない。空き箱、包み紙、輪ゴム、破れたパンティストッキング、ソックス、シャツ、古雑誌、ソールが割れて履けない靴、不具合があって着ない洋服、ぜんぶ捨てない。折れた傘、鼠が齧《かじ》った座布団、取り替えた蛇口の古いほう、焦《こ》げついたフライパン、故障して取り替えた風呂釜《ふろがま》、ボイラー、豆腐が入っていたぺらぺらのプラスチック容器、等々、いっさいがっさい捨てない。

結婚するまで料理をしたことがなかった、学校時代の家庭科も大嫌いだったと、自分で言っていた母親ですが、テッキンの家に移る前には、嫌いなりにも片づけや掃除で出る不要物は捨てていたような記憶があるのですが……。生来的にハウスキーピングが苦手なうえに有職婦人でしたから、いいかげんなやり方だったとしても……。それがテッキンの家では、依怙地《いこじ》なまでに捨てなくなりました。移ってから、徐々に捨てなくなっていったように思います。

はるか後年、母親の晩年に、叔父（母の弟）から聞いたのですが、あるとき母親は、日常的な掃除（師走《しわす》の大掃除などではなく）をしていて、何かを捨てたらしい。父親がとっておいた何かを。そのことで、父親から怒号を浴びせられているのを見たと叔父は言うのです。

父親の怒号は尋常ならざるもので、もはや人声ではなく獣の咆哮《ほうこう》です。私もよく知っておりますし、家族だけでなく、父親と交流のあったほとんどが経験していることです。叔父も経験しています。父親の怒りは、重要物がなくなったことに対してではなく、自分が命じていない行動を、自分の下位にいる人間が勝手にとったことに対する怒りなのです。

捨てたことを怒鳴られるところを叔父が見たというのなら、以来、母親は物を捨てることを恐怖に感じるようになったのかもしれません。

父親も捨てない。母親も捨てない。テッキンコンクリートの家には、ありとあらゆる物がどんどんたまってゆく。

「大きな家」「広い家」だと人からたびたび言われたような二階建ての家には三人しか住んでいないのに、三人の口からはつねに、「狭いね」「ああ狭い」「狭くて困る」という言葉が出ました。なんのためにそこにあるのかわからない物にぎゅうぎゅう押し寄せられるからです。あまりに狭いので、いえ、狭いと感じるので、三回も増築しました。

それでも、家の中には大きめのゴミ箱がちゃんとありました。とはいえそれすら、捨てないダンボール箱がいつのまにかゴミ箱になったものだったのですが。

そのゴミ箱が一杯になると、庭の隅の『ゴミ焼き場』と呼んでいる窪みにあけて焼いていましたから、父親にも母親にも、なんでもとっておくのだ、というつもりはなかったようです——蛇足ながら、その窪みは、越してきた当初は小池のような塩梅《あんばい》でしたので、ごく簡単な簡単な水路を設けて、雨後には溜まった水が、敷地に沿って流れる川にはけるようにしたものの、常時湿っており、ゴミ焼き場にはうってつけでした。そのころは各家庭でゴミを燃やすのは違法ではありませんでした——。

ディズニーの『わんわん物語』の雌犬を編み込んだ手製のセーターを贈ってくださった方がいて、小学生の私がそれを大いに気に入ったのはむろん、母親も父親も、贈り主のセンスや編物の腕を褒めちぎりました。私は両親から褒められたことは一度もありません。私については絶対に、私以外についても褒めるという行為を、父親も母親もあまりする人ではなかったので、このセーターが届いた日のことは鮮明におぼえています。

にもかかわらず、珍しく褒めちぎったそれを、母親は平気で無造作に洗濯機で洗い、縮んでしまって、もう私が着られなくなると、くだんの庭の隅の『ゴミ焼き場』にポイと投げ入れ、ほかのゴミとともに焼きました。

また、平素はＴＶのチャンネルすら私や母親に替えさせる父親が、小雨の日はゴミ焼きに最適だと、率先して家中のゴミ箱を庭の窪みに運ぶこともありました。

つまり、「捨てる」という行為を、父母がすることもあったのです。

ただ、捨てなくてもよいものを捨て、捨ててもよいものを捨てないでいるように、私には見えました。

廃品を再利用するのなら、よくわかるのです。先の『わんわん物語』のセーターも、ほかの洗濯ものにまぎれていて、うっかり洗ってしまって縮んだのなら、ものすごく見事な手編みなのだから、私よりもっと小さな子にあげるなり、袖《そで》と胴体の編み目をほどいて胴体部分をバッグに袖部分をレッグウォーマーに編みなおすこともできます。でも再利用はせず、さっさと焼いてしまう。大切に修理しながら長く使うのでもありません。まだ履けそうな、あるいはだれかに譲れそうな靴もぽいと捨てて焼くのに、ぼろぼろのスリッパはとっておく。履かないままとっておくのです。再利用できそうなものを捨て、できなさそうなものを使わないまま捨てない。少なくとも私の目にはそう映りました。

食後の食器洗いをしていた私が、ぺらぺらのプラスチックの豆腐パックを捨てると、母親が、なにをしているのか、捨てるでないと言い、ゴミ箱から拾い上げ、洗って残す。そうして残した豆腐パックは何十枚も何百枚も積み重なり、台所のあちこちに、ヘナヘナ曲がった柱を形成します。刺身トレー、ヨーグルトパックも同様です。

なぜ、こんなに大量の使用済みパック、トレーを残さないとならないのかと訊《き》けば、捨ててはいけないの一点張り。なら、使えそうなものをなぜ捨てるのかと訊けば、あれはもうしかたがないから、となる。わけがわからず、もはや選別ルールを知ることにくたびれてしまった私は、両親がいないときに、時々、家中の使用済み豆腐パックや刺身トレー、キャンプファイヤーもできそうな量のワリバシ、二つ割れしたフェルトの安物スリッパなどをかきあつめて、庭の『ゴミ焼き場』に運びました。

火をつける。大量のワリバシがありますから、プラスチック容器だろうがフェルトだろうがよく燃えます。

ゴミが燃えるのを見ていると、それはもう、スッ、としました。

今でもPCの「ごみ箱を空にする」をクリックするときに出る燃える擬音を耳にす

ると、あの、スッ、とした気分を思い出します。誤解なきよう。放火魔的な快感ではありません。ゴミが少しでもなくなったと、スッとしたのです。

テッキンの家の中で、いつもいつも「ゴミを捨てたい」「いらない物を捨てたい」という思いをガマンしていたフラストレーションを、わずかながら解消できたことによる、スッとする気分です。

無断でゴミを燃やしても、父親も母親もまったく気づきませんでした。家の中がぎゅうぎゅう詰めだったので、一部を捨てたところで気づかないのです。燃やしたことで大問題がおきることは一度しかありませんでした。両親が、何か深い理由あって、物をとっていたのではない証《あかし》です。

＊＊＊＊

問題がおきた一度はこうです。

ある日、小学校から帰ってきた私は、手を洗おうとして、洗面所の鏡の前の細長いスペースに、豆腐パックが一つ、置いてあるのに気づきました。

「なんだろう？」

何も入っていないようで、何かへチャッとした小さなゴミがまんなかに入っています。母親が洗おうとして洗い忘れたのだろうと思い、ダンボールのゴミ箱に捨てました。曇って雨がふりそうな日でしたから、ゴミ焼きにもってこいだと、私は家の中を練り歩き、ゴミを集めてはゴミ箱に入れ、庭の隅の『ゴミ焼き場』に運び、マッチを擦って燃やしました。

（あー、スッとする）

炎が小さくなるまで、ゴミが減った満足感にひたり、炎が消えたあとは、都合よく雨が降ってきたので屋内にもどりました。

豆腐パックがひとつだけ洗面所にあった理由がわかったのは、母親が帰宅してからのことです。

「どこへやったの？」

訊かれて、捨てた旨《むね》を、極力、うっかり感が出るような口調で答えました。

「なんてこと……」

母親は、がっかりしました。常態が、がっかりしている人ですが、いっそうがっかりしたので、私は自分がとんでもない失敗をしでかしたろうかと、母親をとりなしました。洗面所にあったパック容器は、他の貯《た》めてある使用済みパックと比して汚れ方がひどかった、一個くらいあきらめてほしい、というようなことを、小学生の貧困な語彙で。

「ナメクジが」

「ナメクジが」

母親は繰り返しました。

「ナメクジ？」

「ナメクジがわからなくなったじゃないの」

「ナメクジがわからなくなった？」

「そうよ。わたしは、ナメクジをつかまえて、あのパックに入れて、塩をかけたの。塩をかけたナメクジをとっておきたかったのよ」

これが母親のがっかりした理由でした。

こんなことが母と娘のあいだであったと語れば、聞いた人のほぼ全員が笑うでしょう。

もし、これが初めてのことであれば、私も大笑いしたでしょう。

そして、もし私が、親を「パパ」「ママ」と呼ぶことに何の躊躇《ちゅうちょ》もなく育った人間だったとしたら、「やだもう、ママ、何なのよ、それ」などと返したでしょう。

ですが私は、自分の衣食住の代金を支払ってくれている人のことを、パパ、ママなどという軽々しい外来語で呼べず、しかし反面、母親の、ナメクジやムカデ、ゴキブリ、毛虫等々の虫に対する無反応さに嫌悪感を抱いていました。

布団をめくったらゲジゲジがいたり、寝ているときにふとももの内側に毛虫がはりついていたりしたと先に申しましたが、私の家の、とりわけゴキブリの多さときたら常軌を逸《いっ》していました。

当時、壁に設けられた照明具のスイッチは黒かった。

暗い所、黒い物を好むゴキブリは、スイッチの上にじっととまっていたりする。夜中、どこか部屋に（自室でも風呂場でも納戸《なんど》でも）入り、月明かりでスイッチにふれると、それが硬くなく、節足動物特有のシャカシャカッとした動きで、指から腕をつたって顔のほうに這い上がってくるときのあの気持ち悪さ。

ぎゃーっと叫んで腕を大きく振ると、今度は飛んで来る。室内でゴキブリが飛ぶのを見たことがないと言った東京生まれ東京育ちの人に何人か会ったことがありますが、ゴキブリは室内で飛び回ります。ぶりぶりぶりっと羽音をたて、すごい勢いで、こちらの顔めがけて、とくに口めがけて飛んでくる。その気持ち悪さといったら！

ところが母親は、イモリにもヤモリにもムカデにもゲジゲジにも無反応なのです。

ゴキブリにも無反応です。まるで平気です。

箸立《はした》ての、箸のあいだを二匹のゴキブリがちろちろちろと這っているのを見た私が、ぎゃーっと叫んで、やつらを蠅叩《はえたた》きで払い、叩いて、死骸《しがい》を始末してから、箸に熱湯をかけて消毒する傍らで、

「いいのよ、お箸は。お箸はいいの。乾いているんだから、べつにゴキブリがいたっていいじゃない」

と、無表情に言うのです。

母親はふきんも洗いません。恥ずかしながら、台所のふきんは消毒したり洗ったりしないといけないことを私が学んだのは小学校で家庭科を受けるようになってからです。実家にいるころも結婚後も一度もふきんを洗ったことがない、そう母親は言っていましたね。生きているあいだ一度もふきんを洗うことなく亡くなりました。

そういう母親ですから、この日の「ナメクジがわからなくなった」という発言は、自分の使う箸にゴキブリがたかっていても無反応な人の、日常から出たものなのです。見つけたナメクジを豆腐パックに入れ、塩をかけては、ちぢんだそいつらを貯めておく、それは母親の日常で、日常が非日常になったことで、騒いだのです。そういう発言なのです。

虫に無反応な母親。それは私にとっても日常なわけです。私は謝り、ナメクジはまたすぐみつかる、またすぐ貯められるという旨をくりかえし、ともかくも母親の「がっかり」が大きくならないよう、懸命にとりなしました。

＊＊＊＊

だから私は虫が大嫌いでした。今も大嫌いです。あんなに虫がうようよしている家は、恐怖の虫館です。

恐怖の虫館に住んでいたので、私はファーブルの本を読む気になれませんでした。『堤中納言物語《つつみちゅうなごん》』の虫愛《め》づる姫も嫌いだったし、爬虫類《はちゅうるい》をペットにする気などまったくおきません。シャコも食べられません。学生時代、魚市場でアルバイトをしたことがありましたが茹《ゆ》でる前のシャコの動き方といったらゴキブリと瓜二《うりふた》つです。

「ここを出たい」

私はとにかく、文字通りの、物理的な建物としての家から出たいと、切望していました。大きくなったら虫のいない、いたとしてもちゃんと駆除する、常日頃から駆除するようにしている、そんな家に住みたいと。

警察に保護される家出未成年が、家を出た原因が、家内のゴキブリやムカデにあったケースは、いったい何パーセントくらいを占めているのか、もし警察にデータがあるのならぜひ知りたい。

「学校に通えるのも、服が着られるのも、三度の食事が食べられるのも、寝る布団と場所があるのも、すべては親が金を支払ってくれているからです」

この道徳教育を、私は受けて育ちました。固有の環境によるものなのか、世代的なものなのか、とにかく非常に強く受けました。

ものの道理がわからぬ三歳以下のころはいざしらず、学齢以降は教えを守っている子供だったと思うのです。

私が未成年だったころの田舎町では、一人子《ひとりっこ》は珍しかった（後年にはっきりとわかることとなのですが、父母に一人しか子がいなかったのは、二度しか性交しなかったためです）のです。そのため、私が一人子だと知った人は、子供でも大人でも、知るなり98％が、「では、さぞかしわがままな性格にちがいない」という意味のことを、ことばづかいはソフトに婉曲《えんきょく》に変えて言いました。ですからよけいに父母に対してわがままを抑えたつもりです。

そんな私が、他者に、ゴミと虫について打ち明けようとしたのは、意を決してのことだったのです。

子供というものは、わりに多くの場合、大人に相談することができません。『城北新報』での「打ち明けてみませんか」コーナーも、だから発案されたのですよね。

かつては子供だったのに、大人になると自分が子供だったときのことをすっかり忘れてしまう人がときどきいます。そういう人は「子供というのは大人には相談しにくいものだ」という事実も忘れます。

大人は時間が長く連続してきたことを知っています。過去から現在まで時間は連続してきたことを。

だが子供は、自分の体感してきた時間が短いために、過去から現在がずっと連続している感覚が実感としてわからない。子供は、大人もかつては子供だったとは実感できない。子供とは別の種類の、最初から大人であるものだと感じてしまう。大人は「子供とは違う所」にいる、と思う。

たとえば、3年1組の子供は、同じ小学校の、同じ3年であっても、3組の教室に入ることにさえ拒否感を抱きます。同じ学校の、同じ階の場所であってすらこうなのに、「違う所」にいる大人に、子供がたやすく相談できるはずがない。相談する前に「何からどう話せばよいのか」という難題が立ちはだかるのですから。

私が大人に、ゴミと虫について「相談」しようとしたのは、夏休みのことでした。

小学校の四年の夏休みです。母方の祖父母の家（そう、小坪主事と星野先生などの訪問を受けていた家です）に行った日のことでした。

＊＊＊＊

いつもにもましてゴキブリが増殖する季節。

「こんなの、もういやだ。地球からゴキブリが絶滅しろ」

夜な夜な壁に向かって叫んで、蠅叩きで叩きながら怖がっていた夏休み。

祖父母宅の近くには泳ぐのによい水辺があり、そこに行くことになりました。

ニカワさんという男性が車で連れて行って下さいました。お目にかかったのは、その日が最初で最後です。

ニカワさんが両親や祖父母とどういう関係であったのか、なにも説明されませんでしたので、今もわからないのですが（ニカワの字も）、私を一日まかせてもよいくらい懇意な方だったのでしょう。四十一、二歳に見えました。

車にはもう一人、婦人がすでにすわっていました。

「ぼくの一番上のお姉ちゃんだよ」

氏に言われ、水泳用具を入れてあるらしいビニールの大きな鞄《かばん》を持った婦人に、私は頭を下げました。

「あらあらあら、まあまあまあ、ようこそようこそ、泳ぐのたのしみね、あんた、何泳ぎができるの、えっ、クロールすごいじゃないの。いかしてるねえ。今は学校でクロール教えるの。まあまあまあ、そうなの、へえ。わたしらのころは女子が学校で水泳を習うのは横泳ぎだったものだけど、教育方針が変わったのね。あらまあ、そうよね、そりゃそうだ、ああ、そりゃそうだ」

すこし誇張していますが、こんなふうに、一人でしゃべって一人で笑うようなにぎやかな方でした。漫才をする芸人さんみたいです。

私の家では、漫才や落語や歌謡番組をTVで見ることはありません。禁じられているわけではないのですが、一台しかないTVのチャンネル権は父親だけにあり、彼がそうした番組をいっさい見ないので、見る習慣がありません。でも家に私ひとりのときにTVを見ることはありましたから、漫才というもののにぎやかな様子は知っていました。

芸人さんのようなお姉さんも、弟のニカワさんもよくお笑いになる方で、お二人は、私には事情のわからない話をされていたのではありますけれど、わからずとも、お二人がよくしゃべり、よく笑われるので、私もつられて笑っているうちに祖父母の家に着きました。水着に着替えて、数人のいとこたちとともに、ニカワさんのお姉さんに、横泳ぎと平泳ぎを習い、白い砂浜でスイカを食べ、夕方に帰途につきました。

夏休みのたのしい一日でした。

ニカワさんのお姉さんが「夏休みのあいだはずっと地区のパトロールと相談受付をしている」ことを、一日いっしょにいたことで知りました。「地区のパトロールと相談受付」というのがどういう団体や組織によるものなのかは、小学生でしたから疑問を抱きませんでしたが、車中での姉弟の会話から洩《も》れてきた××署、市役所、などの単語をもとに後年の今察するに、民生委員か、もしくは県警の青少年育成保護指導をするような職場にいらしたのではないでしょうか。

浜辺でスイカを頬張るわれわれに、「なにか一人で困っていることはないか」「言いにくい悩みはないか」といった旨を、ざっくばらんな話し言葉で気さくに、訊かれていました。

帰りの車はまた、ニカワ姉弟さんと私の三人でした。

「アー、今日はたのしかった。横泳ぎを今度学校のプールでもしてみようっと」

自らすすんで私は感想を二人に告げました。平素はついぞしない行動ができたのは、いとこたちと泳いだり水辺でスイカ割りをしたりして気分が高揚していたのと、ニカワ姉弟さんのキャラクターに魅せられたからでしょう。

母親が、もの静かな人をナメクジにたとえることを、陰気な愉しみだと感じていた私ですが、自分もまた、母親がナメクジにたとえないような人に惹《ひ》かれる人間だったのでしょうね……。

ニカワ姉弟さんは、ナメクジみたいではありませんでした。車中ではまた、そんな二人から何でも相談してくれといったふうなことを言われまして、

「あの……」

私は思い切ったのです。この二人なら「相談」してみようと。

「お父さんとお母さんが、お豆腐の入っていたパックやお刺身のトレーを……」

「うんうん、なになに」

後部座席で隣り合っていたニカワのお姉さんのほうが、ご自分の耳を片手で囲んだ頭を、私の口のほうに近寄せてくださいました。私はさらにリラックスできました。相手が自分の真向かいではなく隣にいてくれるほうが顔を正視されない、自分の声が通りにくいことを気にしていたので耳を寄せてくれるとありがたい、しかもその体勢

だといっそう自分の顔をあまり見られずにすむので。リラックスできた私は、両親が物を捨てない、ゴミがたまる、虫が多い、改善策はないか、こうした内容を、小学生の語彙なりに落ち着いて話せたと思います。へどもどした話し方にはならなかったはずです。

私の話を聞いて、ニカワ姉弟さんは、笑われました。その笑い方は、母親が××様を見てナメクジにたとえるときの音程ではなく、意地の悪いところのない、明るい音階でした。

「それはしかたがないのよ。光世ちゃんは戦争を知らないからよ。お父さんとお母さんは戦争や戦後を体験してるから、物を大切になさっているのよ、わかってあげなきゃ……」

ね、とお姉さんは私に、とてもやさしく言われました。

「そうだよ、戦時中は、爆弾が落ちてくるからみんな必死で防空壕《ごう》に逃げたんだ。土に穴を掘ってつくった所なんだよ。そんなとこでは虫がいるとかなんとか言ってられなかった。虫なんか平気なんだよ」

ハンドルを握る弟さんも、顔はフロントガラスに向けたまま、言われました。

「虫って、見かけは悪いけど、虫がいなかったら困ることもある。自然の世界は、みんながいて、みんなそれぞれに役目があって、うまくできてるんだ。ねえ、光世ちゃん。こんど虫を見たら、そんなにいやがらずに、観察してみるといいよ」

「はい」

私は答えました。

ニカワさんは、ものごとをプラス方向に考えるとよい、という意味のことを言われていて、それには同意したからです。

こう申しますとまた、いやに聞き分けのよすぎる、優等生にすぎる、というふうにお感じになると思います。いいわけするなら、このようにしっかり分析できていたわけではないのです。そのときの私には、ニカワさんが私を「励ましてくれている」ということだけが、ひしひしとつたわってきたのです。

それは私にはカンゲキすることでした。

ものすごくカンゲキすることだったのです。

両親がぜったいにしない行動だからです。

雪を初めてみた沖縄の人のように、大人に励ましてもらうということにカンゲキしたのです。

子供の時間の感覚では、ずいぶん長く三人で車に乗っていた気がしましたが、祖父母宅からテッキンの家までの距離は、県内の幹線道路を使えばすぐです。渋滞もなかった当時なら二十分もかからなかったはず。

短い時間のあいだに、両親の、物の捨てなさぶり、虫への鈍感さを、正確に伝えられていなかったのでしょう。自分がアガらず話せただけで、きちんと伝えられたと思い込んでいましたが。

「はい」

何についての「はい」なのか、あいまいにさせたまま、「はい」と返すだけしか、私はニカワ姉弟さんに返すことばが見つけられませんでした。

このあとも似た機会（思い切って、大人に相談しようと思えたいい機会）が、何度か訪れました。数多くはなかったものの。

なかには、相談したとたん、私に接する態度が豹変《ひょうへん》して「親のことをそんなふうに言うものではない」と叱《しか》りつけてくる大人もいました。数的にはこちらのほうが多かった。ですがニカワ姉弟さんのように、明るくやさしく励ましてくれた大人もいました。叱る・励ます、いずれの場合にも、大人全員が使ったフレーズがあります。

「あなたは戦争を知らないから」

です。

いずれのときにも、私は「はい」と答えました。

答えてから何十年、私はあらためて「はい」と言います。

私が「戦争を知らない」ことによる、父母との感受性の差は大きい。これはたしかなことと思うのです。

しかし、戦争体験者はナメクジに塩をかけて貯めておきたくなるとは思えない。「戦争を知っている」というのなら、祖父母はじめ親戚にもほかにいました。家の中はきちんと片づいていましたし、害虫駆除に悩んでいました。

テッキンのあの家が、恐怖の虫館になったのは戦争とは関係ないと思うのです。そうではありませんか？

敬具

恐怖の虫館、への回答

――回答します。

辰造・敷子両氏の性癖と、太平洋戦争とは、関係ありません。

とくに敷子氏の、塩をかけたナメクジを貯めておかれようとすること、自分ならびに家族が日々、口に入れる箸にゴキブリがたかっていても、「乾いているからいい」と感覚する（そう思うのではなく、そう感覚する）のは、関係ありません。

ニカワ姉弟さんはじめ、あなたがこれまでに打ち明けかけた相手には、敷子氏の実態が伝わっていません。少しも伝わっていなかったでしょう。

あなたの本来的な性格がもたらす話し方のせいではありません。

年齢的な語彙の乏しさによるものでもありません。

敷子氏の言動が突飛だからです。

もし、あなたがまだ子供だったとして、まだ「恐怖の虫館」に住んでいらしたとして、『城北新報』に「投稿」してきたとしたら、わたくしも（ほかの者も）、ニカワ姉弟のような、だいたいの大人がするような回答をしたにちがいありません。

しかしわたくしは、現在のあなたからの「投稿」を読みました。現在のあなたは子供ではない。「恐怖の虫館」から出たいと切望し、出た人です。

その現在のあなたが、子供時代に試みたような短い時間での打ち明けではなく、時間をかけて状況を説明した「投稿」を読んだのです。

だから、あなたの置かれていた状況がわかりました。

質問への回答をくりかえします。

関係ありません。

――児玉清人

＊＊＊＊

そうですか！

関係ないんですね！

初めての一等賞

拝啓。

うそパパ、お元気ですか。

うそママ、お元気ですか。

うそ長谷川さん、お元気ですか。

パパとママに「うそ」をつけるというのはどうも……、ましてや長谷川さんにつけるのは……。お父様の博一さんが本物で、息子さんの達哉さんはニセモノということにはならないと思うのですが……、でも、つけてみると、うそパパもうそママもうそ長谷川さんも、妙に愉快で、昨日のいわさきちひろ美術館の休憩所でのことも思い出されて、声を出して笑ってしまいます。

あらためまして、昨日はありがとうございました。

西武線S駅に住んでいたころ、近かったのに行かずじまいだった美術館に行けたこともよかったですが、みなさんから「『サンキュー』と言ってみるように」と言われ、台本を棒読みするように「サンキュー」と不作法な口調で御礼を口にしてみたところ、みなさんとの距離が縮まったようなかんじがして、うれしくてなりませんでした。

東京に出てきて、何にたまげたといって、新宿の摩天楼でも六本木のネオンでもありません。お饂飩《うどん》のつゆが真っ黒なことと、大学の同級生が自分の両親のことをパパママと呼ぶことでした。Q市にも親をパパママと呼ぶ子供はいましたが、四歳以下の子か、あるいは着せ替え人形などの「ごっこ遊び」での用語で、決して日常の衆座で口にはしませんでした。

こと私に限れば、両親には、竹箒《たけぼうき》はどこにしまえばよいのかとか、給食費をこの茶封筒に入れて持っていかねばならないといった事務的なことや、この漢字はなんと読むのかとかどういう意味かといった知識的なことを質問するていどを話すくらいでしたから、パパママなどという気軽さで接触できませんでした。

いわさきちひろの絵は好きでしたが、両親に対して「この絵が好きだ」とは言えませんでした。上位にある存在に、自分の趣味嗜好《しこう》を語るなどということは不作法だという感覚がありました。

ところが上京してくると、自分を労働で養って下さっている家長を、パパと呼ぶ大学生がいっぱいいるではありませんか。現代の世間にはもっといます。ライブハウスでパンクロックを演奏し終わった21歳の知人男性が、控室でお母様のことをママと呼んでいるのに接したときはたまげました。いえ、正直言って軽蔑《けいべつ》しました。「そんなことがたまげることか？」と感じる人がいること。そう感じる人のほうが多いこと。それを私が知ったのは、わりに最近のことです。

けれど、どうしても、どんなに自分を抑えても、私には、パパママという語は、恥知らずなことばとして響くのです。

それはとりもなおさず私の中に、「やだパパ、あっち行っててよ」だの「もうママったら何やってんの」だのというような不作法にも朗《ほが》らかなやさしい娘に育ちたかったという狂おしいまでの願望がある証《あかし》です。うそパパ、うそママ……、そうですね、いいですね……。

今日は相鉄線F駅のサブウェイ（サンドイッチのチェーン店）でアボカドベジーを食べました。

混んでいたので隣のお客さんが二人でしゃべっているのが聞こえてしまいました。交際している男女のようでした。講義とかノートとか言っていたので大学生でしょう。「お父さんが厳しい」と女子学生が言い、男子学生は「そうだね、一人娘だからね、家厳しくなるよね」と言いました。二人の間では、「一人娘であること」が「父が厳しい」と結びついても自然であるように諒解《りょうかい》されていました。

厳しいお父さん。

家が厳しい。

こうした表現に出くわしたとき、多くの人の頭に出るヴィジョンは、いわば共有されている。だから「一人娘」と「お父さんが厳しい」とは繫《つな》がる。

ですが、もしかしたらサブウェイにいた女子学生の家庭の実態と、男子学生の頭のヴィジョンとは、まったく違っているかもしれない。なのに「家が厳しい」という語には、違っているかもしれないとは疑わせない力がありませんか？

厳しい家。

この一語が、人の頭に出すヴィジョン。人に思い浮かばせるというより、反射的に出すヴィジョン。一語で、多くの人を諒解させてしまうのはマジックですね。

歌舞伎、講談、TV、そしてコマーシャルといった、「集客力こそを第一とする媒体」が提供しつづけているマジックではないでしょうか。

集客力・視聴率は「いかに、より多くの人を躓かせない状態におけるか」にかかっています。より多くの人が躓《つまず》かずに眺めていられるものほど数字がとれる。

幕が上がり（物語りが始まり）、「彼女の父は厳しかった」という短いナレーションのあとに、たとえば幸田露伴が登場すれば、多くの人は躓かない。しかし高田純次が登場したら？　躓くのではないでしょうか。

多くの人は、いったん躓くと、開幕後の舞台はろくに見ず、ミスキャストではないかというアラ探しに興じはじめる。こうなってしまうと、取るに足らぬアラにも騒いで舞台からそっぽ向く。人気は出ない。数字を稼げない。

長年にわたり多くの数字を稼いできたヴィジョン、あくまでも数字を稼ぐヴィジョンであるだけなのに、現実のすべての家族のサムネイルと化して、多くの人に誤解を与え続けているのではないでしょうか。

厳しいお父さん。厳しいお母さん。厳しい家。

こうした「ひとこと」は、長いあいだ、私をまごつかせるものでした。

「きみの家、厳しいんだね」

こう言われたことがあります。中学生のときに高校生から。

「厳しいというのとは違う」と、私は言いかけ、やめました。やめたまま歳月を経ました。

今回は謎《なぞ》はありません。今回は「ひとこと」を求めます。多くの人が躓かずに諒解する「ひとこと」がないものか。教えていただけませんでしょうか。

＊＊＊＊

『はじめての一とう』という話を、私はよくおぼえています。小学生の女の子が運動会で一等をとる話です。

文容堂のみなさんは運動会が好きでしたか？

中学以降は運動会ではなく体育祭と呼ばれますね。体育祭になれば、生徒はあるていど出場競技を選べるし、応援合戦も生徒の自主的活動となる。けれど幼稚園小学校の運動会はもうすこし質がちがう。むかしの田舎町では、先生児童だけでなく保護者や親類や地域住民の大きなイベントでした。

私の通った市立小学校の運動会は、行進・開会式・準備体操（ラジオ体操）を全員でおこない、個人競技、団体競技が交互にありました。団体競技というのは、球入れ、綱引きなど。個人競技というのは短距離走です。個人競技といえども全員参加が規則でした。三年生までは50メートル走、四年生以上は１００メートル走。チーム対抗リレーもありました。これは四年生以上が縦割りでチームを作って競うリレーです。特設テントに来賓を迎え、各学年から応援係が決められ、楽器を用いてフレーフレーの応援もしないとなりませんでした。

私は運動会が大嫌いでした。

走るのがわりに速かったからです。

わりに、というのが大嫌いな原因です。すごく、ではなく、わりに。

もっとも同級生には、わりに、の印象すらないはずです。私が人に与える印象はひたすら、のろま、ぐず、鈍い、といったものなので、とくに同窓会では言わないようにしているのですが、亀が意外と速く泳いだり、熊が意外と速く走ったりするように、ぐずの私のスポーツテストの判定は「A」だったのです。

文部省時代のスポーツテスト（走力、投力、跳躍力、反射力等々を測定する全国規模のテスト）を、小学校時代は二校合同で測定しました。同じQ市内に住んでいながら、日ごろことばを交わさない同い年の子と、反復横跳びをしたり、ジグザグドリブルをしたり、握力計をぎゅうっと握りあいっこしたりするのが新鮮で、運動会は大嫌いだった私ですが、スポーツテストは毎回たのしみました。個人行動だったからです。一人で行動すればよいので気分がらくなのです。どの測定もA、B、C、DのAでした。

スポーツテストの記録は、担任教諭の手元に残ります。走力測定は50メートルを二回走り、タイムが二回記録されました。

運動会の花形競技ともいうべき短距離走は、このスポーツテスト時の50メートル走の記録をもとに、同じくらいのタイムの六人ずつに分けられ、競走するわけです。遅いタイムのグループから「位置について、よーいドン」と走ってゆきます。各グループの六人は同じくらいのタイムですから、走り出したあとは接戦です。

私は毎年、最後のグループにいました。つまり速いグループです。スポーツテスト評価は四段階ですから大雑把《おおざっぱ》ですので、最速グループで走ると、だいたい三等でした。ずば抜けて速いわけではなく、わりに速いだけなのです。

1等=黄色、2等=水色、3等=緑、4等=赤、5等=ピンク、6等=白色のリボンと決まっていました。

緑ならよいではないかと思われるかもしれませんが、小学生のかけっこなどというものは、いつも一等を獲《と》るずば抜けて速い子以外、二等以下は僅差《きんさ》です。ですので、気がかりなく走れると水色が獲れたし、何かのはずみに気後れしてしまうと、たとえば隣の走者がキッと睨《にら》んでくるとか、そんなことで競争力に乏しいぐずの私は、とたんに狼狽《ろうばい》してしまい、一気に白になったりしました。

個人走は走ればそれで終わりです。私を運動会嫌いにさせたのはチーム対抗リレーです。これはクラスから代表が三人決められ、出場するのです。決めるのは担任教諭です。「代表になったらどう？」ではなく、「出ろ」と命ぜられます。担任の手元にあるスポーツテストのタイム記録から強制的にそうなるのです。田舎の町では学校の先生がこうしろと命じてくることにNOと言うなど、絶対にできません。

私はリレーのクラス代表選手になるのが本当に本当に嫌でした。

ずば抜けて速いタイムの子なら、「ようし、がんばるぞ」という気にもなるかもしれません。私は「わりに」なだけで、クラスを代表して出場するなど、ただただプレッシャーです。「自分のせいでチームが負けたらどうしよう、どうしよう、どうしよう、どうしよう、どうしよう」と、「どうしよう」の重圧で数週間を過ごさないとなりません。

五年生のとき、勇気をふりしぼって担任の広尾聡悦先生に「私にはリレーは向いていません。どうかほかの人を選手にして下さい」と職員室に頼みに行きました。広尾先生は、翌日の朝の会で、「この人がリレーを辞退したいと言っている。だれか立候補する人はいるか？」と訊《き》いて下さいました。誰もいません。「見なさい。なり手がないんだから、あんたが出ないとだめじゃないか。向いてないなどと何を勝手を言っている」ときつく言われてしまい、よりいっそう重圧感が増し、前日などは重圧でほとんど眠れませんでした。

いよいよリレーになると、第二走者が転びました。他チームから大きく引き離されてバトンを受け取った私は懸命に走りました。でも「わりに」ていどの私では、引き離された距離を大幅に縮めることはできなかった。走り終わってクラスの席にもどりますと、転んだのは人徳のある子でしたし、膝《ひざ》を擦りむいてもいたので、みなから「だいじょうぶ？」「痛くない？」といたわられましたが、人好きのしない私は「遅かったなあ」というブーイングだけを受けないとなりませんでした。

〝あの女優にはセックス・アピールがある〟というような言い方がありますよね。これに倣《なら》うなら、私にはブーイング・アピールがあるのです。同級生のみならず、近所の人とか、それに実父母も、ついブーイングしたくなる天性の才能があるのかも……と、今回これから綴《つづ》ろうとしている出来事をふりかえると思ったりします。

ナメクジのようだという私に対するたとえは、母親の正しい評価です。ゴキブリやカマキリは恐いですが、ナメクジは塩をかければたちまちちぢこまるので、恐れるに足らず。しかしわざわざ塩をかけに行きたくない。近寄りたくない。そんな気持ちに人をさせる才能の持ち主。

チーム対抗リレーの結果が芳《かんば》しくなかったとき、「遅かったなあ」「あんたのせいで勝てなかったのよ」とブーイングされるのはナメクジにうってつけの役です。塩をかければ「そんなこと言うんだったら、あなたがリレーに出たらよかったのよ」とはナメクジは言い返しません。言い返したいのを堪《こら》えてじっと相手を見たりもしません。「そのとおりだ。私が遅かったせいだ」としおしおと納得してちぢこまるだけです。

チーム対抗リレーが重圧なら、応援係もいやでした。正面特設テントの横で、小太鼓やカスタネットや木琴などの楽器で運動会を盛り上げる係です。自分が競技に出て他人と競い合うのもいやなのに、出ないときまで目立つ場所で楽器を弾かなくてはならない。運動会のたび、明日は大雨になれ雷が鳴れと、夜空を仰いで願ったものです。

救いは、父母が来ないことでした。二人とも仕事をしていたので、運動会・参観日には来ませんでした。

＊＊＊＊

運動会嫌いの私が『はじめての一とう』を読んだのは、国語の時間です。教科書に載っていたのです。女子小学生が運動会のことを綴った作文ふうに仕上げたテキストでした。

主人公は「よーい、ドン」で走り出し、途中で用意された計算問題に答えを記入してまた走るという障害物競走で、二等でゴールインします。ところが先にゴールインした子が計算をまちがえていた。そこで主人公がくりあがって一等になる。主人公は「はじめての一等です」と大喜びし、家族も祝福します。

小学生が書いたように仕上げられていますから読みやすい文章で、それがいきいきしていて、読んでいる私も「よかったね、よかったね」といっしょに祝ってしまいました。

挿絵がまたよかった。主人公が「一等賞」のリボンを指さし、お母さんが笑っている、写実的なタッチの挿絵で、子供の目にも「ちょっと時代遅れ」な野暮ったい絵でした。その野暮ったいのがまた清純でした。「はじめての一等」という幸福を、主人公と家族が清潔に素直に喜んでいるあたたかさが、じーんとつたわってきました。「この話の主人公みたいに運動会を過ごせるのなら、運動会もたのしいのに」

教科書の前でためいきをついたものです。対抗リレーに出なくてよく、応援係をしなくてよく、短距離走に出て緑かピンクをもらって、運動会が終わったら、終わるだけ、それだけ。そんなふうな運動会を過ごしたいと。

前の投稿（恐怖の虫館）のとおり、『水車小屋タイプ』だった私は、日々をぼくぼくと過ごしてゆきたかったのです。

だからナメクジなのです。何といえばいいか……たとえばピカピカの車の送り迎えで通学してくる子がいたとする。その車種や、送り迎えさせることについて、その子が「ほらいいでしょう。あんたんとこは貧乏だから車も買えないし、送り迎えもしてもらえないでしょう」と見せつけてきたとしたら、「くやしい、でも買えない」としくしく泣く子がいじめられ、「私には美貌《びぼう》がある」「おれは国算理社音体図ぜんぶ5だ」など別方面で獲得しているトップを楯《たて》にする子は尊敬される。だが見せつけられた車のブランドに無関心で、送迎についても「そんなことされて煩《わずら》わしかろう、気の毒に」と思う子は、自慢した子からも、しくしく泣く子からも、別方面の勝者からも、へんで気味悪いのです。ナメクジってそうではないですか？

＊＊＊＊

運動会をいやなものにしていた最大要因の対抗リレーが、小学校を卒業する最後の運動会ではなんと中止になりました。

中学年以上ではなく児童全員が参加できる競技をすべきだという方針になり、例年なら対抗リレーがおこなわれる時間に、一年から六年まで縦割りの三チームで組み立て体操をすることになったからです。

この年、私は6-1。担任は渡瀬弥一郎先生。規則厳守のreasonable《リーズナブル》な方でした。男子と女子で対応に差をおつけにならない。Q市からはちょっと離れた町から転勤なさってこられたせいか町住人や保護者とも懇意にされない。そのため、それまで許されてきたことを叱責《しっせき》されたり、許されなかったことを褒められたりする戸惑いから、渡瀬先生を苦手だとする子も（とくに女子には）時々いました。

私には、渡瀬先生のやり方はらくでした。規則に厳しいということは、何がだめで何が良いかがはっきりしているということです。明快です。父母と正反対です。

「猫のように気まぐれ」

「ホリディ・ゴライトリーのように奔放」

ちひろ美術館の休憩所では、私は父母について愉快な形容をしてみましたけれど、私の両親は、ドイルやクリスティが綴る小説よりミステリアスな人たちでした。社会や世間を知った大人であれば、こういう性格の人への対応もそれなりにできたのでしょうが、知識のない経験未熟な子供にはただもう困惑の源です。父は父で、母は母で、質の異なるミステリアスな言動をそれぞれにとるので、家にルール（基準）が皆無なのです。基準がないと、子供はつねにおろおろしないとなりません。渡瀬先生のように、ルールを明示し、良いことと良くないことの理由をはっきり明言してくださるのは、本当に落ち着きました。

　渡瀬先生の6-1で同級だった男子が、現在、某医大の教授になっています。専門はスポーツ科学。運動における心理学というテーマでの一般聴衆対象の講演を聞きに行ったことがあります。身体能力は心理状態の影響を大きく受ける。心理管理をすることで競技でのタイムを速めることが可能であると、オリンピック短距離選手のコーチをした体験を語っていました。

　田舎町の小学校運動会とオリンピックではスケールが違うとはいえ、クラスでの過ごしやすさが日常生活に大きく影響する小学生という年齢にあっては、6-1の時の私の気力（メンタル）は強かったと思うのです。気が強い性格になったということではなく、気持ちが安定していたという意味です。不安定なフォームでジャンプしても高く跳べないでしょう？　かまえて安定したフォームで跳べば高く跳べるでしょう？『はじめての一とう』で、主人公といっしょに走った子は、一等でゴールインしたものの、途中で解いた問題の計算をまちがえていた。走る競技は、他人ともろに争う行動です。大人もドキドキすることです。この話の主人公は、二等でゴールインできる速度を保ちつつ、しかも計算問題も冷静に解いた。気力が安定していたのだと思うのです。もちろん『はじめての一とう』は教科書に載せるために作成されたテキストなのですが、私がこの話をよくおぼえているのは、主人公に、運動会の日だけでなく生活全体において、精神的な安定基盤があることを感じたからだと思います。当然ここまで冷静に分析しての感想ではありません。子供心に漠然と感じて、だから主人公を「よかったね」と祝い、「この子みたいに運動会を過ごせたら」と焦《こ》がれたのです。

****

今の住まいの近くの通学路で、数人の小学生がかたまって歩いているのにすれちがうことがあります。その中に、ひときわ足の長い子がいることがある。

小6前後の子には、身長に比して足だけがグンと長くなる時期があります。八〜十カ月くらいでしょうか。この時期を過ぎると、胴体も足を追いかけて伸び、ほどなく身長の伸びはとまる。私にも、この足長の時期がありました。なかでもピークは六年生時の秋でした。そう、運動会のころです。

スポーツテストのタイム記録でグループ分けされた私は、小学生最後の１００メートル走に臨み、「位置について」で片膝をグラウンドにつき、「よーい」で腰を上げ、

「ドン」で走り出しました。

チーム対抗の重圧のない個人走。渡瀬先生担任クラスでの安定した気力。調子いい。走り出した瞬間から感じました。白線で仕切られたコースの進行方向に、足がにゅっにゅっと新たに生えていくかのように速く動くのが、自分でわかりました。

コーナーを曲がったとき、左にいた、クラス女子で一番速いタイム保持者がラストスパートをかけるのが冷静に見えました。「今だ」と、ひごろのナメクジぶりとはうってかわった、この日の真っ青な空のように颯爽《さっそう》とした闘志が涌《わ》き、「負けるもんか」とまるで芝居の科白《せりふ》のようなことを思い腕をふった。走った。

しゅっ。

上腕でした。

半袖《はんそで》の白い体操服から出た上腕の皮膚が、しゅっ、と感じました。ゴールのテープを切るのを。

「やったあ！」

テープを切るやいなや、ピンポン玉のようにもりあがる頬の肉。

「おう、あんたが一等」

私にかけよって、リボンをくださったのは何先生だったか。

おぼえていません。それくらい勝利の色である黄色は、黄色というより金色に輝いていた。

安全ピンでシャツの胸にリボンをつける前に、私は手の中のリボンの字をしみじみとながめました。

【1等】

誇らしかった。【1】の算用数字の部分は黒いスタンプが押されていました。

バルセロナオリンピックで金メダルをとった女子水泳選手とは、勝利の大きさはむろんケタ違いです。けれど小学生には巨大なうれしさで、かの選手のように「今まで生きてきた中でいちばん幸せ」と、青空に言いました。

この日から何十年たった今でも、このときの一等賞が、私の人生で最大の栄光です。変わりありません。本当に本当にうれしかった！

教頭先生が国旗を下ろされた閉会式でも、私はにこにこ顔だったことでしょう。閉会式後にもどった教室では、カーディガンをはおって、一等黄色のリボンをできるだけ隠しました。小学校こそ社交に注意しないとなりません。一等になったことをナメクジが誇らしげにしては鼻につく。目立たぬようにしていないと。

学校を出てやっと、私は道脇《みちわき》のセイタカアワダチソウには笑顔を隠しませんでした。

豊かな稲穂の波にも。ひとりで通学路を歩き、家に帰りました。

今からすれば、「ちょっと何よ、あの子」とクラスをしきりたがる社交界夫人的な女子にムッとされても、教室ではもっとよろこんでいればよかった。せめて一等の黄色いリボンを隠すことはなかった。

なぜなら「今まで生きてきた中でいちばん幸せ」と思った時間は、とても短かったからです。学校から家の門まで、だけでした。

たったそれだけのあいだ。

ほんと。短かった。

家に帰ってくると、門の前で父親が老夫妻と話をしていました。髪と目の色が日本人とはちがう老夫妻です。私が近づくと、父が気づき、市内のキリスト教会に赴任してきた宣教師さんのご両親だと私に言い、また夫妻との会話にもどりました。

父親の後ろを通って家の中に入ろうとする私を、老夫妻はじっとご覧になりました。西洋の方って、じっと目を合わせようとされますよね。じっと私をご覧になり、「ハロー」と陽気に言ってくださいました。ふだんの私ならまごついたでしょうが、黄色リボンの高揚で「ハロー」と返しました。

ご夫妻はほほえんでくださり、それも私にはうれしく、早く一等をとったことを知

らせたく、平素は練習してから口をきく父親のほうに向きを変えて、

「100メートル走で一等だった」

と言ってしまいました。

聞いた父親の顔に変化はほとんどありませんでした。しいていえば唇の右側のはしっこが、わずかにわずかに上に向いた。そして私を見下げました。見下げたというのは、180センチの身長があったので高低の意味もありますが、蔑視の意味もあります。ふん、という吐息のような低い笑いを私は聞きました。

「よほど足の遅い者たちと走ったにちがいない。くだらない」

父親は言いました。

私の顔の筋肉は停止しました。

片足を後ろに退《ひ》いたまま、全身が固まってしまいました。

西洋のご夫妻が、ワット？　とでも言うふうにこちらをご覧になったのが目のはしに入りました。

（お願い、足、動いて。足、早く動いて）

自分の足に命じるのですが、学校のトラックをあんなに調子よく走ってくれた足が、凍ったようになってしまって動いてくれません。

老夫妻はなにか妙な空気を感じられたらしく、場をとりなすような、ほがらかな抑揚の英語をぺらぺらと発せられました。それを耳が聞くと、私の、前に出したほうの足がようやく動いてくれました。

（もう一歩……）

私は足に言いきかせ、ずる、と後ろに退《ひ》かせました。ようやく胴体が、ぎこちなく反転してくれ、やっとふつうに歩くことができ、私は三人から離れて家の中に入りました。

この日は仕事が早く終わったのか、母親がすでに帰宅していて、台所にいました。

「……ただいま」

台所で土井勝《どいまさる》の料理の本に顔を近づけている母親に声をかけましたが、幸福の絶頂から急降下したせいで、気持ちが揺らぎ、声がかすれ、もともと聞き取りにくい私の声は、母親には届きません。

土井勝のレシピを読む母親の眉間《みけん》には深い皺《しわ》が刻まれている。料理の本を読むときはいつもそうなる。「料理なんか大っ嫌い。なんで一日三回もごはんを食べないといけないのかしら」と私と二人きりになると言う母親は、料理が嫌いというより、食事に興味がないのです。「一日三食ともアイスクリームと鯛焼《たいや》きだったらいい」と言います。連日来客の多い父親が、客のためにこれを作れと命ずるので、母親はパニックになって料理本を読みます。土井勝の本は、父親にしてみればきわめてめずらしい妻への気配りなのです。作り方や材料が詳しく説明されている料理家の本さえあれば料理は簡単にできると、料理を作らない父親は思い込んでいるのですが、実際に料理を作るほうにとっては、高名な料理家のように仕上げねばならないという絶対命令になってしまう。

「『賢者の贈り物』の反対なわけですね。まったく茶番劇ですよ」

もし私が、早熟の天才であれば、両親の齟齬《そご》を、西洋ふうのアイロニックな表現にして、先の老夫妻に肩をすくめてみせられたかもしれません。けれど残念ながら私は、日本の田舎町の一介の平凡な小学六年生でした。

一等が不正であるかに父親に見下されたものだから、ではとばかりに凡人は、つぎは母親に100メートル走の結果を言いました。

「××××××」

母親の返したことばは、文字にできません。どう綴ったらよいのかわからない。どう言えば適切だろう……、そうですね、「嘆く」かな。母親は嘆きました。

彼女は個性的な嘆き方をする人で、春先の猫が屋根で鳴くような、奇異な声を出すのです。春先の猫でわかりにくいなら、録音テープを逆まわししているような奇異な嘆きの音でした。やぁうぅ、とでもいったような。この音を発したあと、母親は怒鳴りました。

「××××××」

怒鳴って、うるさい、あなたの走ったことなどにかまっていられるか、というような旨《むね》を嘆きました。

〈この難しい料理を見てみなさいよ、こんなものを作れなどと、どうしたらいいの、まったく〉というような旨でした。じっさいに怒鳴ったとおりの関西弁だとニュアンスが誤って伝わるおそれがあるので意味だけを記しますが。

高名な料理家の料理を作らねばならぬ責務に、母親は押しつぶされそうになっていたのです。それで怒鳴ったのです。対抗リレーに出場しなくてはならない重圧をよく知っている私は、その怒鳴りに対しては心から正当を感じました。「もうしわけありません」と思いました。母親に運動会の結果を伝えたことを後悔しました。父親に伝えたことも後悔しました。

＊＊＊＊

私の「はじめての一等」は、教科書の主人公とは違い、後味のよくないラストでした。けれど今日まで、何十年と年月を経たので、静かに看《み》ることができます。

父親が小学生だったずっと昔の時代には、スポーツテストなどというものはおこなわれなかったのですから、彼は、小学校運動会での個人走が、スポーツテスト時のタイムによってグループ分けされているなどとは、ついぞ知らなかったのでしょう。よって彼は心から思ったのです。私が偶然走るのが遅い子たちと競走したのだと。そんな偶然で一等になって喜んでいるのはくだらないと、これも心から思ったのでしょう。

母親も世代的に、女は男に服従すべしという通念の社会で育ったのです。生まれた子がレイモン・ラディゲではなかったように、その凡才を産んだ母親も平塚らいてうではなかったのです。

前の投稿と重複しますが、父母は名を、辰造、敷子といいます。地球上の人間には全員に個性があります。自分の子の運動会での一等を祝福しないのは辰造という人の個性ですし、土井勝のレシピにパニックになるのも敷子という人の個性です。

小6ですと、たしかに私はこの一件に、とても落胆しました。ですが、世の中にはもっと悲しくたいへんなことが山ほどあります。世の中の人はみんなもっとたいへんなのです。半年後の中学生ともなれば、辰造・敷子の反応については、あれもまた個性なりと思い、この日の彼らの反応には謎はなにもありません。

知りたいのは、いえ、得たいのは、ひとことです。ひとことの形容詞です。

サブウェイでサンドイッチを食べていた大学生の会話のように、一人娘が「家が厳しい」と口にすれば、そのひとことは通過してしまう。世の中の人々を躓《つまず》かせることなく。

まったく同様に、一人娘は運動会で「はじめての一等」をとったら、両親から祝福されたろうとも通過してしまう。

ですが、一人娘の家はみな厳しいとは、私には思われません。同様に、一等を親に祝ってもらう一人娘がやたら多いとも思われません。げんに私は一人娘ですが運動会の写真は一枚もありませんし七五三の写真もありません。

私の両親は「厳しい」でしょうか？　「家が厳しい」というのとは違うと思うのですが……。「一人娘だから甘やかされてる」とも言われつづけましたが、私の両親は

「甘やかす」とも違うように思うのですが……。運動会が終わったら、もう小6なのだから一等のことより母親に代わって土井勝のレシピどおりに夕食を作るべきだから、やはり、甘やかされていたのでしょうか……。

私が自分の家を語るときに、多くの人が、躓かずに諒解する、ひとことの形容をお教えください。

初めての一等賞、への回答

――ヒカルさん、一等賞、おめでとう！

何十年か遅れたけどかまやしません。わたしが知ったのは今なのだし、お祝いは遅れたって貴方《あなた》からの投稿（と呼ぶことにした手紙）を今読み、今ここでお祝いです。お祝い申し上げます。

一等、黄色いリボン、おめでとう！

ゴールに向かって走る小学六年生の活力と、テープをきったときのはじける笑顔。読んでいてわたしまで、腰かけていた足をバタバタ動かしてしまうほど喜んでしまいました。

それだけに、お父様とお母様のされたことを知ると、心に氷を押し当てられたようでした。

読んですぐに、わたしがヒカルさんのご両親に対して思ったことは、そのままここに書くと、どうしても他人様《ひとさま》の親御さんに対して失礼になります……。

しばらくしてから、つづきを書いています。

しばらくしてから、辰造さんも敷子さんも、「お気の毒に」と思いました。

あのような態度によって、お二人とも、どれだけ人生の輝きを失ってしまわれたことでしょう。

入学試験や資格試験に合格した、おかしい漫才を見た、いいドキュメンタリーをテレビで見た、おいしいものを食べた、好きな歌手のコンサートに行った……なんでもいいです。うれしい気持ち、たのしい気持ちは、いっしょに喜べる人がいてくれると、二倍十倍百倍に増えます。いっしょにワーイワーイとなれるのが幸せなのです。野球やサッカーの優勝戦のあとのファンをごらんなさいよ、みんな顔が崩れるほど喜んでいるじゃないですか。ましてや、うれしいことおめでたいことをいっしょにわかちあえる相手が自分の子なら、喜びは千倍にもなろうかというものです。

小学校のときの運動会って、貴方も書いておられるように一大イベントです。その一大イベントの、フィナーレの六年生で、一番目立つ１００メートルを全力疾走して一等をとったのを、あのように否定してしまったら、あんなんじゃ、辰造さんも敷子さんも、人生において、たのしいこと、うれしいことって、いったい何があったのかしら、なにかよいことに出会えたのかしら、ろくなことに出会えなかったんじゃないかしらと思われ、お気の毒にと思いました。

だって、あのような態度でいたら、貴方が一等をとったときでなくても、ほかのときでも、たとえいかなる幸福が訪れても、自分でぴしゃっとシャットアウトしてしまうでしょう。すぐそこに幸福があっても摑《つか》まず、おまえあっち行けと追い払ってしまうでしょう。「福は内、鬼は外」の反対で、鬼を内に入れて、福に豆をぶつける人生。「鬼は内、福は外」です。

回答を求めてらした「ひとこと」については……、「何でもぜんぶ、悪いほうへ悪いほうへ持って行くことだけに労力を使ってしまう親」とか……、長すぎますね……、「鬼を入れて福を締め出す親」とか……、これも長いですすね……、的確なものが浮かびません。

児玉幸子　――

∨∨　うそ長谷川です（笑）。ちひろ美術館でお目にかかったおり、「投稿」はその
まま読んでよいと承諾していただきましたので、読ませていただきました。
　ふしぎでした。

＊＊＊＊

　名札貼り替え事件より、今回のほうがある意味もっとふしぎでした。
　なにがふしぎといって、辰造・敷子の両氏の生年からすれば、ヒカルさんはいわゆ
る「年とってできた一人娘さん」でしょう。そういう子が、小学校の運動会の、しか
も花形競技の一〇〇メートル走で一等をとって、なにがこんなに不機嫌なのか？
　辰造・敷子の両氏に対していろいろな感情を抱く前に、とにかくふしぎでした。
　ふしぎだと思うのは、僕も「集客力こそを第一とする媒体が提供しつづけているマ
ジック」にひっかかっている証拠なのかもしれませんが……。ちょっとわけあって、
これでも自分は、家庭というものの暗部について、わりと考えてきたほうだと思って
いたのです。
　ヒカルさんのご両親を形容する「ひとこと」は、「毒親」でいいんじゃないんです

か？　子供に対する暴力虐待《ぎゃくたい》や保護責任放棄ではなく、むしろ、一見は問題のない立派な親なのに、子供には毒作用になる言動をする親のことを「毒親」というのでは？　ヒカルさんがご自身のご両親を「毒親」と呼ぶことに抵抗感があるのが、投稿からひしひしと伝わってきます。

ですが、一度、すっかり子供にもどったほうがよい。いや、ガキにもどったほうがよい。そうでないと、自己防御（稲辺先生なんか大嫌いだったと言いたいのに言わないようにしようとする、とりすましたい心理、とりつくろう心理）が取り外せないですよ？

ヒカルさんにおかれましては、自分の親を「毒親」とためらいなく言う甘ったれたガキにもどって、だれか個人に向かってというより、漠とした壁とか、夕日が沈みかける海とか（笑）に向かって投稿を続けていかれるといいと思います。『城北新報』が地方新聞か何か、もっと大きな新聞で、そこの相談コーナーに投稿するスタンスでつづけていかれたら、そのうちヒカルさんから、気持ちの内臓脂肪みたいなものがとれて、気持ちのダイエットになって気持ちのスタイルがよくなるんじゃないかなと僕は思います。

長谷川達哉

＞＞うそ長谷川さん、ありがとうございます。

私にはどうも「毒親」の「毒」という字の強さに抵抗があるのです。せめて「副作用親」なら……。「毒」というとどうしても、髑髏《どくろ》と、髑髏の下に骨でバッテンをつけた絵の、黒い瓶が頭に浮かんでしまい……、そんなふうには、自分の親をとらえられないのです。

＊

私は木琴も買ってもらえたし、大学は私立に行かせてもらえたし、両親にはよくしてもらいました。これはほんとにほんとにそうなのです。

中学も高校も私立に行かせてもらっているのに、親御さんからの叱責《しっせき》を、しかも理由あっての妥当な叱《しか》りを毒呼ばわりしている人に出会うと、その人の親御さんに加勢したくなるくらいです……。

世の中には、親から凄惨《せいさん》な暴力をふるわれている子供がいて、そのような悲劇にこそ「毒」の語を使ったほうがよいのではないかと思うのです。が、長谷川さんのおっしゃるように、そういう明らかな悲劇の元となっている親の場合は、虐待とかネグレストというのですね……。

そうとしても、最近は「毒親」という一語がぶれて流布《るふ》しているのではないかと心配します。

会社や学校といった外《そと》の場所と、ある一部の人にだけ見せる内《うち》の顔には、だれでも、多少の差があります。「ある一部の人」がだれかといえば、多くの場合、配偶者や子や、あるいは兄弟姉妹といった、家の内でその人と暮らしている人なので家族ということになりますが。

でも、それは自然なことです。だれしもが「社会」の構成員なのですから、「個」を出せる度合いが高い場所と少ない場所とでは、ふるまいはちがいます。家の内では足を投げ出してTVを見ても、電車やバスの中では足を投げ出してスマホの動画を見たりしないのがマナーというものです。幼稚園児だって、園にいるときと家の風呂《ふろ》に入っているときはちがうものです。自然なことであって、むしろ、社会でも個を出し切っていたら、場合によっては犯罪者です。

こうした、「当然つけるべき差」「人ならつけないとならない差」をやり玉にあげ、外づらと内づらが違うなどと親を評し、「毒親」だのと、この語を悪用している人達がときどきいる。それもあって、「毒親」という一語以外に、もっとなにかないのかと思います。

うそ和治

＊

＞＞うそ和治さんのおっしゃること、お気持ちはよくわかりますよ。そのうえで、でもやっぱり「毒親」でいいんじゃないの、と思ったわけです。

長谷川達哉

＊＊＊

——辰造氏・敷子氏の、世代による慣習や価値観、ならびに両氏それぞれの個性についても鑑《かんが》みて、両氏のとった行動をふりかえっているヒカルさんはすでに小学生ではありません。「小学生のヒカルちゃん」に対するコメントは、わたくしからの回答では避けます。

ヒカルさんは、このお二人が形成する家を表現する「ひとこと」をお求めですが、書いておられるように、たしかに「厳しい」ではありません。

「ふしぎ親」というのを考えましたが、これでは、もし、たとえば今回の投稿にあったサブウェイのような日常的な場所で、女子学生が交際している男子学生に、「うちは『ふしぎ親だから』云々《うんぬん》」と言ったとしたら、聞いた男子学生の頭には、辰造さんや敷子さんのような親ではなく、もっと別なイメージが浮かんでしまうでしょう。「ヒカルさんの日ごろの挙措《きょそ》がクラスメイトに与える印象」と「ヒカルさんのスポーツテストの結果」に落差があるのと同じような現象が生じてしまいそうです。

「ふしぎ親」の次には、「SLINGSHOT親」を思いました。殴る蹴《け》るの暴力ではないのだけれど、パチンと石をぶつけて小鳥を落したりするように、常に子を挫《くじ》く親。

運動会のあとの親御さんの行動に、かなり合っていると思います。

SLINGSHOTは一般的な外来語ではありませんから、訳すと「パチンコ親」。だがこれではまた、最近、ときどき事件になる、パチンコに過度に興じて乳幼児を死なせたり病気にさせたりする親や、金銭的にだらしない親を連想させてしまいます。といって「くじき親」ではいまひとつ意味がわからない。

ほかにもいろいろと考えた末に、やはり「毒親」だと至りました。

辰造氏も敷子氏も、各々《おのおの》の個性をもった一個人であり、各々の個性から最大限に、子を養う義務を遂行してくれたことに対するあなたの謝意。それは投稿から感じます。あなたが大人だから抱けるものです。

だから「毒親」という呼称が「甘ったれの逃げ道にいくらでもなりそうな大雑把なネーミング」だと思われるのでしょう。じっさいのところ「毒親」や「生理休暇」を悪用している輩《やから》も少なくありません。

ですが、やはり「毒親」ではないかと。なぜなら、この語は現時点で、もっとも普及しているからです。

早春の時期に鼻みずとくしゃみがとまらなくなる人が、以前からいた。なのに以前は「花粉症」という「ひとこと」がなかった。そのため「季節はずれの風邪」と誤診されたり、「いまごろ風邪をひく馬鹿」などと言われることがあった。症状の度合いは各々ちがっても、ともかくは「花粉症」という「ひとこと」が普及したことによって、コミュニケーションとして、ものすごくラクになった人は大勢いると思うのです。

ところで、わたくしどもには二人の息子がいます。幸いわれらは、小さな問題がいくつかあったにせよ、善き家族でした。妻《さい》が明るい性格だった（すなわち、娘を明るい性格に育てるような親の元で成長した人間であった）ため、わたくしの陰性が緩和され、いい方向に向いた結果だったのでしょう。それでも息子達が成長過程にあるときは、ひどい諍《いさか》いをしたのです。

しかし乍《なが》ら、今となっては、過去としてこう言えるのだから、わが家はやはり善き家族であった。それは天の助けと申しますか、贈物と申しますか。

ですから、投稿に回答するくらいでは、わが家に贈られた幸いへのお返しには足りないというものです。気兼ねはご無用です。知恵をお借りしたいという名目で、『城北新報』がらみのみなと会って話せる機会になるのですから、わたくしどももたのしいのです。

美術館で長谷川くんが言っていたように、個人に宛《あ》てると考えず、「拝啓、文容堂」と宛てて綴るのが、語るにやりいいのであれば、そうされてください。

児玉清人——

タクシーに乗って

では拝啓、文容堂。

わが家を形容する一語についてはひとまず措《お》きます。

『気のいいがちょう』という歌をご存じでしょうか。

戦後すぐの新教育法に基づく音楽の教科書に載せるにあたり、ボヘミア民謡にその訳詞をあてたそうです。

しばらくして副教材的なものに移されたので、おぼえている人は少ないかもしれません。私も教科書にあったのを習ったのではありません。たまたま音楽の時間に稲辺先生が、なにかの映像教材（川が流れる遠景の静止画像に歌詞が付いただけ）を、余談ていどに見せてくださったので、それで一回聞いただけです。

その一回が……。その一回が聞くに耐えられなかった。

歌詞が。

口の中に砂をつっこまれたような不快感と、がちょうから顔をそむけたくなる痛み。一度聞いただけにもかかわらず、それがずっと私には残っています。

がちょうは川を越そうとしたが
水はまんまん　流れは早い
ラララララ……
悪いカラスが教えて言うに
水を飲んでしまいなさいよ
ラララララ……
そこでがちょうはがぶがぶ飲んだ
川を干そうといっしょうけんめい
ラララララ……
飲んでも飲んでも流れてくるよ
気のいいがちょうは　それでも飲んだ
ラララララ……

滑稽《こっけい》さは、ひとつまみでも過ぎれば哀しみになり、そしてまた次の瞬間にはすぐにまた大笑いの滑稽になる。

『気のいいがちょう』の教材を聞かせてくださった稲辺先生が「このがちょう、きっと、水で腹《はら》がアドバルーンみたいにぱんぱんに膨らんだわね」とおっしゃったとき、音楽室にいた子の大半がげらげら笑いました。

私はうつむいて、みなに隠れてぎゅーっと目をつぶっていました。がちょうを見ていられなかった。歌詞が痛かった。

「メロディと歌詞から頭に浮かんだがちょうから、小学生はなぜ目をそむけたのか」、こんな質問には、多くの人の関心をひく涙もロマンスのときめきもありません。たんになぜかしらというだけでは、読売新聞の人生相談に投稿してもボツでしょうし、ＴＢＳラジオの全国こども電話相談室に、子供になりすまして応募してもボツでしょう。

今回も地味な質問です。たんに親の行動が謎《なぞ》だったというだけの出来事です。でもほんとに謎で……、何十年たった現在も謎です。

小学校の卒業式を終えたばかりの春休みの出来事です。

場所は『柬華《かんか》菜館』。

関西では有名な中華料理店です。

２０１×年の現在も、古都の川べりに美しい姿を見せる建物は、高名なアメリカ人建築家が戦前に手がけたもので、外観にも内装にも、西洋建築に東洋的な異国情緒が取り入れられ、古風なエレベーターがまだ運転されています。

＊＊＊＊

Q市のテッキンのわが「恐怖の虫館」の建築のほうは、建築士になりたての日本人でした。新人の気負いからか、外から見たデザイン優先の、田舎町の民家として田舎の日常生活を送るには、きわめて不便な設計でした。

私の部屋は二階にありました。といっても、ドアがない。階段を上がったところから、次の部屋までの中間点です。「ここは絵画や彫刻を飾るプライベート・ギャラリー的なスペースです」と若い建築士が父親に言うのを、越してきたばかりの日に聞いた中間点。

プライベート・ギャラリーとはうまいいわけだったなあと、後年には苦笑しました。どう見てもそこは機能性を欠く設計でできてしまったデッドスペースでした。

そのデッドスペースをカーテンで個室風に仕切って、ベッドや机などを置いて、私の部屋として使っていたのです。

窓枠はアルミではなく、重たくて開閉のたびにゴゴウと音のするスチールで、すきま風が吹き込み、強い雨の日には桟《さん》が水浸しになりました。でも窓のすぐ下に頑丈な棚が作り置きされていて、お行儀が悪いのではありますが、のぼってちょこんと体育すわりをするのにもってこいでした。体育すわりして空や田んぼや畦道《あぜみち》をながめるのに。

とりわけ土曜の午後。一週間でいちばん好きなひとときでした。カーテン仕切りの自室で音楽をかけ、体育すわりをして窓から外を見て、映画を考えるのはほんとにほんとに幸せでした。

両親にはこうしたことをしているのを隠していました。女らしい行動だからです。

父親と母親の感性は、親和性が低く……いや、親和性がなく、というべきかもしれません。同じ家にはいるが、端と端で別々に住んでいるかのように起居していました。にもかかわらず二人は、プロセスはまったく異なりつつ、結果的に、私には同じことを望んでいました。

「男のようであること」

「一生結婚しないこと」

この二つです。両親の一人娘に対する「たっての願い」でした。学齢前は髪は野球部男子のような五分刈り、骨太（極太）の体格に、洋服はすべて男児服を着せられていたので初対面の人からは「おや、坊ちゃんですね」と必ず言われました。

母親は、少女漫画を読んでいると叱《しか》りましたが、少年漫画を読んでいると機嫌をよくしました。とても機嫌よくしました。

父親は、私が髪を短く刈り上げ、スカートではなくズボンを穿《は》いているように望み……というより、そうしろと命じました。従うと機嫌をよくしました。上京するまで私は、家ではずっと男ものの洋服を着ていました。

母親は、私が数学と体育の成績のよい子であってほしいと夢見ていました。しかし算盤《そろばん》を習わせるとか、水泳を習わせるとかいったことには、まったくまったくまったく不熱心でした。

したがって私は習い事や家庭教師といった補習勉強的なものとはいっさい無縁でした。

つまりですね、母親は、いわゆる教育ママ（今風の言い方ですと、お受験ママ）として、数学科目と体育科目を重視していたのではないのです。

彼女自身の安らぎとして、私にというより、自分が産んだ子が、「生まれつき数学が得意で体育が好きな子」であることを、夢見ていました。何度も何度も、そういう子だったらよかったのに、なぜあなたはそういう子ではないのか、という旨《むね》のことを彼女から言われたものです。成績表でまっさきに母親が確認するのは「算数（数学）」と「体育」でした。

一人子は親の期待を一身に背負いますから七歳より私は、彼らの望みに応《こた》えることを任務とし、数学も体育も、いい成績が出せなくても、その授業が好きなふりをするなど、あらゆるシーンにおいて、夢の子に近づくよう努めるのが癖になっていました。ですが……、自分の現状１００パーセントを１２０パーセントにするのは、それもまた努力目標にもなりましょうが、まったく自分と反対の形にしたり、反対の形のふりをするのは、まず第一歩として、自己否定に膨大なエネルギーを費やさないとなりません。

私は「年とって産んだ子だから悪い遺伝だけ受けている」と母が言いきかせる劣等な子です。数学と体育は優秀な遺伝をしている人に向いた科目です。スポーツテストは「Ａ」でも授業としての体育はできません。悪い遺伝をした劣等な子である私ができないのですから、ならば逆に優秀な遺伝をしている人は数学と体育ができるのです。劣等な子のくせに優秀な子のふり、数学と体育の好きなふりをするのは、ふりをするだけで多大なエネルギーを使います。エネルギー残量がほとんどなくなってしまいます。

おや、今ごろ気づいたのですが、へんですね……。あれほど自分の子が「男のようであること」を切望した父親にとって、また、ボーイッシュな子供こそ道徳的だと夢みた母親にとって、運動会の１００メートル走で一等をとるのは、方向性としてはまちがっていなかったのではないでしょうか？　へんですね……？

運動会が嫌いでしたと、前回の投稿では正直に申しましたが、こんなですから、もちろん両親の前では好きなふりをしていました。運動会や体育が嫌いな子は不健全と見なされますから。

ふりをするとか、隠すという行為は、ほとほと労力を要しますよね。疲れます。

そんなわけで、土曜の午後は、親も先生も同級生もいないところで、ふりをする必要なく、くつろいで窓から外を見て、映画を考えていられる、幸せな幸せな時間だったのです。

さて、「映画を考える」という言い方について補足します。

わが家では「お小遣い」のシステムがありませんでした。その時々で必要なものがあれば、理由を言って代金をもらうか、親のいる場所で買ってもらうのです。

健全な雑誌、男の子らしい雑誌とは、小学館の学年誌、学研の『科学』と『学習』。これ以外の雑誌は女の子らしくて不健全。こう判断されるため、少女漫画誌や映画専門誌を買いたいときは、学用品や学習参考書を買うなどと嘘《うそ》をついてお金をもらっていました。幼いころから他人様《ひとさま》の家に預けられていたので、みなさん、厳しく道徳を教えてくださいました。ですから、嘘をつくのはたいへんな罪悪心でした。ですが、いかに罪悪心があったといいわけをしてみても、結果的に嘘をつくほうを選んだ私は汚れています。

嘘をついて得た漫画誌や洋画誌は蠱惑的《こわくてき》でした。私は外国の映画が見たくてなりません。

田舎町には二番館が一軒だけしかない。いつもは未成年が行けない映画ばかりをかけていて、夏休み・正月と春秋の連休にかぎり、文部省推薦の、学校で割引鑑賞券を配られた映画がかかりました。それに行くとしても市内町内会（自治会）が合同でガリ版刷りでこしらえた『Q市内名簿』という一種の紳士録に記載されている家の子といっしょという条件つきでしたから、実質的に私は映画を映画館で見ることはできませんでした。

でも。文庫や単行本という「本」なら、関所をくぐり抜けられるのです。つけの支払い時に母親に同行すればよいのです。

当時のQ市内の町では、本屋さん、酒屋さん、燃料屋さんなどへの支払いは月末にまとめてする家がほとんどでした。駅前の商店街の大川書店に、買い物ついでに母親が月の支払いをしにいくさい、なにげなくついてゆき、母親が書店店主と、通り一遍の時候の挨拶《あいさつ》などをしているうちに一冊選び、小声で「これもいっしょに」とレジに置くと、それは書店の袋に入れられ、本屋さんを出るさいに自転車の籠《かご》なり鞄《かばん》なりに入れてしまえば、なかばどさくさに紛れるように私のものとなります。

この方法で、私は新潮文庫と角川文庫を入手していました。二社は映画化された小説の場合、映画のスチール写真をよくカバーに使っていたからです。

ざっと通読した文庫を広げ、カバーの写真を見て、音楽の流れる自室の窓辺で、自分なりの映画を空想して、頭の中のスクリーンに上映して、自分ひとりで鑑賞するのが、「映画を考える」ということです。

留意していただきたい。「お小遣い」がわが家の習慣になかったことを。

わが家に「お小遣い」の観念がなかったのはなぜか？

むかしをふりかえって、今の私は思うのです。母が迂闊《うかつ》だったからではないかと。

世の中には、親御さんから、厳格にも品格のある躾《しつけ》をされてお育ちになられた方がおられます。そうした方の親御さんは、「食事や衣料品・学用品等々は子が不自由なきよう親が与える。子が趣味や娯楽で欲するものあらば子細伝えよ。妥当なれば金銭を渡す」といった考えのもと、方針としてお子さんに「お小遣い」を与えないようになさっていたケースが少なくない。

しかし私は、そんな凛《りん》とした出自《しゅつじ》の者ではありません。わが家に「お小遣い」のシステムがなかったのは、「躾《しつけ》」という美しい文字に値するものではとうていなく、たんに迂闊ゆえと思うのです。

母親は迂闊な人だったのです。

生来が迂闊だったのか、配偶者である辰造を厭《いと》う結果なのか、家の内を極力見ないようにしたかった結果なのか、理由は何にせよ、結果的に迂闊になった。迂闊ゆえに、私が「すでに12歳になっていることに気づいていなかった」のではないかと。「東華菜館事件」の謎を解くにあたり、わが家の習慣として、私がお金を持っていなかったことに留意お願いいたします。

窓辺の棚の上に体育すわりをして映画を考える私には、自由になるお金がありません。かける音楽は、『魅惑のヨーロッパ映画』と題されたケースに入った、4曲だけが収録されたものです。たまたま手に入れたのです。商店街にある佐倉電器の佐倉さんが、市主催の文化行事のさいに用意したのが不要になり、どうした経緯でか父親がもらい受け、応接室におきっぱなしになっていたのを、自室に持ってきて、何度も何度も繰り返しかけているのです。やはり応接室にあった再生機を持ってきて。

4曲しか収録されていないので、角川文庫の『太陽がいっぱい』を読んでいるときに、かかっている音楽は違う映画の主題曲だったりします。それでかまわない。犯人側からの心理で描くミステリーは、小学校の卒業式を終えたばかりの田舎の子にはまだ巧緻《こうち》に過ぎ、読んでいてもよくはわかっていない。嚙《か》まずに、目で追った活字を鵜《う》のごとく呑《の》み込み、音楽を何度も耳にそそぎ、文庫カバーやソデのスチール写真を見れば、いきいきとあざやかに、まるで映画館の大画面で見ているかに、自分だけの、勝手な『太陽がいっぱい』が頭の中のスクリーンに映るのです。

空想の映画鑑賞は、自由になるお金を持たず、家と学校を行き来するだけの身の、せいいっぱい工夫をこらした遊びでした。

お金を持っていない。中学入学前の12歳。しかも母親には実年齢よりもさらに幼い低学年だという感覚があった。この3点に留意して、『東華菜館』で起きた出来事を聞いてください。

＊＊＊＊

小学校の卒業式を終えたばかりの春休み。

土曜。

カーテンで仕切った自室の窓辺で、空想の映画を見ていた私は、四時になるすこし前に、音楽をとめて着替えはじめました。

Q市ではない大きな街で外食することになっていたからです。

先週の卒業式で着た、皺《しわ》になりにくい生地の、すとんとした紺色のワンピースのファスナーを、腕を後ろにまわして上げると、重い気分に包まれました。

父親は外食のためにときどき大きな街まで出かけるのが好きなので、母親と私も同行せねばならず、それが母親には苦痛なのです。

母親は外食・旅行が大嫌いです。髪をとかし、みぎれいな服を着て、化粧をして、ハンドバッグを持って外出するといったようなことが、母には、幼児にとっての歯医者の治療のごとく厭《いや》で厭でならないことなのです。

家での食事ならば、食後に台所に移動できる。ところが外食だと、食事中はもちろん食後もずっと父のそばにいなくてはなりません。

酒を嗜《たしな》む父は、料理を少しずつ食べるので時間がかかる。飲酒しない母と私は、ひたすらだまって彼が食事を終えるのを、席でうつむいて待っていなくてはなりません。

「あんたを産んでから歯がみんな抜けた」と言う母親は、このころはすでに総入れ歯で、そのせいか味がよくわからず、食事に関心がない。だから外食の翌日は「あの人につれていかれる店はどこもおいしいと思ったためしがない。あんたとわたしのぶんの高いお金を捨てに行くようなものね」と必ず言います。そんな母ですから、外食のあいだじゅう、私には、母の「ああ早く家に帰りたい。早く家に帰ってこの人のそばから離れたい」という無言の叫びが聞こえるのです。それは、おそらく父にもつたわっていたはずで、父は母に話しかけず、母も父に話しかけず、私も父にも母にも話しかけられず、三人ともただだまって、母と私は空になった皿の前でうつむき、父はだまって食事を続ける。

これがわが家の外食です。

こんな外食、母にも私にもたのしいはずはありません。父にとっても、たのしくないだろうに、わが家にはときどき外食というタスクが課せられるのでした。

＊

タスク遂行で父母私の三人は、Q市を出てJR線で大きな街に出、駅前からチンチン電車に乗りました。留意しておいてください。この食事をすることになっているレストランは、JR駅の近くではないのです。

バチバチッと火花が飛ぶ音をたてて発車し、ギーギーギーと進んでゆくチンチン電車。私は車酔いをするほうなので、バスではなくチンチン電車だと安心です。乗り方や道はおぼえられません。どだいが方向音痴なのに加えて、父親とともに外出したら、すべては彼の命令に従うよりほかないのです。父親が行きたいところへ行き、それについていくだけ。父親がしたいことをし、それがすむのを待っているだけ。道順も電車の乗り方も、ただもう父親のお付きのようについていくだけ。おぼえようという気がおきない。

今日も店に到着するまで、どこへ行くのか知りませんでした。チンチン電車に乗る前に「かんかさいかんにいく」とは聞きましたが、字が浮かびませんでした。「どういう字を書くの？」といった単純な質問も、私にはできません。混雑する駅前で、それもこれからチンチン電車に乗ろうとしているあわただしいときに、そんな質問をしたら父親が大声で怒鳴りかねません。

店の真ん前まで来て、父親に建物を指さされ、指が指すほうを見て「かんかさいかん」は「柬華菜館」と書くのだとわかりました。

（わあ）

なんとすてきな建物ではありませんか。

石に細かい彫刻がされています。タコとタツノオトシゴなのだと、あとで個室席についたさいに白い上着と黒いズボンのお店の人が説明してくださるのですが、さいしょに見たときは、私にはバラのように見えました。

父親が玄関を入ってすぐのフロントで、「予約していた和治です」と告げました。

とたんに、三歩後ろに立っていた私の頬はカーッと熱くなりました。

今日の午前中。Q市の地区別児童会の公園掃除があり、友坂尚子さんら同学年の人たち数人に会ったのです。昼食にいったん各自の家にもどってから、三時から割引タイムになる国道沿いのスケート場にみなで行かないかという話になりました。せっかく私も誘ってもらったのに、行けないとだけ言って断るのは悪いと思い、親と外出しなければならないと理由を添えて断ったところ、どこに行かねばならないのかと訊《き》かれました。

大人なら「ええ、まあ、ちょっと……」とことばを濁《にご》せますが、小学校を出たばかりの子供は、親が店を予約したのでそこに行かねばならないと打ち明けてしまったのです。

友坂さんは明朗快活で体育も学科も両方の成績がよく、女子の理想のような人でした。親との予定が気が重くてならなかった私は、友坂さんに頼りがいを見たのでしょう。悩み事を打ち明けてしまいたい無意識の心理があったと思います。

友坂さんは、しかし、くす玉が割れるように笑いました。友坂さんは「予約」に笑ったのです。お店で夕飯を食べるのにわざわざ予約するのかと。「あんたとこは、化《ば》け物《も》んの家ね」と。

補足をします。当時のQ市では、レストランを予約して食事をするということが希《け》有《う》なことであったのか、それとも友坂さんの周囲にはそうする大人がいなかったのか、あるいは夕食を市外で食べることが希有だったのか、友坂さんの笑った理由がどれなのかはわかりません。「化《ば》け物《も》ん」というのは、そのころ友坂さんたちのグループだけで大流行《おおはや》りしていた表現で、「変わってる」「けったいな」という意味合いをもっと強めたものです。友坂さんは流行語を使って「あんたとこ、えらく変わってるんだね

え」と言っただけなのですが、

(化け物んの家……)

私自身が、わが家の苦しいばかりの外食の習慣を厭《いと》うているため、頼りがいを見た友坂さんに笑われると、この習慣が、本当に厭《いや》な、よくない習慣に思われ、恥ずかしくてなりませんでした――。

なもので、『東華菜館』のフロントで「予約していた」と父親が告げたとき、化《ば》け物《も》んなことを、まさに今、自分たち一家はしているのだと恥ずかしくなったのです。

「こちらでございます」

白い上着と黒いズボンのしゅっとしたボーイさんのあとを、私はおどおど歩いてゆきます。箱根の細工箱のようにきれいに組み合わせた木の床を、ボーイさんと父親、母親と私の靴音が小さく響きます。

ボーイさんが明治チョコレートのようなドアを開けてくださり、通された部屋は二階の個室でした。高い天井から三つ手に分かれた電灯が、すこし暗めに部屋を照らし、丸いテーブルには白い布がかかり、ツルの首のような花瓶に、まだつぼみのバラがさしてあります。

(わあ)

さきほどの恥ずかしい熱はひきました。

部屋のようすに見とれました。

「どうぞ」

メニューが父親と母親と、それに私の前にもおかれましたが、見るのは父親だけです。外食のおり、父が母や私に食べたいものを訊くことはありません。これを横暴だとは母も私も思っておりません。どうでもいいからです。三人でなにも話さずにいる外食ですので、何を食べても、味を味わうという気分にはならないのです。

さいしょに中瓶ビールを、父親と母親が飲みましたでしょうか。母がグラス二杯、残りは父が。そのあとは、中国のお酒を瀬戸物のグラスで一杯、父だけが飲みました。

父は毎日晩酌をします。量はさほど飲みません。食前にビール中瓶一本は多すぎるので、グラス二杯をいつも母に与えるのです。それくらいの酒量ですので、いわゆる酔っぱらった状態になった父親を、この日より前も、そしてこの日より後年、彼が亡《な》くなるまで、一度も私は見たことはありません。飲酒時の父親は、むしろふだんより穏やかで静かで、私がうっかりへまをしても（皿を割るとか何かをこぼすとか）叱ることもなく気前よいのです。

自宅に酒好きな客を招いたとしても、自分は飲まずに酌をするほうにまわります。といって酒に弱いわけではなく、飲んでも顔色はまったく変わらず、酒の好みもうるさい。父にとって酒は料理の味を膨らませるもの。飲むピッチも、波のない池でボートを漕《こ》ぐごとく、ゆっくりゆっくりとしたものです。

いっぽう母のほうは、父よりもアルコールは強いです。たまに父が数日不在のおりなどに、ウイスキーやブランデーをストレートで飲んでおりましたが、顔色も変わらず、彼女も酩酊《めいてい》することはいっさいありませんでした。

あの、よろしいでしょうか、こうしたことにも留意しておいてください。つまり、父母ともにアルコール耐性がある上に、わきまえた量しか飲まない。この日、父も母も酔っていなかったと。

*

いつも外食がそうであるように、この日も、母親と私は、父より先に食べ終わりました。

父親がひとりだまって、ゆっくりゆっくりと食事をするのを、母親と私は無言に近い状態で、ひたすら待っておりました。

「わたし、ちょっと御不浄《ごふじょう》に……」

母親が椅子《いす》から立ち上がると、父親がトイレの場所をおしえました。彼のほうは一度中座してそこに行っているからです。

母親と入れ代わるように、ボーイさんが事足りているかどうかを見に来てくださいました。

今日、フロントからこの部屋に案内してくださって、メニューを持ってきたり注文を聞いてくださったりしている、このしゅっとしたボーイさんは、若くもなく年嵩《としかさ》でもなく、米人建築家が意匠を凝らした箇所について父に話してくださいました。

へえ、へえと、私は心中で相槌《あいづち》を打ちました。建築についてのお話を聞くのはたのしく、『東華菜館』の建物は魅力的で、この日の外食は私には、いつもより苦痛ではありませんでした。

「もどりました」

母がトイレからもどり、ふたたび、彼女と入れ代わるように、ボーイさんが部屋を出て行かれました。

「じゃ、私も御不浄に行ってくる」

私はボーイさんを追いかけるようなかたちで部屋を出ました。父が母に場所をおしえたのをさっき聞いておりましたので、トイレはどこかと迷うことはなく、部屋からはやや離れたそこに行き、中学の入学式もまだな年齢ですから、化粧直しをするでなく、すぐにもどってまいりました。

すると。

部屋には誰もいません。

（あれ？）

部屋をまちがえたのだろうか。

いったん部屋から出て、廊下側から明治チョコレートに似たドアあたりをながめました。まちがえてはいない。つい今しがた出て行った場所です。使った皿や碗《わん》や箸《はし》のぐあいも、今しがたまで視界にあったのとまったく同じです。

（玄関の、あそこに行ってしまったのかな）

予約していたと父が告げた、聞いて私が赤面したフロントまで、私は急いでまいりました。

けれど、そこはしーんとして、父母もいなければ、ほかのお客さんもお店の人もどなたもいらっしゃいません。

私はまた部屋にもどりました。女の店員さんが空《から》になった食器をワゴンに載せておられるところでした。女の店員さんは作業に夢中で、私がつっ立っているのには気づきません。そこに、彼女に指示をする男の人の声。

私はふりむく。

さっきのボーイさんでした。

「あ、あの……、あの……」

大人なら、「連れの者はどうしたでしょうか」とか、ぎゃくにもっとフランクに「あらま、なんでまた、だれもいなくなったのかしら」などと尋ねられたでしょう。けれども私は『東華菜館』などという名だたる高級レストランにはじめて足を踏み入れた田舎の子供なのです。友坂さんがわが家の習慣を「化《ば》け物《も》ん」と笑ったのにさえ恥じ入ってしまうほど内向的な。

「あの、あの……」

もごもごと、口ごもるのがせいいっぱいでした。

「……」

ボーイさんはものすごくふしぎそうな顔をなさいました。

「……」

私はますます、まとまったことばで尋ねることができなくなる。

「こ、ここに……ここにいた人は……」

その年齢よりも幼く見える頭の悪そうな子供のように、私の口調はたどたどしい。

「……もうお帰りになられましたが……」

ボーイさんは、妙なものを見るように、そう、化け物んでも見るように、私を見ました。

頬から耳たぶから首すじまで真っ赤っかになっていくのが、自分でよくわかる。

「そ、そうですか」

呂律《ろれつ》がまわりきらぬほど早口で応え、小走りして、『東華菜館』の正面玄関から外に出ました。

小雨がふっています。

紺色のワンピースを着た私が持っているものといえば、ポケットのハンカチ一枚。傘もない。敗戦国の昭和天皇の命を救うのに尽力した米人建築家のすばらしいファサードの下で、私はなす術《すべ》まるで思いつかず棒立ちでした。

公衆電話もかけられない。かりに小銭を持っていたとしても、どこにかければよいというのでしょう？　自宅？　両親が帰宅するとしたらずっと後です。

小雨の中で、川にかかる橋をぼんやりとながめていると、キイと背後で玄関のドアが開きました。

「ここで、しばらくお待ちになっておられたらどうですか」

フレンドリーな言い方ではない。礼儀正しいというのともちがう。しいて選べば、やはり、さきほどと同じく、ふしぎそうな口調でした。

さすがにボーイさんは大人だったので、私がひとり残っているのは妙だと思ってくださったのでしょう。でも彼は彼で、なぜ、こんなことになっているのかと、子供には尋ねかね、とるべきスタンスを計りかね、ふしぎそうな口調になるしかなかったのでしょうね。

「はい」とも「ご親切にありがとうございます」とも、私は口にできませんでした。とりあえずの身の置き所を与えていただいたのに、ろくな御礼も申し上げぬまま、だまってロビーの椅子にすわるくらいしかできないほど、卒業式を終えたとはいえ、実質まだ小6だったのです。

もし「不安」という気持ちを、悪いことばかり想像してしまう心理状態だとするなら、『東華菜館』の、麗《うるわ》しい意匠の椅子にすわったそのときの私は、不安ではありませんでした。

不安に至らなかったのです。

わけがわからなくて。

頭の回転が遅く、反応が鈍いので、そのときの自分の状況がまったく摑《つか》めなかった。

わけがわからない。

これだけです。めまいがするように、わけがわからない。

くらくらした気分で四十分ほどがたちました。自分の腕時計をはめる年齢にもいたっていない12歳は、フロントの時計で知りました。

そのときです。

「あんた、まあ、こんなとこで……」

母親が私の前にあらわれ、

「何してたのッ！」

詰問《きつもん》しました。

「何してたって……」

なぜ、そんなことを訊かれるのか。

「……」

わけのわからぬまま母親を見る。眉間《みけん》に深い皺。

「……二人とも、どこへ行ってたの……？」

やっと私は訊けました。

「なに言ってるのッ」

バシッと母は私の手を叩《たた》きました。

「え……？」

なぜ母は私の手を叩くのでしょう。

「あんた、タクシーで駅に行ったんでしょ！」

母の声音《こわね》は、キイッととりみだしたトーンになってます。

「タクシー……？」

わけがわかりません。まったくわからない。タクシー？　駅？　私は呆然《ぼうぜん》として『東華菜館』の椅子にすわったままです。

「早く来なさいッ。早くっ」

パシッと、母は今度は私の膝《ひざ》を叩きました。

「ぐずぐずしないで早くっ」

母は私の手首を摑み、引っ張るようにして私を『東華菜館』から出させました。バラに見えた美しいファサードの前にはタクシーがとまっています。

そのタクシーに母は先に乗り込み、私の手を荒々しく引っ張り、私も乗せました。

車中で私を見ると父は、タクシーの窓ガラスがびりびりと振動しそうなほど大きな声で怒鳴りました。

「もう二度と連れて行かん！　二度とこれからおまえなどいっしょに連れて行かん！」

その怒声の大きさは、いつものことながら身を竦《すく》ませます。

「本当にもう、あんたという子は」

また母は私の手を叩きました。

「……」

全身がこわばる。二人の顔の恐ろしさ。それでも私はわからない。いったい何があって、何を彼らは怒っているのか？

「あの、車を出しても……」

運転手さんが、もう発車してもよいかとなだめるように訊いてくださいましたので、両親はいったん黙し、タクシーは走り出しました。

しばらく三人とも無言でした。

われわれの重苦しさがつたわったのか、運転手さんはラジオをつけてくださりました。

「……あの……、なんで『東華菜館』で、二人ともいなくなったの？」

高速道路の料金所を抜けて、ようやく私は小さな声で訊きました。

「なに言ってるのっ」

ピシッとまた母は私の手を叩きました。

「あんたがタクシーに乗って駅まで行ってしまったから、わたしたちは駅まで追いかけたんじゃないの」

「……」

まったくわからない。わけがわからなくて、喉《のど》がつまり、ひとことも声が出ません。

タクシーに乗って私が駅に行った？　なぜ？　チンチン電車の乗り方もわからない12歳の私は、ましてやタクシーを自分で呼びとめて乗るなど、したことがないどころか、しようと思ったこともありません。お金も一円も持っていない。

「……」

声が出ない。顔が動かない。

わけがわからなさすぎて、悲しいとかもどかしいとか、感情がいっさいおこらない。

「駅では呼び出しまで頼んだ」

父はまた怒鳴りました。

「……」

私はだまっていました。

まったくわけがわからなかった。

やがて自宅に着いても、だまったまま手を洗い、自室でベッドに入りました。

＊＊＊

なぜですか？

自分たちに連れられて『東華菜館』にやってきた、先週に小学校を卒業したばかりの12歳の子が、ぷいと一人でタクシーに乗ってJR駅に行ったと、なぜ父親と母親は思ったのですか？　タクシー代についてはどう考えたのですか？

仮に父親が酔ったのだとしましょう。飲酒とはまったく無関係な出来事がまた後日におきるのですが、この日についてはまず、酔ったとしましょう。さしたる量の飲酒ではなかったが、この日は体調のかげんでアルコールが思いのほかまわってしまったと、仮にそうしましょう。そして奇妙な勘違いをしたと。仮にそうだったとしましょう。

ですが、そうなると母親がわからない。私はトイレに行ったと、なぜひとこと言わなかったのでしょうか。

「上位者を恐れて下位者が何も言えない状態」が母親におきていたのなら、彼女もまた、帰りの車中では、無言で身を硬くしていると思うのです。が、彼女は「ほんとにもうあんたという子は」と私の手を叩いて怒っています。彼女も「タクシーに乗っていった」と思っている。二人そろって、同じように思うということがわからない。

なぜ？

「親に訊けばいいじゃない。なんで訊かないの？」と思われる方が大勢おられると思います。両親をパパ、ママと呼べる方は、訊けるかもしれません。

私は訊けませんでした。

タクシーの中での、あまりの二人の赫怒《かくど》の形相《ぎょうそう》に、12歳の私は、この日の出来事を彼らに思い出させないようにしなくてはならないとちぢこまり、さらには、自分の頭がおかしいのだろうかと思ったのです。

私はタクシーに一人で乗ったりなどしてない。一円も持っていないのにそんなことができるわけがない。けれど、父親も、母親も、そろって、私がタクシーに勝手に乗って『東華菜館』から駅に行ったと言う。

大人2に対して子供1。大人2人が、子供1人にあれほどまでに、大人の権威を賭《か》けて（と、まだ小学校を出たばかりだった私にはそう見えた）、私は一人でタクシーに乗って駅に行ったと言う。私の頭がおかしいの？　頭がおかしいのは怖い。もうこの出来事にはふれるまい。そう思い、口がきけなくなったのです。

＊

そして四年後。

「飲酒とはまったく無関係な出来事がまた後日におきる」と申しました。四年後におきました。

山中にある名刹《めいさつ》に行ったのです。

高校1年の夏休みでした。

和気あいあいとした夏休みの家族旅行とはかけはなれた、家を出るときから、いえ、支度をしているときから、重い空気を、三人はそれぞれに吸っていました。東華菜館に行ったのと同じです。無益な外食の一環です。

一泊して翌朝に、お寺を出ました。

お寺から下山するにはロープウェイで下るのですが、お寺からロープウェイの駅（乗り場）までがまた車で20〜30分の距離があります。われわれが寺門を出た時刻には、寺門とロープウェイ駅を往復するバスがちょうど出たところだったので、タクシーでそこまで行きました。

バスとロープウェイは、おおよその時間を合わせているのでしょう。バスにすんでのところで乗り遅れたということは、ロープウェイにもすんでのところで乗り遅れ、次の発車まで20分ほど待たないとなりませんでした。

われわれ三人はロープウェイ駅のベンチにすわりました。観光名所なので、駅舎はレトロに風情《ふぜい》を出すよう整備されてきれいでした。ベンチも。

そのベンチと直角をなすところに、小さな売店がありました。売店というほどの大きさもない、スタンドといったほうがいいくらいの小さな所で、ガムや新聞、それに絵はがきや切手が売っていました。

ベンチから数歩の、すぐそこです。

絵はがきが売っていることに気づいた私は、父親と母親にそれを指さして言いました。

「あそこで、絵はがきを買って、××先生や○○ちゃんや△△さんに出したいから、お金をくれない？」

私が口にしたのは、担任教諭や従姉妹《いとこ》など、父母も知っている人間の名前です。

「そうね。ここから出すと消印もここのが付くから、きっとよろこばれるわね」

母親はお金をくれ、私はさっと売店に行き……、行ったというほどの距離ではなく、ベンチから数歩歩き、絵はがきを買うと、その三人に、暑中お見舞い申しあげます、と決まり文句だけを書いて、売店の前のポストに投函《とうかん》しました。売店の前には小さな机と椅子があって、紐《ひも》のついたボールペンも置いてあったのです。担任は学校宛《あて》ですし、○○ちゃんと△△さんの住所は暗記していたので、この作業はすぐに終わりました。売店にも、駅舎にも大きな時計があり、それを見てもロープウェイの発車時刻にはまだ間がありました。

投函した私がベンチにもどりかけると……、いえ、もどりかける、などという距離ではないのです。父母のすわっているベンチまで、ほんの数歩なのです。彼らから見えている距離なのです。

母親が血相を変えて、私の手首を摑みました。

「あんた、なんでお寺に行ったのよっ」

お寺に行った？　母親の言っている意味がわからずぽかんとしている私を、彼女はグイグイ引っ張りました。

「今車が着いたみたいですわ」

母親は、父親に私を示します。

今車が着いた？　何の車が？　私は彼らから数歩（四歩か五歩）のところ、彼らからも見える場所に、ずっといたではありませんか。

私を見ると父親は怒鳴りました。その怒りの声はまさしく雷鳴で、周囲にいた人が、みなわれわれのほうを注目しました。

「タクシーでまた寺に行くなど」

父親は怒鳴るのです。

「ほんとにもう、あなたという子は。タクシーでお寺に行ったりなんかしてッ、どういうつもりよッ」

母親もキリキリ声を上げます。

私の顔は蒼白《そうはく》になっていたと思います。全身から血の気がひいていくほど怖かった。

二人の怒りのわけのわからなさが恐ろしかったのです。『東華菜館』のときと同じです。

なぜ、私だけが、ついさっきそろって三人で出てきたお寺に、またタクシーで行くのでしょうか？

絵はがきを買うお金を与えたのは母親ではないですか。このときも「お小遣い」のシステムがないのは同じです。高校生になっていたので、東華菜館に行った時とはちがい、腕時計をはめていたのと、小さなポシェットに、メモ帳とハンカチと、何かあったときに公衆電話がかけられるだけの10円玉を6枚は持っていましたが、とても30分前後の距離をタクシーに乗るような金額は持っていません。いやもうこの場合、金銭の所持についてよりも、ロープウェイを待っているあいだに、なぜ、私がまたお寺に行く必要があるのでしょうか？

よく晴れた気持ちのよい朝です。朝なのです。朝食時に父親も母親も飲酒していません。もちろんロープウェイの駅舎のベンチでも。

「……」

わけがわからない。ただ父母の、言い分のわけのわからなさが怖い。くす玉が割れるように笑った四年前の友坂さんの「あんたとこ化《ば》け物《もん》の家ね」という声がよみがえる。

友坂さんの笑い声にかぶさるようにロープウェイの発車ベル。

ほかの乗客とともに、われわれも流れるようにゴンドラに乗り込みました。

そうして無言で下山しました。景色はもちろん、下山してからの帰途のことも、前日のお寺の様子さえも、もう私の記憶からは飛び散ってしまい、ひたすらわけがわかりませんでした。

信じてください。この出来事はすべて本当にあったことで、私は断じて作り話をしているわけではありません。

私の両親は、くりかえしになりますが、暴力をふるったわけでもありません。毒のような仕打ちをしたわけでもありません。ただ、私はわけがわからないのです。未成年のころに一回、成人後に三回、タクシーについての父母のわけのわからなさを他者に、比較的ゆっくり話せそうな機会がありました。まれな機会に、私は話しかけたのですが、四人（全員成人）とも、すぐに話を遮断しました。私が口を開いたほとんど直後に、「自分の親のことをそんなふうに言うものではない」と不愉快さを示したのです。「そんなふうに言う」とはどんなふうに言うことなのか。わかりませんでした。父母について語る私の口調に、聞く人を不愉快にさせてしまうものがあるのでしょうか……。

聞く前にストップでしたから、文容堂への投稿で、私は生まれて初めて、謎の詳細を話しました。

私は親を糾弾したいのではないのです。謎を解きたいのです。「名札貼《は》り替え事件」と同じなのです。なぜ名札が貼り替えられていたのか知りたいのと同じ気持ちなのです。山中の寺を訪れたときのことも含めての「東華菜館事件」、なぜ両親は私がタクシーに乗ったと思ったのか、どうか教えてください。

日比野光世

タクシーに乗って、への回答

――これはいったい、何なのかしら？？

わたしもヒカルさんと同じ気持ちになりました。頭がクラクラしました。わけがわかりません。何なの？？

わたしは今回お手上げです。ただ、当の『東華菜館』。長男が現在関西在住であること前に話したでしょう。前からこのレストランの名前はよく聞いていたのです。息子は仕事の関係で、ここの現社長さんと面識があるのです。

于周忠《うしゅうちゅう》さんとおっしゃいます。わたしもお目にかかったこと、一度だけあって……。先代から引き継がれた、まだ四十代のハンサムな方。

電話で「この投稿を、ある人に見せてもよいか」と訊いたのは、この方のことを思い出してたからです。みんな見せてよいと言ってくださいましたが、でもいちおう、貴方《あなた》の名前とか住所とかは伏せて、投稿の部分だけをコピーして、長男経由でお渡ししました。そしたらものすごくご丁寧なお返事をいただきました。わたしたち家族への挨拶のところは抜かしてコピーしますから、まず、それから読んでみて下さい。

＊＊＊

――さて児玉さん、同封されていたコピーを読みました。

Hさんは、まだ私の父が若かった頃に小店に御来店下さったのですね。年月を計算すると、その頃は自分も子供だったのだなと、問題から離れたところで懐《なつ》かしい気持ちをおぼえました。

たしかに不思議な出来事です。私の見方を以下に述べさせていただきます。

まずHさんのお母様がトイレに立たれたタイミングは、ご婦人がレストランでトイレに立たれる多くの場合からコース料理の最終でしょう。

その同時（立たれるまぎわ）くらいに、お父様は「ではそろそろ出よう」というようなことを言ったか、お父様本人は言ったつもりでいたか、もしくは、言ったのに準ずるような仕草をなさっていたか、いずれにしても、お父様ご自身は「皆の合意のもと、そろそろ店を出る」つもりでいらっしゃった。

お母様がお部屋にもどってこられた。

じゃあ出ようと思っているお父様には、娘さんが「私もトイレに」と言ったのは聞こえていない。もしくはトイレ後はそのまま部屋にもどらず玄関口へ向かうと、完全に思っておられる。

故《ゆえ》にお父様は「皆の合意のもと、部屋を出るべき時点が来た」と思われた。

部屋を出る。廊下を見る。娘はいない。そこで小店のボーイに「子供は？」ときいてみた。

きかれたボーイは、この日のこのお部屋担当のボーイではなかったのかもしれません。自分が見かけた、他のお客様のお子様と勘違いして「下りられました」と答えた。

それを聞いてお父様とお母様は１階玄関へ。玄関でも同様に「子供は？」と当店スタッフにきかれた。

運悪くそのスタッフも、ついいましがた他のお客様のお子様が、家の方といっしょに、店の前からタクシーに乗っていくのを見ていた。

お客様同士で一瞬の接触があったりすることがありますから、そのスタッフは、きっとこの老夫妻は、ちょっと接触した他人のお子様をかわいいと思われてきかれているのだろうくらいに思い、「タクシーに乗られました」とだけ答えた。

それを聞いたHさんのお父様は、「何処《どこ》へ向かった？」とさらにきかれた。

店の真ん前は車輛南行です。今ほど商業施設が多様でなかった当時は、夕食を終えたらタクシーで帰途へ向かう、とスタッフも思い込んでいて、南行だから「駅の方へ」と答えた。

それがお父様には「駅」とだけ聞こえた。こうなれば当然大騒ぎです。

ここでいったん時間をもどして、お母様の立ち位置について。

コース料理の最終のころ、お母様も「そろそろ帰る頃だ」と思われていた。または、お父様から言われていた。もしくは、お父様の雰囲気からそれを感じとっていた。

お母様は「たのしくない、夫（お父様）の機嫌が悪くならないうちに早く帰りたい」という気持ちを持っておられますから、当然、隣の娘さんの様子には注意は充分払っておられません。多かれ少なかれ、その時の娘の動きについては、お父様と近い見方をお母様もされていた。ですのでお父様と同様の動きをして、娘はすでに一階に下りたものと玄関まで行かれた。

ここで、時間はさきほどにもどります。

娘が失踪《しっそう》したと、お父様お母様は思われた。お父様は激怒なさる。そのためお母様の思考も冷静状態から完全に逸脱する。

思考がある範囲を逸脱すると、当然のことが、当然のように消滅します。

娘がトイレに行った事実が消滅し、お小遣いをもらっていない、つまり娘がタクシーに一人で乗るお金を持っていないという事実も消滅する。

お父様は普段から、家族の普段の生活に関心がなかったのか、それとも激怒した拍子にか、お母様同様、お父様にとっても当然の事実が消滅している。

事実が消滅している限り正確なトレースは出来る筈《はず》はない。娘さんが一人でタクシーーに乗り、駅へ行ったと確定してしまう。

これが理由だったというのが、この事件についての私の見方です。飲酒は関係ないと見ます。

もし私の推理のどこかが当たっていれば、この事件発生の非の幾らかは、小店の接客対応にもあることになります。現在の責任者として、この日のお客様であったH様ご一家にお詫《わ》び申し上げます。

児玉さんからのコピーには、H様ご一家のタクシーの中でのことも書かれてありました。

12歳のHさんが、お父様とお母様に率直に質問できず、その結果、かんちがいしていることをお二人に正せなかったとあります。

正せなかった理由、つまり小店を出てから後のことについては、私が何かを申し上げる立場ではございませんが、個人的に非常に気になりましたので、コピーの後半についての私の見方も付けさせていただきます。

Hさんが何も言えなくなってしまわれた原因は、「怒鳴られた」というところに鍵《かぎ》がある気がします。

テレビドラマやコマーシャルのような、典型的な幸福な図は無かったかもしれない。でも娘の失踪を怒鳴っている。つまり、とても心配している。無視ではない。「愛」は存在するのです。

ただ、その「愛」は、主導者が自分の思いのまま持っている「愛」で、受動者を慮《おもんぱか》った「愛」とはちがう。少なくとも受動者はそう感じる。しかし主導者は、自分は充分に「愛」を持っているつもりでいる。

ギャップが存在します。受動者はそのギャップにさえ非常に敏感で、主導者に「愛」がないと感じることができない。たとえ偏《かたよ》っていても「愛」が存在するのですから。

動物本能と言ってもよい「愛」を認めるのと全く同時に、もう一方で不明な叱責《しっせき》を強く受ける。この状態が、Hさんの冷静を妨げ（12歳には当然のことですが）、何も言えなくなってしまわれた原因だと見ます。

小店での出来事は、偶々《たまたま》、外食時という「家の外」で起きたので、Hさんの記憶に強く残ったのだろうが、この方の家庭での日常生活では似たようなことがわりと頻繁に発生していたのではないだろうか……。そう思いながらコピーのつづきを読んでいきましたら、案の定でした。

「思考がある範囲を逸脱すると、当然のことが、当然のように消滅する」と前に書きました。

Hさんが怖がるのも当然です。Hさんのお父様＋お母様の二者の間では、何かの要因でこういう思考のサイクルになる習慣が、日常的にできあがっていたのではないでしょうか。

日常生活で培《つちか》われるものは、時としては、ある世界の大局を支配してしまうことがあります。ここからの脱却、改善は容易ではないし、たかだか日常生活レベルのことなので、「本人達」には「問題がある」とは当然映りませんし考えられません。そうすると、それが当たり前の世界となります。

Hさんが小店で、このような出来事に遭っておられる時、同じように子供だった自分は親父とお袋の家で何をして何を考えていただろうかと、私なりの、これまでの人生での経験から分析（？）してみた次第です。

本状をHさんご本人にお渡しされることは、児玉さんからのそもそものご依頼上、もちろんかまいません。Hさんご本人におかれましては、もしまちがいや失礼があれば、私の浅学に免じて、何卒《なにとぞ》お許しください。

小店が、Hさんのかつての悪《あ》しき思い出を払拭《ふっしょく》し、良き思い出に変わるレストランになれること、現在の責任者として努め、あらためての御来店を心よりお待ち申し上げております。

東華菜館

于周忠　――

＊＊＊＊

――東華菜館事件（後のロープウェイ駅舎での出来事も含んでの）投稿を読みま

した。

あなたがご両親に対して、みだりに怨嗟《えんさ》を訴えておられるのではないことは、よくわかります。むしろ、あなたのこれまでの悩みの核《かく》は、あなたの家の中でおきた出来事を、おきたままに語れなかったこと、あるいは、ほとんど驚異的なまでの自制で語らなかったことにあるのではないかと思います。

あなたは「毒親」という呼び方には抵抗があるとおっしゃる。「毒」という語に抵抗があると。なぜ抵抗があるか。東華菜館の于社長がおっしゃっているとおりです。辰造氏と敷子氏があなたを虐《しいた》げんとしているのではないことを、明確にわかって（感じて）いたからでしょう。

過去の時間のさなかでは、はっきりわかっていなかったとしても漠然と感じていた。現在あるいは成人後ともなれば、はっきりわかっている。だから抵抗があるのでしょう。だが、前回にあなたがおっしゃったような、凄惨《せいさん》な暴力（腕力的暴力でも性的暴力でも精神的暴力でも）を子供にふるう親が、子に何をしたか、その暴力行為を一〇〇字くらいで第三者に説明できるのなら、その場合の親は、毒親だとか何だとか呼び名をつける必要などない。明らかな悪であり、犯罪です。

「毒」というのは、たとえば麻酔なども毒なわけです。けれど患者の病気や怪我《けが》を治す手術をするのに使う。それでも一歩まちがうと深刻な事故がときにおきる。「毒親」というのはこうしたものを指すと思われたらよいのではないですか？　だからこそこの語を悪用誤用する輩《やから》もいるわけです。

あなたがこの呼び方を使いたくないのは、あなたの生い立ちの環境に依《よ》るのか、一種、宗教的な融通《ゆうずう》のきかなさでしょう。麻酔と毒が諸刃《もろは》の剣であるごとくに、「融通がきかない」は「潔癖（完全主義）」とも言えますが。

融通のきかないあなたが、毒親という語をどうしても使いたくないのであれば、ならば「謎《なぞ》の毒親」となさればよい。「謎の」と付けるだけで、なにやら空気が抜けませんか？　余白が出るというか。

今回の出来事など、実に「謎の毒親」。

今回の投稿では、あなたははじめに『気のいいがちょう』を歌われた。

この歌は滑稽《こっけい》な歌です。

この歌はかなしい歌ですね。

泣いた小学生は、あなたの他にもきっといたはずだ。けれど小学生は、音楽の授業中に泣くわけにはいかない。

泣けば、「みんな」という「強力」からつまはじかれるからです。

音楽の時間に先生がこの歌を映像教材で聞かせて見せて、あのように言ったら、「みんな」は笑わないとならない。「みんな」という「強大」に同化せねばなりません。特権を与えられた天才以外は。

滑稽のかなしさに泣ける理由を、小学生にして格好よく説明でき得るのは、歴史に名を残せるほどの知能と、知能だけではだめだ、なおかつ、そうした高い知能を、他人が誇《そし》ることができないくらい、優れた容貌《ようぼう》の両方を持った人間しかいません。

己《おのれ》の知能と容貌を知る者は……、換言すれば身《み》の程《ほど》を知る者は、このような場合は、笑わずにうつむき、笑っていないことを隠すしかない。

あなたの、己が凡才でしかない事実を認める姿勢に、わたくしは深く共感します。あなたの、己の怯懦《きょうだ》を恥じる姿勢に、わたくしは我が身の怯懦を知らされ、あなた以上に恥じます。

自分が凡才であることを、幼いうちに、骨の髄《ずい》から痛感できてしまったことが、もしかしたら、あなたの家でおきた出来事よりも厄介なことかもしれません。

最近の子供は「大きくなったらパイロットになるんだ」とは言わず、「大きくなったら公務員になる」と言うようになったと、しばしばマスコミは報じますが、子供には、パイロットも公務員も同じなのだと、わたくしは思っています。

そのとき一番人気なもの、そのとき「みんなという強大」が一番好意的に見ている立場や状態を第一志望にする。子供とは、狡《ずる》い大衆の最先端の形なのです。

小学校の卒業式を終えたばかりの子が、有名なレストランから、無一文で「ヘイ、タクシー」と乗ってゆく図……。

大笑いです。

そして。

涙します。

こんど、わたくしどもといっしょに東華菜館に食べ直しにまいりませんか？

――児玉清人

オムニバス映画

みなさま、于周忠社長、先日はすばらしい中華料理を本当にありがとうございました。

＊＊＊＊

拝啓、文容堂。

今日はよく晴れた日曜でしたので、K駅北口からバスに乗って、市民の森に参りました。

ナラの木の下の地面にすわり森を満喫しておりますと、すこしはなれたところに、同じように地面にすわっている八十代らしきご夫妻がいらした。互いを「お父さん」「お母さん」と呼び合っているのが聞こえました。「お母さん」は広告か何かつるつるした紙をお尻《しり》の下に敷き、「お父さん」は直接地べたに。

お二人は「以前に住んでいた家も田畑に面していたから、春にはこんなふうだった」「そうだったね、広い家だったね、あそこは」ということを強い東北訛《なまり》でしゃべってらした。

どんな造りの家だったのでしょうね……。

五月の森林ほど美しく気持ちのよいものはありません。

木々の葉がぐんぐん緑に茂り、そのすきまから洩《も》れる日の中にいると、命が洗濯されていくようです。

数十年前の日曜にも、同じ姿勢で、木の階段に腰をおろしていたのですが、そのときの私は五月に感動できませんでした。

中1だった私は、五月を過ごしやすいくらいには思いましたが、とくに美しいとか、うるわしいとか感じませんでした。つまり自分は実に少年でした。

少年少女とすると長いので、少女も含めて十代前半の人間を少年と呼ぶなら、少年が、五月の美しさに感応できるはずがない。五月の中にいるのに。人生の。

*

数十年前、木の階段で、腰をおろしていた中1の私は、五月の晴れた日曜を倦《う》んでいました。退屈でした。

階段の、上から三段目。

建築士にすべてをまかせたテッキンの家は奇矯《ききょう》な設計でした。家に住む三人が利用するのにもっとも不便なところに階段が設けられていました。

けれど階段自体は、一段ごとの板の横幅と縦幅が足を置きやすく、裸足《はだし》だと木材の感触がとてもよく、色合いもよく、傾斜がのぼりおりの姿勢をとりやすく、まるでラグナル・エストベリが作ったように機能的でやさしい。そのうえ、開放的で自由な雰囲気にあふれていると、中1には思われました。

不便なところにあるため、階段を使うのはほとんど私だけで、よって両親のそばにいるときには常にのしかかってくる緊張を強いられなかったこと。上から三段目くらいに腰をおろしていると、風がよく通るのが肌に感じられたこと。そんなていどのことを「自由な雰囲気」と大袈裟《おおげさ》に形容して、この木の階段のことを「自由な雰囲気の階段」と一人だけで名づけていました。

ラグナル・エストベリ。この建築家の名を私に教えたのは、「自由な雰囲気の階段」の壁に押しピンでぶら下ったカレンダーです。歳末にどっさりもらうカレンダーのうち、使い勝手の悪いものを、なにせ捨てない家ですから、カレンダーの必要もないところに貼《は》ったのでしょう。

十二枚そろったまま、五月でも一月のままでした。時計台の大きな写真。日付より写真のほうがずっと大きい。大きなカラー写真には「イギリス - ロンドン - ビッグベン」と小さな文字級数でキャプションが付いている。四月「オランダ - ロッテルダム - 風車」、十月「フランス - パリ - シャンゼリゼ」、そんなカレンダーです。

私の誕生月はスウェーデンの写真でした。「スウェーデン - ストックホルム - ラグナル・エストベリ設計の市庁舎」と、この月にかぎり建造物の設計者の名前が記してあったのです。だからラグナル・エストベリの名をおぼえました。エストベリが市庁舎内の階段の設計にあたり「成人の人体がもっとも昇降しやすい傾斜とステップの面積を計算して設計した」というのは、中1よりもっと後の知識です。『柬華菜館《かんか》』の玄関前でまごついてから二カ月ほど後のこのころは、そこまでは知りません。

このころはインターネットがないので現在ほど、情報と流通が発達しておらず、大都市と田舎町では生活に大きな差がありました。

母親は49歳、父親は58歳でした。長子が13歳なら母37歳・父40歳くらいが平均ですから、実年齢よりさらに5歳以上老《ふ》けて見える私の親を同級生が、爺《じじ》い、婆《ばば》あだと揶《や》揄《ゆ》すると顔を伏せたものです。

＊＊＊＊

　このころ私は、平日は毎朝セーラー型制服を着て市立中学校に通っていました。三十分以上の距離になると自転車通学が許されましたが、二十八分と判定されるぎりぎりのエリアにテッキンの家はあったので徒歩通学です。

　小学校までより三倍長い距離を、教科書を何冊も入れて体操服も入れた重たい鞄《かばん》を持って歩くのは、ほどなくてのひらにマメができる原因となりましたが、田んぼばかりだった小学校までの通学路とはちがい、途中にアーケード商店街を抜けるのは、ささやかな気散じタイムです。

　アーケードを抜け、町には数えるほどしかない広い道路をわたり、中学校へと進んでゆき、そのまま進んでもいいのですが、一歩逸《そ》れた細い道も途中から平行します。そっちを私はだいたい選びました。その道には「夏休みを自由な雰囲気で過ごせる家」があるからです。

　私が勝手にそう決めているだけです。

　その家の住人と親交があるわけでも、何かの用事で玄関先に入ったこともありません。

平屋で、ブロックを積んだ低い門はありますが、塀はなく、道と敷地の境には躑躅《つつじ》が植えられている。道に面したテラス窓は、登校する朝には閉まっていますが、部活動（一年生は全員運動部入部と定められていた）を終えた帰りにはたいてい開いています。

簾《すだれ》がかかっているものの、半分は巻き上げられており、ビニールカーペットが見える。草餅《くさもち》の色。折り畳み脚の付いたちゃちな卓袱台《ちゃぶだい》があって、上にオレンジジュースの入ったプラスチックのピッチャーがよくのっている。

そうした物と、そうした物をそのように出しっぱなしにしておく家の佇《たたず》まいは、ほがらかでのどかそうに私に映ったのです。

（こういう家にいたら、日曜とか、夏休みとか冬休みみたいな長い休みとかに、勉強したり怠けたり、部活に熱中したり怠けたり、友だちの家に行くときは、だれそれさんの家に行って来るねとだけ言えばすむんだろうな）

たとえば早水美鈴さんの家を訪ねてみようという気まぐれをおこしたときには「早水美鈴さんの家に行ってくる」とだけ告げて自転車に乗っていけばよい家……そんな家に思えました。通りすぎるたびに。

それでこの家のことを「夏休みを自由な雰囲気で過ごせる家」と名づけていたのです。

＊

五月の土曜の夜。私ははじめてヘッセを読みました。「飾り」から抜いて。

新潮社の世界文学全集と平凡社の百科事典とジョニーウォーカーの瓶は、かつて日本庶民の応接室の典型的な「飾り」でした。

訳は高橋健二です。

小6だった去年までよく読んでいた偕成社や金の星社の本のような文字組ではなく、二段で、文字は「スウェーデン-ストックホルム-ラグナル・エストベリ設計の市庁舎」くらいに小さく、読み仮名もほとんど打たれていない。読む速度は上がりませんでしたが、学校の課題ではないし、訳文が心地よく、ゆっくり読むたのしさを知りました。

翌日は晴れた日曜でしたから、午後は外に出たいなと昼食時に思いました。中学生に午後の読書をさせるにはあまりに弛《ゆる》んだ五月の晴れた日曜でした。

どこに行きたいというのでもありません。お小遣いを持っていませんから、お金のかかることはできません。自転車で散歩したいだけです。

（A罫線《けいせん》のノートしかなくなった。数学はB罫線のノートのほうが使いやすいから、ごはんを食べたらサンストアに行ってくるわ）

（単語カードが切れてしまった。サンストアで買ってくる。買い物があるなら、それを私がするから、そのときついでに単語カードも買ってくる）

昼食を咀嚼《そしゃく》しながら、私は頭の中で適切な口実を模索します。家から外に出るには父母が納得する理由が要るのです。

（やはりB罫線のノートにしよう……）

と決め、箸《はし》を置きました。

そのとき、NHKニュースがガラス工芸品について報じた。

TV画面に、ガラス製の文鎮が開いた単行本の上に置かれているのが映り、本の題名が「ガラス玉」まで見え、そのあとはすぐに別のニュースになりました。

「ヘッセ、ガラス玉演戯」

私は口に出しました。

昨日から読みはじめたのは別の小品ですが、ニュースに映ったこれも自室に持って行った同じヘッセ巻に収録されているのです。自分が発声していたことすら気づかなかったほどです。

「××」

何か不愉快そうなひとことを発して、父親が舌打ちをしました。

びくっと母親が上半身を固くしました。

私もハッとしました。

父親が舌打ちをした後には、母親や私に対する非難があるのが、この家の常です。雷鳴ではありません。静寂な非難。たとえば、竹の子の木《き》の芽和《めあ》えの酢味噌の調合がうまくできていないとか、水道栓《せん》をひねったからニュースを読むアナウンサーの声が一部聞こえなかったとか、酒を燗《かん》する時間が何十秒ほど長すぎたとか、通学路にある「夏休みを自由な雰囲気で過ごせる家」なら、たかがと一蹴《いっしゅう》するようなことについての非難です。

けれども、たかが酢味噌で、たかが水道栓で、たかが燗酒で、父親は、母親の全人格を、子の全人格を、無神経で非論理的だと評価し、一つ屋根の下で無神経で非論理的な人間と起居しているのは堪《た》えがたい不快だと非難するのです。

酒の燗の温度が自分の好みではなかったからといって、自分のために燗をしてくれた家族を非論理的だと評するほうが、いったいどれだけ非論理的かしれません。ですが、かかる非難がまかりとおるのが、とりもなおさず陰気な家庭ということではないでしょうか。陰気な非難は、いつも静かな低い声でなされます。たかが酢味噌で非難されるから母親の自尊心は殴打《おうだ》される。たかが燗酒で非難されるから子は萎縮《いしゅく》する。三人のだれもが(父親自身も)破れない沈黙が、食卓からたちのぼり、食堂に充満する。だからTVはこの家に必需品でした。TVでもついていないと三人ともが困るからです。「軽蔑《けいべつ》のまなざし」という言い方があります。ファストフードのセットのような、半ば決まり文句になっていますが、私はしじゅう父親からこれを向けられました。

「ヘッセ、ガラス玉演戯」とつぶやいたときもまた。

「『ガラス玉演戯』はフローベールだ」

舌打ちをしたあと、

父親は言いました。

「そんなことも知らないのか」

と。なにかかんちがいをしたのだと思います。それは中1にもすぐにわかりました。しかし「やだパパ、何言ってるのよ、『ガラス玉演戯』はヘッセよ」とは告げられない。天気がいいから散歩したいというだけのことが告げられないように。

『ガラス玉演戯』の著者がヘッセであることはわかっています。私は今まさにこれが収録された巻を読んでいるのですから。『ガラス玉演戯』という題が目についてヘッセを「飾り」から抜いたのですから。

「嘘《うそ》だと思うなら応接室にある全集を持ってきたらよい」

父親は言いました。

できません。「嘘だと思うなら」というひとことで体が動きません。持ってくるには自室から持ってこなければならない。「飾り」を自室に持っていったことがばれてしまう。自室で読書するのは「女のよう」なことではないか。私は恐れました。父親も母親も、私が「男のよう」であることを期待しているのに。「本を読むのが好きな人というのは盗みをはたらいたり、他人に意地悪をしたりするような、性格にどこかよくないものを持っている人だ」と、ことあるたびに母親から言われているのに。

そうした暮しの中で、「飾り」からそっと内緒で抜いたのです。なぜ抜いたのかと問われたさいの答えのシミュレーションが、このときの私にはできていない。私は、両親とは、あらかじめシミュレーションで練習をしておかないとしゃべれません。

もういい。『ガラス玉演戯』の著者がだれでもいい。早くらくになりたい。ヘッセだと言って、今ここに充満している陰気な空気をもっと陰気にするより、数秒でも早く、陰気が飛散するほうがいい。らくになれる。

二カ月前の『東華菜館』からの帰りの車中のように、私の体はこわばりました。目だけを母親のほうへ向けました。チャンスではないかというようなことを感じたのです。あくまでも感覚的なものです。感覚の詳細を他者に述べるとしたら、現在の年齢にある私からの補足になります。「今回の父親のかんちがいは、しごく単純だ。今、母親が応接室に行き、世界文学全集の、フローベールを持ってくればよい。フローベールの作品が一覧できるし、全巻に付いている小冊子では全集すべての作品と著者が一覧できる。今こそ母親は、父親に自分の力を見せられるチャンスではないか」というようなことを、女性である母親に女性から頼みたい、そんなふうな感覚です。男性のボス（家長）の下位にいる女性が、同じく下位にいて盲従を強いられている女性に、自分は中1で非力だが、あなたは大人の女性なのだから盲従しつづけずともよいではないか、今こそチャンスではないかと訴えたいようなはがゆい感覚です。

ですが、母親は頬をたるませ、見ようによってはにやにやしているように目尻も下げ、視線を窓のほうに向けて、私を見ようとはしませんでした。

（あ）

私の心はストンと、着地しました。

わかりました。

この家に私の味方はいないことが。

前々からうすうす感じていて、思い違いであるよう祈りつづけていたけれど、思い違いではなかったのだと。

＊＊＊＊

翌日、月曜。

昼休み。

一組の教室で、私は七組の早水《はやみ》美鈴《みすず》さんの訪問を受けました。

廊下側の最後席の生徒に呼ばれ、行くと戸口に早水さんが、同組の友坂尚子さんといっしょに立っています。早水さんと私は小学校がちがいました。中学に入って美化委員会で知り合ったばかり。話らしい話はしたことがないのですが、眼鏡をいつも手に持っているので、共感に似た気持ちを抱いています。

私は小5時に、左目が0・2になりました。右は1・5だったので、眼鏡をかけずにすんでいたのですが、6年、中1と進むにつれ、左目は0・08にまで落ち、右も0・8になったので、眼鏡を作りました。

しかし、こういう視力は「不同視」といって眼鏡ではうまく矯正できないのです。目とレンズのあいだに隙間《すきま》がありますす。眼鏡というものはコンタクトレンズとは異なり、レンズの度を右の視力と左の視力に勝手勝手に合わせればよいというものではないのです。左右レンズを平均化させるように作るのです。が、町に一軒しかない眼鏡屋さんの腕が悪かったのか、作ってもらった眼鏡をかけると、黒板などの文字はたしかに読めるのですが、体育の時間や部活動の時間はもちろん、日常生活でも、体を動かすとグラグラして、車酔いをしたような塩梅《あんばい》になって吐き気がしてくるので、眼鏡は「手に持ち、遠くを見るときだけかける」しかない。早水さんもそうなのかなと思って、なんとなく親愛の情みたいなものを抱いています。

「訊《き》きたいことがあるんだって」

友坂さんが、早水さんの背中を押して、私のほうに近づけました。

「あの、血液型と星座は何？」

「え、血液型と星座？　私の？」

「そう」

「私は……」

答えると、早水さんは、友坂さんをおいてきぼりにしかねない速さで七組の教室のほうに帰ってゆきました。

田舎町の中学ですから敷地は広大です。一組と七組の教室のあいだには、長い廊下と中庭と中庭をつっきるための渡り廊下もあります。

（なんで、こんなことをわざわざ……）

はるばる遠方から訪ねて来られた感があるのに、それだけで帰るのかと私がそのまま教室の戸口に立っていますと、早水さんは眼鏡をセーラー服の胸のポケットに入れ、スカートのポケットから白い紙片を出して見、くるりと反転してこちら一組のほうへもどってきました。

「毎月読む雑誌は？」

「え？」

唐突な質問でしたが、訊かれたから映画雑誌名を答えました。

「買うときもあるけど、お小遣いが足りなくて買えないときもよくある」

とも。「お小遣いが足りないとき」というのは嘘です。どう言えばいいのかわからなくて便宜上、そう言いました。過日の投稿のとおり、お小遣いのシステムはありません。必要なものがあって母親に申し出て受け取った金額より品物が安いとお釣りが出ます。それを貯《た》めているのです。母親は時々、気もそぞろなことがあり、そうした折には必要な物品の金額よりずいぶん多めの札をくれ、ずいぶん多めの釣りを受け取ることができます。タイミングが悪ければその釣りも返さなければなりませんが、よければ貯められる。タイミングがよかったときにキリギリスのように浮かれずアリのように慎重に貯めていた私は、映画雑誌も、毎月買うのではなく、慎重に買っていました。

「えーと、えーと、書いとかなくちゃ」

早水さんがスカートのポケットから出した紙片に誌名を書こうとしたので、友坂さんが廊下側の最後席の生徒に鉛筆を借りてくれました。

「なんでこんなこと訊くの？」

「頼まれたから」

「だれに？」

「親戚《しんせき》の人に」

早水さんは小走りで七組に向かったので、友坂さんは「じゃね」と私に言い、早水さんを追いかけました。

*

同日の下校時。

私は駅前商店街のアーケードを歩いていました。

「ヒカルさん」

中学になってからもヒカルで呼ぶのは、小学校で同じクラスになったことのある女子の数人だけです。しかも「ヒカルちゃん」ではなく「ヒカルさん」という呼び方は、初めてされました。

そんな呼び方をしたのは、詰襟《つめえり》の学生服を着て眼鏡をかけた男子です。

顔は知っています。去年、小学校最後の地蔵盆《じぞうぼん》で、即席ステージを作る作業を手伝っていた人です。住んでいるのは隣市との境に近い村だと、本人からではなく、作業をしていた大人から聞きました。即席ステージで日本舞踊をする婦人会の手伝いを、私はしたのです。

婦人会が、唱歌として子供たちになじみのある『さくらさくら』『お江戸日本橋』に合わせ、きれいな着物で短い日本舞踊をなさる横で、合図をされたときに紙吹雪を団扇《うちわ》で煽《あお》ったり、和傘を渡したりするだけの簡単な手伝いだったのですが、音楽をかける役はこの男子でした。そのときは互いにしゃべることもありませんでしたので、

「早水というんだ」

今聞いて名前を知りました。Q高校の一年で、早水美鈴さんの従兄《いとこ》で、彼女から私がよく読む雑誌を聞いたそうです。

「美鈴もいっしょだよ。眼鏡の点検をしてもらいに来たんだよ」

言われて、明治堂のほうを見れば、〈時計と眼鏡の明治堂〉というネオンスタンドの横に早水さんが立っています。眼鏡は持たずにかけて。

「地蔵盆のとき、きみとは一つちがいくらいかと思ってたんだけど、まさか美鈴と同学年とは」

「婦人会さんが着せてくださった浴衣《ゆかた》のせいではないですか」

手伝いにあたり、婦人会の方が渋い柄の浴衣を貸して着せてくださったのと、私は校則どおりの肩に届かない長さの髪なのに、それを器用にところどころゴムで結わえて黒いスカーフでふわりと巻いて遠目には和風のアップヘアに見えるようにしてくださったので大人っぽく見えたのかもしれません。

「おれ、バス通してるんだよ。サンストアに入っているほうの本屋さんでときどき、

きみがいるのに気づいたんだけど、もうおぼえてないだろなって思って、声はかけなかったんだ」

「おぼえていました」

「それはびっくり。じゃ、これね」

「これって……」

月末に母親が支払いに行くのではない、サンストアに入っているほうの本屋の袋を、ほとんど強制的に彼は私に受け取らせ、所在なげにしている従妹《いとこ》のほうを向き、にわかに彼らの祖父母の話を大声でし始めました。そしてこちらをふり向きもせずに早足で立ち去ってしまいました。

袋のすきまから、中身が、昼休みに早水美鈴さんに答えた映画専門雑誌であることがわかりました。

＊

テッキンの家の、カーテンで仕切った自室で袋から雑誌を取り出しました。

いい気分でした。そのさなかは少年（未成年の意）だったので、いい気分になっている自分を自分で認識し得ませんでしたが、田舎町の学校と家を往復する日々に、こんなことがおきたのです。平凡な少年ならいい気分になってしまいます。いい気分で雑誌を開くと、開いたあとはしかし、早水さんの従兄のことは、頭から消えました。雑誌に読み入ったのです。

新作映画や人気俳優のページもさることながら、旧作名画や名匠についてのリレーエッセイのページはとくに。その回はルイジ・コメンチーニ監督についての語りで、偕成社や金の星社の本でもなく、今読んでいる新潮世界文学全集でもない、軽快な文体の随筆に昂奮《こうふん》しました。

『バンボーレ』にふれて、『ブーベの恋人』とはまたちがう味だとか、エルケ・ソマーは鼻が上向きぎみで、笑うとちんくしゃになるところがよいとか、大きな都会の街でコーヒーを飲みながらしゃべっているような書き方でした。

ちんくしゃな顔になった女性の魅力を語るのが、中1の私にはものすごく〝インテリ〟な感じがしました。私の知らない古い映画についてばかりなのが〝高尚〟な感じがしました。この随筆を読んで私は、『バンボーレ』という映画が、コメディオムニバスの形式をとっていること、オムニバスがフランス語の「乗合馬車」が語源であることを知り、新しい知識を獲得したことにうきうきしました。さらにいい気になりました。

このていどの、田舎の少年の、スケールの小さな「いい気」は、数時間後に、こっぱみじんに吹き飛ばされることになります……。

＊

数時間後。夜。

奇矯な設計のテッキンの家には廊下がいっさいないので、どこに行くにもいくつかの部屋を抜けていかないとなりません。

父親がTVを見ている食堂を抜け、母親がスカートを繕《つくろ》っている台所を抜けて、私は風呂に入りました。

出て、食堂の隅の丸椅子《まるいす》にちょっと腰をおろして髪を拭《ふ》きながらTVを見れば、映画放映番組の、映画自体は終わって、次週の予告です。イタリア映画『昨日・今日・明日』。この映画についても夕方に雑誌で読んだので、

「オムニバス映画だ」

いい気になった延長で口にしました。心のどこかに、「ガラス玉演戯」と発したさ

いに父から向けられた軽蔑のまなざしと、彼のかんちがいからの非難の悔《くや》しさがあり、僅《わず》かでも挽回《ばんかい》したい気持ちがあったのだと思います。「乗合馬車という意味もある」とつづけたのですから。

「××××」

大声がして湯飲みが割れました。父親が食卓を両の拳《こぶし》で叩《たた》いたので落ちたのです。

「××××、××××」

父親の突然の大声は、常のことです。

人が烈《はげ》しく怒りをあらわにするとき、いえ動物の咆哮《ほうこう》でさえ、そこには感情や欲求がぶつけられています。ですが父親の大声は、生体が出すものではなく、もっとべつの、重機が落下するような、火薬の爆音のような音として炸裂《さくれつ》するのです。突然に。常に、突然に。

この時も、私は父親の日本語は聞き取れませんでした。食堂に炸裂の音がずっとずっと響きました。

私は丸椅子に硬直してすわったまま、台所から真っ青になった母親が来て、割れた瀬戸物を掃《は》き、液体のこぼれた食卓を拭き、おろおろと立ち尽くしたとき、ようやく私は、父親の大声が、私の「オムニバス映画」という発言に向けられたことがわかりました。「オムニバス映画」などと言うとは、下等な人間だと父親は私の発言を忌《い》んでいるのでした。

「謝れ」

命じました。

大声や形相も私を竦《すく》ませましたが、それ以上に震撼《しんかん》したのは、闇《やみ》です。

不意の闇。

真っ暗な谷底に、不意に堕《お》ちた恐怖に私は震撼しました。

わからない。なぜ？

「乗合馬車だと？　謝れ」

命じました。

「光世、謝りなさい。早く謝りなさい」

母親はぜったいに父親側につく。

これは昨日にはっきりしたこと。

「すみません。申しわけありません」

私は謝りました。

谷底に味方はだれもいません。

兄や姉や弟や妹、祖父も祖母もいません。だれも目撃者はいません。なぜ謝らないとならないのか、まったくわからない。けれど谷底から這《は》い出す方法はひとつ。謝るだけです。

「おまえが言ったようなことは、明星や平凡のような低俗な雑誌に出ていることだ」

このような場に『明星』『平凡』という誌名の、なんと明るい響き。とりあわせが滑稽《こっけい》です。それが私の恐怖を倍増させました。ピエロの顔。ピエロの顔は怖いではないですか？

「低俗な雑誌を読んだのか」

この質問で、さらに私の恐怖は増しました。

興信所から夕方のできごとはすべて報告されていた。錯乱《さくらん》的な想像が一瞬浮かびました。

たしかに雑誌を読んだ。男子からもらって読んだ。男子からもらったことは隠している。たしかに隠れて読んだ。『バンボーレ』についてのエッセイの筆者が、モニカ・ビッティの目尻の皺《しわ》を「小便臭い小娘にはとうてい出せない煽情《せんじょう》」と軽妙洒脱《けいみょうしゃだつ》に表現しているのを、いかにもインテリのほどよい崩れだと、すてきに感じた「いい気」に天罰がくだされた——。錯乱です。

「頭を床につけて謝れ」

父親が要求するのでそうしました。

ようやく声は静かになりました。

ようやく私は立ってもよくなりました。

（神様どうか）

立って、祈りました。

（神様どうか、『東華菜館』と『ガラス玉演戯』の繰り返しは許してください。わからない谷底に突き落としたままにしないでください）

藁《わら》をも摑《つか》む思いで、TVの上から研究社の英和中辞典をとり、【omnibus】をひきました。訳第一項目。【乗合馬車、乗合自動車】。辞書を父親に向けました。老眼の進んだ父親は眼鏡を上げ、そこを見、

「古い用法として、こういう意味もある」

そう言いました。苦し紛れであることはあきらかでした。私は溜飲《りゅういん》を下げることはできませんでした。私に落ち度がなかったことは決して認められなかったからです。

このような状況でも認めたくないのは、父なるもの、家長なるもの、世代的な男性なるものの沽券《こけん》に関わる感情ではない。そういう感情ではない。はっきり感じました。

なぜなら、もしそうした感情が父に生じているのを嗅《か》ぎつけたなら、私はひそかに溜飲を下げられたからです。私が感じたものは、父親の内、母親の内に、それぞれ在《あ》るグロテスクでした。

(離れた場所に行きたい)

とにかく早く行きたい。

とにかく離れたい。

切願しました。

「寝ます。おやすみなさい」

髪を拭いたタオルをだらんと手に持ち、食堂から出ました。

「明日、××さんとこのお通夜《つや》ですけど、香典はどれくらい包んでおきましょう」

母親が父親に伺うのが背後に聞こえ、私は新潮世界文学全集が「飾ら」れた暗い応接室、物が詰め込まれた部屋、物が詰め込まれたもう一つの部屋を抜けて、「自由な雰囲気の階段」をのぼりました。上から三段目に腰をおろし、てのひらで木をさわり、カレンダーを見ます。

(ここは国際空港だ)

空想すると階段はそうなりました。

(出発だぞ)

空想すると飛行機が飛びました。

(ストックホルムに行くんだ)

カレンダーをめくりました。後の高窓からの月光を撥《は》ねるだけの写真は、よく見えませんがすでにおぼえています。

(市庁舎はエストベリの設計なんだよ)

オムニバス映画と言ったことを詫《わ》びさせられ、乗合馬車と言ったことを詫びさせられて、震えながら手をついて頭を下げさせられた理不尽さと、己の無力を、階段はわずかに軽減してくれました。

＊＊＊＊

「階段にすわってるときが好き」

心からの心からの、本当の気持ちを、だから私は早水さんの従兄に答えたのです。

「おれ、ビートルズを聴いているときがいちばん好きだ。きみは？」と訊かれたので。

商店街ではなくサンストアの本屋さんで偶然会ったのです。

火曜の夕方でした。

月曜の夜にあんなことがあり、翌日の今日はずっと力が入らず、緩慢な集中力で授業を受けました。六時間目の社会の先生から、体調がよくなさそうだとテニス部顧問の先生に報告があったらしく、部活動を休んでよいと言われました。いいこともあった、何一つたのしくない部活動を休めるのだけはうれしい、と頼りなく笑い、校門を出、「夏休みを自由な雰囲気で過ごせる家」まで来ると、不在なのか雨戸が閉め切ってありました。中が見えなくてよかったかもしれません。もし見えたら、自分の幻想に自分で嫉妬《しっと》して、よけいに気分が滅入っていたかもしれない。

「……あそこの家の雨戸が閉まっててよかったわ……」

「あそこの家って？」

「え？」

ハッとして我に返り、早水さんの従兄のほうを見る。

「え、って、今、きみ、あそこの家って言ったじゃないか」

「え、ああ……。学校に行く〇〇通りからそれた路地にある、夏休みを自由な雰囲気で過ごせる家……」

どこからどう説明すればいいのかわからず、説明する意欲というかエネルギーが、このときの私にはありませんでした。

「ふうん。きみってふしぎなこと言うんだなあ。じゃ」

早水さんの従兄は踵《きびす》を返しました。

「失礼します」

うしろから私も言い、別の棚のほうに体を向けたところ、彼はまたもどってきました。

「思ったんだけど、次の日曜に××会館へいっしょに行かない？　Q高校の吹奏楽部が演奏会をするんだよ」

公立の××会館はQ市内ではなく、私鉄で20分ほどのJRも通る駅そばにあります。

「だめ？」

「はい」

「はい、って、行けないってこと？」

「はい」

外出するとなると一大事です。くりかえしますが、このときの私にはもう次の日曜の口実を考える力はありませんでした。

「おれ、そんなにいや？」

「いや？　いやとは？」

「今、そう言ったから」

「言ってません」

「だって、××会館にいっしょに行くのはいやなんだろ」

「言ってません。ふしぎなことを言うのは早水さんのほうです。短絡的すぎではないですか。今日の提案にかぎらず、催しに行くか行かないかは、その催しに行きたいか行きたくないかで決めることです。また仮に催しに行きたかったとしても、すでにその日にほかの予定が入っていたりすることもあるじゃないですか……」

両親から連続的に受けた意味不明の叱責《しっせき》の鬱積《うっせき》を吐き出すように私は言いました。わけのわからない言い分、筋の通らない言い分は、我慢ならない。この思いが私の話し方を強い説明調にしました。

「……それに、家の都合もあるじゃないですか。家にはいろんな都合がある」

この部分だけ声が大きくなりました。

「まいったなあ、そんなに理路整然と。そんなだからきみのこと、美鈴とまさか同い年と思わなかったんだよ」

早水さんの従兄は、まいった、と言っているわりに、たのしそうに笑ってくれました。

「家の都合って、××会館にブラバンの演奏聞きに行ってくるわで、だめなの？」

「……だれと行くのかと家の人に訊かれたらなんて言ったらいいか……」

「そうか、きみの家、厳しいんだね」

厳しいというのとは違うと私は言いたい。でもできない。自分の家について踏み込まれたとたん、××会館での演奏会について、彼の短絡に異議を唱えたような〝理路整然〟は、私からサーッと抜けてしまいました。

「家の人、勉強しろ、勉強しろって、そんなことばっかり言うんだね」

「……」

「きみ、一人娘さんだものな」

「……」

「門限なんかきつく決まってるんだろうな」

「……」

私は、彼が言うような一人娘さんではぜんぜんありません。

「慎吾ちゃん」

彼はふりむきました。私も声のほうを見ました。早水美鈴さんでした。

「じゃ、また」

私は二人に手をふって、サンストアから出、無人のテッキンの家に帰りました。

＊

十日ほどたったころです。

昼休みに七組の早水さんが、友坂さんといっしょに一組に来ました。

「慎吾ちゃんは、おじいちゃんとおばあちゃんのことを思ってQ高校にしたの――」

県で一番の進学校に行ける成績だったが、そこはQ市からはかなり遠い。彼の家はQ市でもはずれだから祖父母宅を訪ねるのにも高額な私鉄バスを使わないとならない。通学定期があれば頻繁に訪ねられる。それほどやさしい性格である――等々、早水さんは言うと、突然、華道の池坊専永の話をはじめました。池坊専永夫妻は幼少から許嫁《いいなずけ》同士だった、夫妻は親戚同士だったたと。そして話を、

「慎吾ちゃんに、わざとふしぎなことを言うのはやめて」

とふたたび従兄にもどしました。

「メルヘンチックなことを言って、早水さんの許嫁的な男子の気をひくのって、私もよくないと思うよ」

これは友坂さんが言いました。

「だから、その、……早水さんの親戚の人には近づかないようにしてあげてほしいの」

二人は腕を組んで七組までもどってゆきました。

たかだか中1なので、数日後にはまた彼女たちと別の話題で歓談しました。けれど、この日からずっと長く、従兄のほうの早水さんと私はしゃべることはありませんでした。とくに「近づかないようにし」たわけではないのですが、なぜか会うことがなかった。サンストアでは眼鏡をかけていなかったので、すれちがっていても気づかなかったのかもしれません。

＊＊＊＊

二〇一×年五月。

日曜。

東北訛《なまり》の老夫婦がいた市民の森からの帰りに寄ったカフェで、この投稿を書いています。

「オムニバス映画事件」については、これまで三人に話したことがあります。そのうちの一人が、従兄のほうの早水さんです。

れたのです。

父親の一周忌のとき、××会館のあるJR駅のホーム待合室にいると、声をかけら

新幹線の発着駅まで同じ電車に乗りました。娘さんがお産まれになったばかりとのことで、お幸せそうでした。「ぼくもきみの家のお父さんみたいに厳しいおやじになるのかな」とおっしゃったので、厳しいというのとはちがうのだと「オムニバス映画事件」のことを話したのです。

車中では、この投稿ほど詳しく話せなかったせいか、早水さんは、何か性的な語と勘違いをしたのではないか、と推測されました（べつの機会に話したほかの二人も同様の推測でした）。

しかし、そうであれば、私はよけいにわからない。そうした勘違いには、あの父親なら、むしろ断じて触れまいとしたと思うからです。

仮に三人の推測どおりだったとしても、次週映画の予告がTVに出た夜の、あれほどまでに烈しい叱責を、私は受ける必要があったでしょうか。これまでかつてだれにも問えませんでしたが。

市民の森に二人で並んですわっていた老夫婦は、おにぎりをよばれていらした。「お父さん」が「お母さん」に水筒のお茶をついであげ、向かい合ってしゃべってい

らした。

輝く二人でした。

彼らのような両親のもとに子として生まれ暮らしていた人の目には、私は澱《よど》んで映ったことでしょう。

「わざとふしぎなことを言って人の気をひこうとする」

早水さんと友坂さんの抗議。

この種の抗議や誇《そし》りを、オムニバス映画事件のあともずっと、現在でさえも、投げつけられることが私にはあります。

この店に入ったのはテラス席にナラの木が張り出していたからです。さらさらと葉擦れの音がする。

ああ、なんと五月は美しいのだろう。

少年のころより何千倍も、新緑の五月に私は感動しました。

日比野光世

オムニバス映画、への回答

——回答です。

「五月にとくに感動しなかった自分は実に少年であった」と投稿にありました。蓋《けだ》し至言です。

「少年少女は、五月の只中にいるから、この季節の美しさに感応できるはずがない」とも。

同感です。至言です。

少年少女は、自分が人生の五月にいる。ほかの季節を知らないのだから五月に感応できるはずがない。

少年少女はきれいです。かれらの皮膚は張っている。まことにきれいです。外見がきれいです。

だが、少年少女が繊細だなどと謳《うた》うトンチキは何でしょうかね。こういう輩《やから》は、子供は天使だ純粋だなどとも謳いますね。己《おのれ》の過去の記憶が頭から抜け落ちたのでしょうか。

あなたと早水美鈴さんは、中学時代に中学校の美化委員だったそうですが、こういうトンチキな大人は、過去美化委員です。過去美化委員は、美化した過去の自己を少年少女に投影するため、異様に少年少女に甘い。やれやれ困ったものだ。

少年少女などというものは鈍感です。

五月の美しさも感じられないほど。

五月の風の音階のたえまない変化も聞き分けられぬほど。

聞き分けられないから、少年少女は毎日が退屈だ。草葉の露がころがる動きの愉快も見逃す。退屈だから刺激を求める。彼らは娼婦《しょうふ》男娼をねぎる客に酷似しています。自分は努力せずに相手からだけ気持ちよくしてもらいたい。支払う代金もなるたけ安く抑えたい、タダなら尚《なお》よい。あぶらぎった欲望を全身にみなぎらせ、少年少女はいつも思う。退屈だと。

「大人は汚い」と世界中で少年少女は叫びます。虫のいい欲求が充《み》たされないと、その不平を他人のせいにする。面皰《ニキビ》の一つをつぶしただけでも天麩羅《てんぷら》が揚《あ》げられそうな利己のあぶらは棚にあげて。

五月の美しさに気づかぬ神経のぶ厚さ。己《おのれ》の汚らしさを棚にあげられるふてぶてしさ。そして、おまえこそ分厚いふてぶてしいと真実を指摘されれば、こんどはたちまち臍《へそ》を曲げる。

少年少女の正体はこうしたことです。ゆえに、あやつらはかわいい。ゆえに大人は彼らを保護する。大人の余裕です。かつては自分も同じことをしてきたものだという余裕が、彼らの浅はかさを微笑《ほほえ》めるのです。

余裕がなかったのでしょう、あなたのご両親には。

『ガラス玉演戯』の著者はヘッセだと言って、父親から叱責された13歳の娘さんがいるでしょうか？「オムニバス映画」と言って、父親から土下座させられた娘さんがいたでしょうか？この話を聞いたという早水慎吾さんはじめほかの二人には、聞いて、大笑いした人もいたのではないですか？　それほど、あきれる話です。

隔離され閉鎖された空間におけるヒエラルキー。その空間外の人間から見れば、あきれ、人によっては大笑いしてしまうような、その隔離閉鎖の空間内にいる人間を鉄《てっ》鎖《さ》で縛りつけるヒエラルキー。

これによっておきた犯罪も過去にいくつかありました。こうしたヒエラルキーは、だれにでも、どこででも、人間心理に突如として巣《す》くう危険があるものだということを、このたびの投稿を読み、思うに至りました。あきれ、同時に恐怖を感じます。

辰造氏が激怒した理由は、氏亡き現在たしかめられぬのは然《さ》ること乍《なが》ら、仮にまだご存命でも、たしかめられないと思います。

もしあなたに同居する祖父母や兄弟姉妹がいたとして、「オムニバス映画」とあなたが言った現場にその人がいたとしても、たしかめられません。同居者は「隔離閉鎖の空間におけるヒエラルキーの内」にいますから。

この現場に、あなたの家族ではない大人がいなかったかぎり、たしかめられないのではないでしょうか。「隔離閉鎖の空間におけるヒエラルキーの外」にいる大人が、もしいたとして、Xさんとしておきましょう。

Xさんが、辰造氏が激怒しているそのさなかに、「娘さんは三話からなる映画だからオムニバス映画と言っただけなのに、なぜそんなに怒る必要があるのですか？」と質問したとする。それなら、辰造氏がたとえ心の奥底の一部は隠したとしても、おおよその理由が見当ついたでしょう。Xさんも、そしてあなたも。

しかし、Xさんが翌日に質問したら、辰造氏本人にもわからなくなっているでしょう。一年後では確実にわからない。二年後では、辰造氏本人は、そんなことがあったことさえおぼえていない可能性が高い。論理がまったくない叱《しか》りつけだからです。論理がないうえに、前回の東華菜館での出来事には感じられたエゴイスティックでありながらも他者（子）を慮《おもんぱか》る気配が、今回はありません。必要のない叱責をあなたは受けけた、それだけです。くりかえします。余裕がなかったのでしょう、あなたのご両親には。

文容堂——

＊＊＊＊

——拝復、文容堂。

過日の投稿（初めての一等賞）で、サブウェイにいた若いカップルが「厳しいお父さん」「家が厳しい」と言っていたこと、世の中にはコマーシャリズムが撒《ま》き散らし続ける「厳しいお父さん」「恐いお父さん」の像が固定化しているのではないかということを話しました。

一人娘に異性から電話がかかってくると「××子はいません」と取り次がなかったり、携帯電話の普及した今なら、相手が異性だとわかると娘さんのすぐそばで「切りなさい」と大きな声で言ったりする……こんなお父さんのイメージを、武藤くんは私の父親に対して持っていたのかもしれません。

武藤くんというのは同学年男子です。転校生として私は彼を知りました。県内での引越しをした彼は学区が変わり、私の通っていた学校に転校してきたのです。

私の家からはまあまあ近いところに武藤くんの新しい家はありましたので、サローヤンの短編朗読を届けに来てくれました。英語の授業の副教材です。英語の先生が、一部の生徒を選んで原文朗読を聞かせ、英文で感想を書いたものを県内数校でのコンクールに出すというもの。ネイティブ・スピーカーによる朗読ソフトは人数分そろっておらず、家の距離で二人ずつ組んで利用することになったので、武藤くんはペアになった私に届けに来てくれたのです。

私の家が厳しいと同級生などからなんとなく聞いていて、こそこそ不純な目的で会っているような誤解を与えぬようにとの配慮で、わざわざ両親が必ず在宅しているであろう時間に、お母様がご用意してくださったお茶菓子の小さな袋もいっしょに、武藤くんは持って来てくれたのです、副教材を。

母親がさいしょに応対し、武藤くんは母親にお辞儀をして、「英語の先生から頼まれた資料です。僕の次の順番が和治さんなので持って来ました」と言ったそうです（あとから母親からも、武藤くん本人からも聞きました）。

建築士に丸投げしてまかせた奇矯な設計の家は、玄関に入ると、そのまま応接室が広がっています。そんな設計ですから、礼儀正しい挨拶《あいさつ》と、お母様からのお茶菓子も持ってきている武藤くんを、

「それはまあ、どうもわざわざ」

と、母親は応接室に通し、ソファを勧めました。応接室に通したというより、設計上、玄関からもうちょっと奥にそのまま進んでもらったかんじです。

私は庭の草むしりをしていました。

母親が庭にやってきて、武藤くんの来訪を知った私は、エプロンをして麦わら帽子をかぶったまま応接室に行き、サローヤン資料を受け取り、

「どうもありがとう」

と言い、

「うん、じゃあね」

　と武藤くんは帰りました。

　それだけです。

　お母様からのお茶菓子まで添えて持ってきてくれているのに、お茶ひとつ出してもらえず（「武藤くんにお茶を出してあげて」などと、私にはとても言えませんでした）、私と雑談をすることもなく、武藤くんは帰りました。

　彼はその後、旧帝国大学に進学したくらいです。勉強がよくおできになるんですって、とても礼儀正しいですわね、などと近所では評判の高い男子でした。お母様もやさしい明朗な方で、引越してきてすぐに町内会の役員につかれていました。

　彼は外見もきちんとしていました。シャツの衿《えり》がいつも白い、というのが私の武藤くんの記憶です。シャツの衿がいつも洗濯されて糊《のり》がきいてきれいなのです。髪はもちろん校則どおり。詰襟の制服以外のときも、私立学校の制服のようなシャツとベスト、アイロンのかかったズボン、といった服装でした。

　ですから逆に言えば、ティーンの女子が更衣室や放課後の教室のすみで、くすくすした笑い声とともにウワサ話をするとき、ぜったい名前が出ることのない男子でした。

　こんな武藤くんを、父親も見たはずです。私の家の設計では、仕切り戸を開ければ、応接室から食堂も丸見えなのです。ということは食堂から応接室も丸見えなわけです。

季節は真夏で、仕切り戸はすっかり開いていました。

前の「投稿」（恐怖の虫館）のとおりの、物を捨てないごちゃごちゃの食堂のようすが、クレープの下着だけの父親のかっこうが、武藤くんの目にふれているのが恥ずかしかったくらいです。そんな父親にも武藤くんはきちんとお辞儀をしてくれました。ところが武藤くんが帰るとすぐ、下着姿の父親は激怒しました。

「男を部屋に通すなど、アメリカ人でもしない」

と。

……、ここまでなら、コマーシャル化された「恐いお父さん」の、もうすこし度合いの強いものかもしれません。

ここまでなら私も、そのうちに親をうまくごまかす方法を、それなりにうまく身につけていったのではないでしょうか。「親をごまかす」というと一見聞こえは悪いですが、清濁《せいだく》わきまえて成長していくことでもあると思うのですね。心配かけないための嘘《うそ》といいますか。

しかし、ここまでではないので謎《なぞ》なのです。

＊

同じく、制服を着ていたころのことです。

クラスの中村えりさんから電話がかかってきました。

中村えりという名前からおわかりと存じます。女子生徒です。

夜の八時でした。七時五十分くらいだったかもしれません。それくらいの時刻です。

用件は「明日の体育の、女子の創作ダンスで使うリボンは青ではなく赤になった」

ということを伝えるものでした(用件内容ならびにやりとりは後でわかったことです)。

電話をとったのは父親です。

中村さんは、

「中村といいます。光世さんがいらっしゃいましたらお願いします」

と言いました。

すると、父親は、

「こんな真夜中に電話をかけてくるなど、いったいあなたはどういう人だ！」

と激怒したのです。

ものすごく大きな声でした。

食堂にいた母親、台所にいた私もびっくりしました。

もちろん怒鳴られた当の中村えりさんは震え上がりました。

「あの、あの、明日の体育の授業のことで……」

と、震え声で用件を告げました。

父親はぶすっとして、

「不良じみた生徒からの電話だ」

と、私に受話器を渡してきました。

夜の八時に、明日の授業で必要なものを連絡するために電話をかけてくれたのに「不良じみた」と呼ばれる中村さん。

私は、どういってお詫びしたらいいのか、途方《とほう》にくれました。

＊

同じころです。

制服を着ていた年齢のころも、現在も、私は同じ容貌《ようぼう》です。Q市ではなく原宿を歩いていたところで、芸能プロダクションからスカウトされることはぜったいにないルックスです。

ですが、過去と現在では大きな違いが一つだけあります。

当時は若かった。

ティーンだった。

この時期は、だれもが、甘くどきどきするような感情を涌《わ》かせます。目立つような美少女美少年でなくても。しこめ、ぶおとこ、に属するティーンであっても。

もちろん程度は、人気アイドルをたんにTVで見てキュンとなっているくらいから、めくるめくような激しい恋まで、環境や個性によって差があるでしょう。程度はべつにしてこの時期には、だれもが恋愛シーンに関わるものです。

だから伊勢谷くんにも、この種の感情が涌いたのでしょう。

この種の感情が厄介なのは、当人がコントロールして涌かせることができないことです。風邪と同じ。だれが大事な試験前にインフルエンザにかかりたいと望むでしょうか。

伊勢谷くんには、伊勢谷くんを好ましく思う異性、相性の合う異性が、学校にも近所にも、いくらでもいたはずですのに、なぜか彼は私に執着しました。

伊勢谷くんは、私をつけまわしました。

映画雑誌をくれた早水慎吾さんに対する私の態度を、早水美鈴さんと友坂尚子さんは思わせぶりだと非難しました。彼女たちがそう非難した態度の背景を、このたびの投稿（オムニバス映画）において克明に綴《つづ》った私ですが、早水さんと友坂さんに対しては、当時も今も、残念さは感じても、腹立たしさは感じません。彼女たちが非難したのもしかたがないと思うのです。

けれども。

伊勢谷くんにつけまわされるようなことになる態度を、私はとったおぼえがありません。

この投稿では正直に言います。私は伊勢谷くんの外見がいやでした。恋愛対象としての外見としてという意味です。いじめに遭いそうな弱々しい男子ではありませんでした。むしろ活発で陽気で、多趣味で、成績もそこそこによかったように思いますが、ティーンですから、そうした感情での（伊勢谷くんが望むような交際での）外見に対する好悪はきわめて生理的でいかんともしがたく、嫌いでした。つけまわされるうちに顔を見るのも声を聞くのさえいやになりました。

どんなにやめてくれと言っても、彼はつけまわしをやめません。中村えりさんの電話は夜の八時でしたが、伊勢谷くんは夜の十一時半くらいに、家の前の道に来て、ギターを弾いたりしました。私の部屋が二階の道に面したところにあることも、つけまわすうちに調べあげていたのです。ギターが聞こえると、私は逃げるように照明を消し、学校の勉強でも娯楽で本を読むのでもラジオを聞くのでも、スタンドを布団《ふとん》の中に入れて、光が洩《も》れないようにしてしなければなりませんでした。本当にいやでした。

気持ちの悪い人がいるとは、父親にも母親にも相談できません。そんなことを相談したら、友坂さんと早水さんどころではない非難を、両親は私に浴びせるに決まっています。「おまえが思わせぶりなことをしたにちがいない。不潔な娘だ」と叱られると私が先回りして恐れてしまうのは、これまでの投稿から、なにとぞわかっていただきたく存じます。

その伊勢谷くんが、両親が在宅中の休日に、とうとう玄関に入ってきたのです。××会館近くにある大きな総合病院主催の慈善バザーのちらしを手に、「おしらせしたいことがある」と。

玄関ドアのチャイムが鳴り、応対したのは父親でした。

世界の都市のカレンダーが貼《は》られた階段の下から、私を呼びました。

とでしょう。

「伊勢谷という人が来ておられる」

父親の声を聞いた自分の顔を自分で見ることができたなら、きっと青ざめていたこ
とでしょう。

聞こえないふりをして、自分の部屋ではない、隣の部屋のダンボールが積み上げら
れた隙間《すきま》に隠れました。

ところが、いつもなら階段の昇降はむろんせず、TVのチャンネルを替えることす
ら家人にさせる父親ですのに、もっとも接触したくない伊勢谷くんが来た日にかぎっ
て、階段をあがってきて、私をさがし、

「そんなところで何をしている。伊勢谷くんという同級生が訪ねてきている。早く会
ってあげなさい。応接室に通してお待ちいただいているから」

と言うのです。「頭が痛い」「熱がある」というような、とってつけたような嘘を、
私は言いましたが、

「それくらいのこと、がまんしなさい。伊勢谷くんは、わざわざおしらせの紙まで持
って、おまえに会いに来てくれているのに。早く応接室に行きなさい」

父親が苛々《いらいら》しはじめたので、私はしかたなく応接室に行き、伊勢谷くんからバザーの
ちらしだけを受け取り、風邪なのでと咳《せき》をするふりをしてすぐに帰ってもらいました。

武藤くんと中村えりさんには、あれほど激怒した父親の、伊勢谷くんの来訪に対することの違い。これはなんなのでしょうか？

「厳しい家」だとか「一人娘に悪い虫がつかないようにする」だとかいったものとはまったく異なると思います。「毒親」という語を使うのは、だから私にはためらいがあるのです。

ティーンという時期には、だれでも多かれ少なかれ、厄介さを抱えます。それも相まって、小学生のころとはまたちがう謎に、私は家の中でよく遭遇しました。

そのころの出来事を、次の投稿でもつづけます——。

素肌にそよぐ風

拝啓、文容堂。

一昨年に越してきて、現在、私が住んでいる相鉄線K駅にスーパーマーケットがあります。そこに行くと軽いめまいをおぼえることがあります。正面からの店構え、陳列や照明の塩梅《あんばい》、エアコンから出る風のにおい、そんなものがみなサンストアにそっくりで、ティーンのころにタイムスリップした錯覚がおこるのです。

店内のインストゥルメンタルのBGMが、よく当時の映画音楽を流すものだから、そのせいも大きいのかもしれません。

制服を着て通学していたころにあった、何度かの出来事をお話しします。今でもわからない、気味の悪い謎《なぞ》です……。

＊＊＊＊

通学路として抜けていた商店街アーケードは、途中途中に、路地へ出る口がいくつかありました。うち、駅に近い口を出ると飲み屋さんが並ぶ路地でした。

その路地に入ってすぐの飲み屋さんの壁には、いつも『近代映画館』、通称キンエイでかかる映画のポスターが貼《は》ってあります。

映画は映画館で見るものだった時代をとっくに過ぎてしまったキンエイには、ふだんはポルノ映画ばかりで、盆・正月と春秋の連休にだけ、一般映画がかかります。大都市よりずっと遅れて。

高村光太郎の彫刻のような裸身の女優さんが映るポスターが貼られたのは、秋の連休前でした。

「えっ、あの映画を」

私は壁に近づきました。芸術的な裸身だと話題になっていたポスターではなく、その下の「次回上映」のお知らせに近寄ったのです。まさかQ市の映画館にまわってくるとはまったく期待していなかったので、おどろきました。

「へえ」

通学鞄《かばん》を足元に置き、私はしゃがんで「次回上映」の題名と監督名を見つめます。

映画音楽をかけるFM番組があると、私はせっせと録音して、前の投稿のとおり、それを聴きながら空想の映画を見ていたのですが、なにせお小遣いがもらえないので、どんどん上からかぶせての録音です。その最新の録音の一つが、この「次回上映」のイタリア映画でした。十代の少年少女の淡いロマンスです。

「何見てんだよ」

背中をつつかれました。ふりかえると同じクラスの佐多くんと、ナッチこと林奈津子ちゃんでした。

「おっ、これがキンエイに来るんだ」

彼らもポスターに寄ったところにもう一人新垣くんも通りかかり、男子二人はポスターが話題になっている邦画の主題歌を調子外れにうたい、

「ねえ、愛の暮ししようか」

「いやん、傷つけ合って、バカん」

と歌詞から適当に抜いた男女のやりとりで体をくねくねさせ、上ずった声音《こわね》を出したものですからナッチも私も大笑いです。では四人でいっしょに見に行こうというこ

とになりました。

「問題は、家の人にどう言うか」

私が腕組みをすると、

「なにを？」

ナッチがきょとんとしました。風のいたずらでフレアースカートがまくれたような一瞬でした。

中高生のころというのは、自分の家のことを表に出しません。学校でのこと（授業とかテストとか掃除とか体育祭とか）がぎゅうぎゅうに詰まっていて、家のことまで表に出している暇がないのが大きな理由ですが、この年代特有の強い羞恥心《しゅうちしん》も一因ではないでしょうか。

家のことは、性器とは言わないまでも、パンティやブラジャーのような、表に出さないようにすべきもののように位置づけている。無意識のうちに。それでも何かのはずみで、ちょうど風がスカートに吹いたように、ふと家が表に出ることがある。

あの時の、ナッチのきょとんとした顔を思い出すと、自分がなぜ彼女と少年時代によくいっしょにいたのかがわかります。映画に行くと家人に告げるのを躊躇《とまど》う同級生が理解できないナッチとナッチの家庭を、私は「いいなあ、いいなあ」と憧《あこが》れていたのでしょう。

「家の人に、ふつうに、学校の友だちと映画を見に行くって言えばいいじゃない。だめなの？」

「う、うん、でも、その……」

私が口ごもると、

「そりゃ、こんなポスターが貼ってあっては言いにくいだろが。ねえん、愛の暮し……」

「そうだよ、イヤん……」

新垣くんと佐多くんがまた体をくねくねさせました。そして、

「女子より、おれらのほうこそ、これ見に行くって親に言いづらいぞ」

佐多くんが言うので、ナッチも「そうか、言われてみればそうだよね」という表情になって腕組み。

「そうだ、久本《ひさも》っちゃんを使おう」

「久本《ひさも》っちゃん」というのは同級生ではありません。久本某という、若い国語の先生です。新垣くんのお姉さんと結婚したばかりなので、新垣くんには義兄でもあります。

「久本っちゃんも誘おう……」

ＪＲ駅のある××会館では県庁制作の『郷土の歴史』が上映されているから、それを見に行くことにしてくれと義兄に頼むと、新垣くんは言うのです。

新垣くんのお父さんは市教育委員会の委員長です。久本先生の結婚生活は、奥さんである新垣くんのお姉さんの言いなりだから、せめて連休中くらい久本先生だって芸術的なヌードが見たいにちがいない。久本先生も誘おう。おれらは親に××会館での「ためになる映画」を久本先生といっしょに見ると言おう。そして久本先生には口裏を合わせることに協力してもらおうというのが新垣くんの案でした。

「ナイスじゃない。久本っちゃん、もしかしたら、みんなのぶんの映画代出してくれるかも」

〝久本っちゃん〟などと同級生のごとく軽く呼ばれているのでおわかりのように、久本先生にはおよそ威厳はなく存在感もないので、彼が来ても私たちは気づまりではありません。学校の先生といっしょなら親にも許可がとりやすい。これ以上の名案はほかにありそうもありません。

「決まり。じゃ新垣くんは久本っちゃんをしっかりオサエといてよ」

ナッチは新垣くんの肩をポンと叩《たた》くと、もう早《は》や、

「スカートにする？　ズボン？」

私に洋服について訊《き》いてきました。

「え、制服じゃないの？」

私は両親が在宅中に家を出るときは必ず制服を着るのです。制服を着て「ちょっと……」と玄関先で口ごもれば、制服が「学校関係の用事」と見なされるので、三十分ほどなら散歩ができる可能性が高いからです。

「休みの日なんだから制服着ていく必要ないじゃない。佐多くんも新垣くんも制服なんか着て行かないでしょ？」

肯《うなず》く男子を見てナッチはつづけます。

「ほら、家庭科のパジャマ製作で残った布でヘアバンドを作ったじゃない。あれ、していこうよ」

「わかった……」

なにが「わかった」のやら自分でも曖昧《あいまい》でしたが、

「ヘアバンドする……」

ヘアバンドをすることにのみ同意して、私は三人と別れました。

別れた後の通学路の匂《にお》いを私は今でも鮮明に思い出します。

安心して歩いていました。

私はつくづくうすのろで、さっさと判断ができない。何にでも迷う。頭の回転も遅ければ、雑巾《ぞうきん》がけやバスケットボールで敵のボールを奪うのものろい。しゃべるのも、何をするのものろい。他の人をイライラさせる。そんなだから一人でいるとほっとできました。親、先生、近所の人、同級生、等々の他の人にイライラされずにすむ。他の人がみんな嫌いだというのではありません。自分のうすのろさで迷惑をかけずにすむから安心していられるのです。

中3の秋ともなれば、都会の中学生なら受験を前に猛勉強しているでしょう。都会でなくても、もしかしたらナッチも佐多くんも新垣くんも、家では学校では見せない真剣な顔で猛勉強していたのかもしれません。

でも私は、ほんとに……。実に勉強しませんでした。われながら感心するほど勉強しなかった。

町に塾でもあったら、そこに通わなくても、表に貼り出されたポスターや合格者合格学校の貼り紙などで、もうちょっと緊張した気分になったかもしれませんが、私がティーンのころのQ市にはそんなものはいっさいありませんでした。習い事ひとつしませんでした。塾はありませんでしたがお習字、オルガンやピアノ、英語、そろばん、バレエなどの習い事ならほかの同級生もずいぶんしている子がいたのに、それもせず、私はただぼんやりして、かけがえのない時期を潰《つぶ》しました。ちっとも勉強しませんでした。

ティーンですから先述のとおり、漠然としたときめきや恋愛への好奇心は満ちていても、現実に形のある恋愛をしたわけではありません。佐多くんと新垣くんの「ねえ」「いやん」という男女のやりとりもどきに大笑いしても、しかし現実のセックスなどというものは、田舎町の平凡なティーンの大半には「架空」です。

あのころをふりかえれば、私は3年3組で、2組の加瀬くんとメモ用紙を交換することがあった。佐多くんとナッチがするように。電話じゃなくてメールでもなくて、メモ用紙交換。ノートをちょっと破ったり学校のプリントの裏などに、「今日は雨だったので、朝来るとき靴が濡《ぬ》れて気持ち悪かった」「ほんと。明日は靴洗いだね」とか、どうでもいいような瑣末《さまつ》なことを書いて、授業と授業のあいだの短い休み時間に、廊下でササッと渡したり受け取ったりする。以上。まだしも佐多くんとナッチは公園やスケートや映画にいっしょに行っていましたが、私は加瀬くんといっしょにどこかへ行くこともなかった。校内で並んで歩くこともなければ、二人で昼の弁当を食べたこともない。したのはただメモ用紙の交換。

そんな泡《あぶく》のようなことをして、毎日は泡のように過ぎてゆく。現実的な肉体接触などかけはなれて想像もつかない日々。そんなころのことです。

＊＊＊＊

三人とキンエイに行く約束をした日の朝食後。

私はタイミングを摑《つか》むのに集中していました。外出する旨《むね》を切り出して許可を得られるのはいつか。好機を逸《いっ》してはなりません。

すべてタイミングなのです。

父親はフイッと「こんな天気がいい日に家にこもっているとは不健康だ。自転車に乗ってどこかに遠出してきたらどうだ」などと勧めてくるかと思えば、私が「豆腐を買いにサンストアに行ってくる」と言っただけでも「車の接触事故がよく起こる交差点を通過しなければならないからよくない」と言って許可しません。しかも、豆腐の味噌汁を作れという彼の命令のために行こうとして言っているのに、豆腐が常備されていなかったことまですさまじい勢いで怒ります。毎食後に歯を磨く私に、「そんなに歯を磨くと歯のエナメル質を傷つける」と怒った三日後には、歯医者に行こうとしている私に、「歯医者に行く前には歯を磨かないといけない。だいたい毎食後に歯を磨くべきなのだ」と怒る。

「腫《は》れ物にさわるように」という表現がありますが、父親のことは「ニトログリセリンにさわるように」扱わないとなりませんでした。その扱いに怯《おび》えるせいか母親も、爆発はしないものの、へたに取り扱うと倒れて蓋《ふた》が開いて衣服や指を汚してしまうインクやペンキの容器のようでした。

こんなふうですから、好機に恵まれなかった場合、キンエイ行きはあきらめようと思っていました。ナッチたちにも、もし約束の時間を5分過ぎても来なかったら私は行けなくなったと思ってくれとすでに伝えてあります。

今日は父母は各々《おのおの》用事があり終日外出だと昨晩に聞いていたし、聞いたときは心中で「よし」と思いもしたのですが、その場では何も言わず、朝になって父親が玄関を出、三分ほど後に母親も出ようとしている時に、

「あの、私も昼から出かける。去年担任だった久本先生の用事を林奈津子さんたちと手伝うことになったの」

何について手伝うのかは具体的には言わずに、いわばどさくさにまぎれるふうに、母のよく知る人名を出して言いました。出かけるまぎわでしたので、母も「へえ、そう」と言ってあわてて出て行きました。

(よかった、うまくいった)

ほっとしましたが、××会館に行くとまで言えなかったので、電車賃を頼むことはできませんでした。前の投稿で申しました方法で貯金していた中から映画代を捻出《ねんしゅつ》しました。

午前中は掃除や洗濯をし、簡単な昼食を作って食べ、歯を磨き、その後、化粧合板の安タンスの戸を開けました。服の数はわずかです。

「何を着ていけば……。雨は降ってないから……」

学校の制服、外食をしなくてはならないようなときに着るワンピース、それ以外は、前の投稿で申しましたとおり、すべて男ものの作業着のような服です。男子工員さん用の作業着、肌着、靴下、パジャマを縫製する工場を家族で営んでいる方が父親の知り合いにいて、その方からのいただきものが、私の私服です。

「散歩に行く」も言いにくいのに、洋服を自由に買えるわけがない。母親は洋服や着物が嫌いなのです。「服飾にかまけるような子は頽廃的《たいはいてき》だ」とよく言います。私が、というより、自分の子が、「男のようであること」を望んでいる両親にとって、とりわけ女性である母親にとって、服飾に関心を抱くのは「男のようではないこと」の最たる行為です。

「これはあらたまりすぎてるし……」

ノルマの外食などのときに着るワンピースを出しかけて、ひっこめました。

「そうだ、これがあった」

母親の知り合いの方がくださった灰色の化繊のボックスプリーツのスカートと紺色のアクリルのベストをタンスから抜きました。これと家庭科実習で作った青白のギンガムチェックのブラウスを組み合わせることにしました。

なにせ私が作ったブラウスなので出来はきわめて悪く、ベストも毛玉ができていたし、スカートもあまりはいた記憶もないままずいぶんくたびれています。ナッチが「頼むから制服で来ないでよ」と言うから選んだだけです。

（かっこわるい……）

ありあわせの衣類を身につけた自分のすがたを鏡で見ていやになりましたが、佐多くんと新垣くんが来るのだから、こういう服のほうがよかろうと気を取り直しました。

私はたまたま持っている私服の種類がほとんどありませんでしたが、仮にいろいろ持っていたとしても、男子が来るからとがんばってかわいい服を着ていくのは見苦しいことだという、なんといえばいいのでしょう、たしなみでしょうか。そんなものが女子にはあります。これは田舎・都会の差なく時代を超えて、公立共学の女子にある意識ではないかと思います。異性に映る見ていいいに力《りき》むのは見苦しいとする意識ですが、同時に、同性からどう見られるかにはすごく力んだ意識です。

私は衣桁《いこう》にひっかけてあったタイツ（透けない、丈夫な通学用）を穿《は》こうとして、右の親指のところが破れているのに気づきました。よく見れば、左の踵《かかと》も丸く穴があいている。ともに二、三度縫って修繕した部分です。

（さすがにもう捨てよう）

ゴミ箱にタイツを捨て、新しいタイツを出そうとしていると母がもどってきました。すこし驚きましたが、ちゃんと外出する旨伝えていたので慌《あわ》てませんでした。

「なんだ、まだいたの。出かけるのはこれから？」

予定が変わり、帰宅が早まったのだと母は言い、私のスカートに目をやりました。

「それ裾《すそ》の糸が切れたのね。後ろの折り返しが垂れ下がってきてる」

母に指さされてふり向き、よく見えなかったので手でさわりました。

「ほんとだ」

「ささっと縫ってあげるわ。脱ぐまでもないわ」

そう言ってくれた母についてゆき、母の部屋にある裁縫箱の前に立ちました。

「このスカートは小嶋さんからのいただきものだったわね。小嶋さん、入院されたって聞いたけど、もう退院されたのかしら」

「されたよ。一昨年に」

針に糸を通して母に渡し、私は答えました。

「えっ、なんで知ってるの？」

「だって退院されたときの御礼がこのスカートだったじゃない」

見舞いに行った母への礼として、熨斗《のし》のついたタオルに添えて、小嶋さんはこのスカートをくださったのです。小嶋さんの入院で、娘さんは嫁ぎ先から世話にもどっていらして、病院そばで安売りをしていたのを試着せずに買われた。「でもサイズが合わなかったんです。よかったら使ってやってください」と。

「そうだったかしらね……」

糸を引っ張る感触と結ぶ感触がスカートの裾でして、チョキンと糸きり鋏《ばさみ》の音がして……もぞもぞした感触がしました。

（？）

何だろう。糸を結んで切ったのだから修繕し終わったはず……。

（たしかめてくれているのかな……）

ほかにも同じようなことになっていないか点検してくれているのかと、しばらくは立ったままでいたのですが、どうもそういう感触ではありません。

タイツを穿こうとしていたときでしたから私は素足で、スカートの下はパンティだけです。ふっと空気がそよぐのです。スカートの折り返しを点検するのなら、もっと大きく空気があたるはずですが、ふっ、ふっとそよいで、何かもぞもぞとする。

（？）

胴をひねって後を見ようともし、まだ縫っているならあまり動かぬほうがよかろうとも思い、首だけを横に向けた私に、三面鏡に映る母親が見えました。私のスカートの裾を指でわずかにつまみあげ、奥を覗《のぞ》いている……。

困りました。

「何をしているの」とは問えない。母親のしぐさが異様だから。あまりに異様だから。私に気づかれないようにそうっと、というかんじなのです。

（どうしよう……）

これまで体験したことのない困惑でした。状況をどう把握すべきか、この場をどう過ごせばいいのか、拠《よ》り所《どころ》とする手がかりのようなものが、まるで見当たりません。

（何とかしないと）

このままでいてはいけないと、それだけは強く感じました。

「タイツ……」

　私はかすれた声を出しました。

　タイツはどこか、寒くなってきた、糸を切る、鋏、時間がない等々のフレーズを、端切《はぎ》れのように発して、私は母親から離れようとしました。

　すると背後で母親は笑ったのです。へっへっ。何かを隠すような誤魔化すような、そのくせ凄《すご》むような笑い。そして言いました。《へっへっ、覗いてるとええわ》と。

　これまでの何回かの投稿はみな、取るに足らぬ出来事ながらみな事実を打ち明けてまいりましたが、ことばづかいに関してだけは標準語になおしてきました。しかし、この部分だけはなおせません。

《覗いてるとええわ》は、「覗くことはいい」という意味ではありません。「覗くことはいけない」という意味です。たとえば主婦同士がスーパーで出会い、長々と立ち話をしてしまって時計を見て《ああ、どんだけでもしゃべってるとええわ》と笑いながら言ったりする。「ああ、いつまででもしゃべっているのはよくないですね」というようなニュアンスです。たとえばおじさん同士で居酒屋に行って酒量が過ぎたようなとき《ああ、調子に乗って何本でもビール飲んでるとええわ》とばつ悪く笑ったりする。

　へっへっ。そのふにゃけた笑い声を背にして、私はゾッとしました。

確定してしまったのです。私が見たのはあくまでも鏡に映ったすがたでしたから、一秒ほど前まではまだ、私の思い過ごしや見間違いなのかもしれないという余地がありました。でも母親は《覗いてるとええわ》と言った。……。覗いていたのです。

この事実に私の全身に鳥肌が立ちました。

「素足だから寒くなってきたよー」

ふだんは出さないような明るい声を出し、

「早くタイツはこうっと」

大袈裟《おおげさ》なアクションで合板の安物の小簞笥《こだんす》の抽斗《ひきだし》から未開封のタイツを出して穿き、

「じゃ、行ってきます」

母親をふりきるように外出しました。

＊＊＊＊

出がけのこの一件のせいか、キンエイで見た映画はよく頭に入って来ませんでした。

いつも空想の映画しか見られないから、本当の映画館で本当の映画をたまに見られると、どんなにつまらない映画でもワクワクして、なんでもない場面まで細かにおぼえている私ですのに、こんなに苦労してキンエイに行き、同じクラスのうちでも特に仲のよい四人で見たというのに、おぼえているシーンがほとんどありません。主演女優がアパートの部屋の戸口で、ロングブーツを紐《ひも》で編み上げて履くのが面倒だと言うシーンだけしか頭に残っていない。おそらく、家を出る時の面倒さに無意識の共感をおぼえたのでしょう。

話題沸騰《ふっとう》の全裸シーンは記憶にない。裸のシーンなどあっただろうか？　画面に裸がはっきり映らずとも、裸になるようなことをするシーンがあれば、現実の自分たちの日常がセックスとはかけはなれているにもかかわらず（かけはなれているからこそ）そうした類のことに興味があってしかたのない年ごろだったのですから、おぼえていてもよさそうなのに、微塵《みじん》だに記憶がない。

久本先生はキンエイ前にいらしてはくださいましたが映画はごらんになりませんでした。入場券売り場の前でポケットからロッテのグリーンガムを出して、われわれ四人に一枚ずつくださり、自分も一枚口に入れ、「おまえら、映画見たら遅くならないうちに家に帰るんだぜ。二学期半ばなんだからちょっとは受験に本腰入れろよ」と嚙《か》みながら注意して帰られた。そのガムのパッケージの、引っ張って封を切った細い紐のような部分が、売り場の下方の床にへら〜っと落ちているのを拾い、館内のゴミ箱に捨てた。映画のシーンより、こんな瑣末だけおぼえています。

ほかの三人にとっても映画はさほどおもしろくなかったようで、キンエイを出たあとは話をするでもなく、のろのろ歩いて商店街アーケードまで行き、そこをまたのろのろ歩きました。佐多くんと新垣くん。ナッチと私。二組に別れて。

ナッチと私の女子組は、店頭に陳列された品物にいちいち目をとめるので、男子組とのあいだがけっこうあいてしまいました。

そのとき。

向こうから母親が自転車でこちらに向かって来るのが、店頭の品物を見ようとして眼鏡をかけていた私に見えました。

ヒヤッとしました。出がけの一件、それに久本先生がそばにいないことで。

向こうは自転車です。すぐにナッチと私の前に来ました。

「あっ、ヒカルちゃんのお母さん。こんにちは」

ナッチの、よく通る澄んだ声を受けた母親は、こちらを正視し、自転車を停めた。まさに向かい合った。

ところが。

母親は困惑しきった顔をしました。私は最初、久本先生がいないことに怒っているのかと思い、数秒後に、そうかナッチの名前が思い出せないのかと思いました。ちがいました。

「林さん、こんにちは」

母親はナッチにそう言って笑うと、私に訊いたのです。

「そちらは？ えーっと……」

出がけの、あの、湿った笑い声ではなく、おぼえているべき相手の名前が出てこないときにみながするような、明るい照れ笑いをして。

「えっ」

こんどはナッチの顔が困惑しました。でもすぐにナッチはアハハと大きく笑いました。それにつられるように母親も笑い、

「じゃ林さん、お母さんにもよろしくね」

また自転車を漕《こ》いでゆきました。

去ってゆく自転車を見送るナッチはわずかのあいだきょとんとしていました。が、ポイッと捨てました。ナッチの頭や皮膚で理解できなかったものを、ポイッと。さっき久本先生がガムのパッケージの頭を捨てたように。

ワケノワカラナイモノはさっさとポイッと捨てる。

これでこそ「明るい性格」「明るい人」というものはできるんだ。私はものすごく納得しました。ものすごく安心しました。

「佐多くーん」

アーケードの先に向かってナッチは呼ぶ。男子組がふりかえる。走ってゆくナッチと私。

走りながら私もふりきりました。ナッチを見習ってふりきり、ポイッと捨てました。「そちらは?」を。母のふしぎな質問を。

＊

それから二カ月ほど後。

冬になると田舎の中学校にも、受験をひかえた雰囲気がただよってきました。

ただ……、都会なら受験専門の学習塾があちこちにあったでしょうが、私が受験生だったころのQ市にはそんなものはありません。県庁所在地にさえなかったはずです。

放課後ならびに土日祝日に数学と英語の補習授業が開かれました。希望する生徒対象でしたので、受けていたのは三年生の四割強といったところでしょうか。

今からすれば公立中学での時間外手当てもつかない補習は、先生方のまったくのボランティアだったろうに親切に指導してくださったとありがたく思います。いつもの授業とはちがう教室での、少人数での、クラス枠とはちがう顔ぶれで受ける補習は、気楽に質問しやすく新鮮でした。

そんな冬の日の朝のことです。あとから時計を見てわかったのですが、6時半ごろです。

公立中学なので、受験目前でも家庭科も美術もあるわけで、私は前夜に、家庭科課題の編物をしていました。細手毛糸でコースターを編むのですが、さっさと仕上げてしまおうと焦《あせ》り、かえって糸がぐちゃぐちゃになってしまい、夜中の3時までかかってしまいました。倒れこむように布団《ふとん》に入ったので、この時間のころはまだぐっすり眠っていました。

ですが……。

なにかへんなかんじがして、目をわずかに開けました。

まだほとんど睡眠状態なので、どうへんなのかはわからない。まぶたの隙間《すきま》から入ってきたのは黒です。

（何だろう……）

目を開けました。

黒いのは髪の毛でした。

（頭？）

（だれ？）

まぶたはまだ開かない。

（何なの……？）

ごそごそする感触。まぶたがやっと開く。

ひっ、と思いました。

母親が布団の中に腕をもぐらせ、私の乳房をさわっているのです。

私は動けません。

動けなかった。

困ったからです。わけがわからなくて。本当に困った。今、こうして投稿を書いていると、この状況は気味悪いとしか言いようがない。ですが、さなかには気味悪いと感じるひまさえないほど、わけがわかりませんでした。

私は丸首の、すぽっとかぶるトレーナーのようなパジャマを着ていました。パジャマの上から乳房をさわっていた母は、次にパジャマの裾から手を入れ、乳房を摑み、ゆっくり揉《も》みました。

「わあっ」

私はふりをしました。怖い夢を見たふりを。

がばっと上体を起こし、「吸血鬼が」と言い、「なんだ夢だったのか」と言いました。

ものすごくわざとらしかったと思いますが、そういうふりをするしかなかった。

すると母親は、「起きてくれてよかった」という意味のことを口ごもりました。

「今日は早めに起こすことにしたのよ……」

「うん、そうね。もう起きないとね」

私は母親に何かを訊くことはできませんでした。すぐに捨てました。ポイッと。このことについて考えるのを。

以降、高校生になっても、同様のことが三回ありました。三回とも私は即座に捨ててしまいました。

＊＊＊＊

今回の投稿については、だれにも話したことがないだけでなく、自分でも思い出すとすぐ別のことを考えて、思い出さないようにしてきた出来事です。

私は子供を産んだことがないのでわからないのですが、こうしたことは娘を持つ母親にはよくあることなのでしょうか？　母娘の関係における疎《うと》ましさを扱った意見や物語を本で読んだり映画で見たりしたことがあります。女親が娘の成長を見守りつつも、同性として嫉妬《しっと》する状態を扱った話、あるいは母と娘で激しく対立したり喧嘩《けんか》したりする話など。でもどれも自分のケースには似ていないのです。

キンエイに行った三人とは同じ高校に行きました。

休み時間にナッチが、お姉さんと喧嘩をして硬い表紙の参考書で頭を叩かれたと、ぷんぷんして、私に話してくれていた。そこへ新垣くんがナッチに、借りていたノートを返そうとしてやってきた。お姉さんのことを怒っているナッチは身振り手振りをしていたものだから、新垣くんの手がナッチの胸のあたりにふれた。ナッチは「きゃー、新垣くんに襲われるー」とふざけました。

「襲われるー」は、当時、学年の一部のあいだだけで、なんとなく流行語でした。ナッチに「襲われるー」と言われた新垣くんが、「おまえはお姉さんに襲われるー」とふざけ返しました。そして彼は私にもふざけたのです。「お母さんに襲われるー」と。

のんきな校風の高校の休み時間、私の顔はひきつり、膝がくっと震えました。

私はいったい何をされていたのでしょうか……。

日比野光世

素肌にそよぐ風、への回答

＞＞　長谷川達哉です。

さきほどは個人的に追加質問のメールで失礼しました。返信も受け取りました。

あくまでも「文容堂」宛《あて》に投稿をされるのがよいと思うと、以前に言いましたし、これからも児玉清人さんが他の人の意見も参考にして「文容堂」として回答されるのがいいと思うことに変わりはないのですが、今回にかぎっては僕がメールで意見を述べさせてください。

メールでの追加質問の返信を読んで、えっと思って、これまでの話でもヘンだなと思っていた事がいろいろと僕の頭に出てきて、それをここで一回、自分なりにまとめたくなったからです。

親とか親子の関係というものの暗部について、僕には一家言《いっかげん》あります。妻が実母との関係に難儀していた（している？）のと、僕のほうも父親に困っていた時期があったからです。

僕の父（長谷川博一）のたわごと随筆を、ヒカルさんは愛読してくださっていたそうですが、僕は、ヒカルさんのお父さんも、路線としては僕の父と同じなのかなと思います。「家の中で父親でいることに困っている路線」です。

博一（僕の父）は辰造さん（ヒカルさんのお父さん）より一世代年下ではあるものの、「父親である自分は偉いことを示さないとならない」というオブセションが今よりずっと強かった時代に生きた世代だと思うのです。

このオブセションは時代が遡《さかのぼ》るほど強くなるので、辰造さんのほうが博一より強かったはずです。それに辰造さんの個人的なキャリアも作用してさらに強かったはずです。

「自分は偉いんだぞ」を示せる局面は、子供が幼児のうちはたくさんありますが、子供が成長して自我（個性）も成長すると一気に減ります。そんなとき父親なるもの（これは、社会における男性なるものの縮小版でもあるわけですが）は、非常に非論理的な、幼稚な顔を見せたりすることが、増えるのではないでしょうか。新聞などでもフェミニズム系の文化人女性から、男性政治家などがそこ（幼稚さ）をツかれて叱《しか》られているではありませんか。

（父博一も見せていましたよ。それもすごく……。僕自身は自分の子供が今はまだ二人とも乳幼児なので、こういうことをしでかさずにすんでいますが、父をふりかえると、やがては自分もやらかしてしまうのかなと、正直けっこう不安になったりします。）

その段階に来て、「だめなパパ」「遅れてるおじさん」みたいになって、いわばモデルチェンジをして、家の中でも社会的にも、お笑いキャラ的な位置を確保するという手もあるでしょう。

（ちょっと時間がかかりましたが、うちの父はこれできりぬけたようです……。）

しかし父より古い世代ですと、「世の中の人心をひとつの絶対的な価値観で統制できた時代」を生きて来ていますから、そう簡単にはモデルチェンジできないくらいオブセションが強いでしょう。また、世代どうのではなく根本的な性格として、絶対にできない男もいるに違いありません。

そういう父親（男性）がどうするかとなると、ひたすら意味不明の理屈を捏《こ》ねて、相手を挫《くじ》くことで自分の存在を主張する（自分が相手より上にいる）手段に出ることがあるのではないか。

僕の職場の上司がそうです。あと、うちの父がきりぬける方法を体得するまでの一時期がそうでした。

そういう父親（男性）が、「こいつを挫きたい、挫いてやろう」という「挫き衝動」にとらわれたとき、頭の中は、おかしな思い込みや、おかしな早とちりが渦巻いています。

もっと言うなら、「思い込みたい」「早とちりをしたい」という欲望だけが頭の中にごうごう燃えている。なんというか……、キ×ガイの状態です。

自我が確立されつつある年齢にある自分の子を、挫きたくて挫きたくてしかたがない。挫いて「俺の方が偉い」と証明したくてしかたがないキ×ガイ状態にある。

そんなとき、ちょっとしたきっかけをゲットし、「勝手にタクシーで帰った、許さん」「オムニバスと言った、許さん」「男子生徒を家にあげた、許さん」と、思い、思い、い、い、い、込めてしまえれば狂気のエネルギーがわいてくるのです。その矛先は自分の子と似たような存在（同級生女子）にも向いたりします。

パチンコは単純きわまりないゲームであるのに、7がそろったりするとドシャーッと玉が出る、それだけのことなのだけれど、あのドシャーッと出る快感がたまらないという人がいるわけで、あの快感に似ているのかもしれません。

職場上司（と、一時期のうちの父）は、これでした。

でも、会社でしたから、そのうち様子がおかしいと周りがみな気づきます。多人数で対応でき、聞き流していられます。

父博一の場合も、僕の上には姉がいましたし、母親も微力ながらも（昔ながらの、夫から三歩下がって歩くような妻でしたので、まさしく微力でしたが）、いちおう、子供側についてくれましたし、やはり複数対応できたわけです。

兄弟、兄妹、姉妹など、きょうだいにはいろいろありますが、兄妹&姉弟の場合は、世間では仲がよいことがわりと多い（まああのレベルも含めるとして）。でも僕と姉は、小学生のあいだは仲が悪かった。ところが、父親という、共通の敵を得たことで二人で対応していけた（年齢的に二人とも大きくなって落ち着いて喧嘩しなくなったというところもありましょうが）。共通敵と闘って（？）いるうち、僕と姉とは以前よりは仲よくなったのです。

（この点では父親のモデルチェンジ前の悪いあがきも災い転じてなんとやらかもしれません。）

ヒカルさんの投稿を読んできて、辰造さんも路線としては、この「家の中で父親でいることに困っている路線」だったのではないかと思うわけです。

（僕の父や上司と同じだと言うのではないですよ。あくまでも路線としては。だってなぜストーカー的な男子生徒にだけやさしかったのかなどわかりませんし、ほかにも想像がつかないことがいくつかありますから、大雑把な路線として。)

世の中で注目される親子トラブルのケースは、「子VS異性親」と「子VS同性親」に分かれます。

異性親は「息子VS母親」「娘VS父親」です。

同性親は「息子VS父親」「娘VS母親」です。

「息子VS母親」ですと、ママとボクちゃんが密着するマザコンのケースがこれまでからよく好奇の目を向けられてきましたが、「娘VS父親」ですと、性的暴力が圧倒的に多く、ほかに、金にだらしがない(あるいは生活無能力な)父親が娘に金をせびる、せびって金をえられないと暴力をふるう、性産業に強制従事させるなどといった経済的トラブルが多い。

これらのトラブルは本当に深刻ですが、こうしたトラブルがない「娘VS父親」ですと、殆《ほとん》どの父親は娘さんには甘い。いわゆるカミナリ親父も、娘に甘い父の変形だと僕は分類しています。

僕の姉なども、父親がモデルチェンジ過渡期で家の中の敵になった時期を除くと、父と大の仲良しでした（モデルチェンジ後もまた仲良しにもどりましたし）。

父は頑固で厳しいのですが、「キビあま」とでもいうか（厳し甘い）、家族である弟から見ても、姉をベタ可愛《かわい》がりしていました。姉は僕などよりずっとよい大学に進み、大きな会社で、その会社始まって以来の女性部長になりました。幼いころに父親に愛された自信（幼い子が理解できる愛され方をされた自信）が、学業でも仕事でも、姉に努力をさせる原動力となった（なっている）のだろうと僕は確信しています。父なる存在は社会なるものの抽象として幼児の感覚には作用しますから。それに愛されているということは、自分は社会に出てよい存在なのだという本能を形成すると思うのです。キュリー夫人もヘレン・ケラーも荻野吟子《おぎのぎんこ》もパパの熱愛娘です。

ところが辰造さんVSヒカルさんのケースは、父親が一人娘なのに五歳六歳のころから甘くしない（娘が、妙齢というか娘らしい年齢になってからどことなくよそよそしくなった、というのなら世間にはいっぱいありますが）。それどころか、運動会という子供がまだ小さいときには一大イベントで一等になったことを、そんなに表に出して喜ばないならまだしも、不正呼ばわりしたりする。敷子さんはヒカルさんに「あなたは遅い出産で生まれたから悪い遺伝だけしている」といつも言ったそうですが、失礼を承知で僕に言わせれば、そんな出産年齢なんかよりよほど、父親の態度が娘の良い遺伝を開花させなかった、となります。

（姉や、姉のような女性の例を多く見た上で敷子さんに反論すればこうなる、という意味ですよ。ヒカルさんが悪い遺伝だけしてしまったという意味ではないですよ。）

ヒカルさんとお父さんの関係は、ものすごく珍奇な父娘関係のケースだと思います。ちひろ美術館にいっしょに行った折、大人としての恋愛とは縁遠かったと言っておられて、そのときは謙遜《けんそん》と思いましたが、そのあとずっと投稿を読んできて、そりゃあそうだろうと思いました。無礼を言っているとは思いません。謙遜と受け取るほうが失礼だと思います。こんな父娘関係で大きくなった女性は、たとえ親密な交際に発展してもよさそうな出会いがあったとしても、発展途上で食い違いがすぐに生じてしまい発展ストップとなると思うのです。

恋愛は友情ではありません。恋愛は優しさや気配りだけではなく、エゴや荒々しさも含めた二人のぶつかり合いで、そのぶつかり合いは互いの想像力《そうぞうりょく》マッチなわけですから、この世に出て初めて体験する異性関係としての父娘関係がこんなに珍奇だと、そんな女性の相手になる男性の想像力はすべてスベッてしまうはずだからです。

会食のときに聞いたことですが、「小学校を休んだ日に寝ているとお母さんがリンゴを擦《す》ってくれた、それを口にしたときのような、心が解き放たれるような関係を築きたかったのに、あなたはそれができない」と言われて相手の男性からふられたと言ってましたね。その男性がいい例です。男性は「もしかしたらこの人は子供のころ親から殴られたりしたかもしれない」と想像できたとしても、とうてい「もしかしたらこの人は小学校を卒業したころお父さんから、タクシーに一人で乗って駅に行ったと叱責《しっせき》されたかもしれない」とか「寝ているとお母さんから胸をまさぐられたかもしれない」などという想像力は働かない。そんな想像働くわけがない。想像力が働かないということはヒカルさんと対峙《たいじ》することはできない、マッチ（match）できないということです。

というわけで敷子さんですが……。

辰造さんについては、「家の中で父親でいることに困っている路線」の変形だったのかなと、同性として、また自分も父親になった身として、ほんの少しではあるものの、良い悪いは別にしてまだわかるというか、その心情を僕なりに分析するようなことができるのです。

ところが敷子さんになりますと……。ヒカルさんのこれまでの話を聞いてきて、僕はむしろ、ずっとお母さんが不気味でした。

お母さんは、ヒカルさんの、たとえ微力でも味方につこうとしないですよね。ずっとしない。どの出来事においても。

「(子供が) 勝手に帰った」と怒鳴り出す夫の前で、「そうですね。本当に困った子ですね」と頷《うなず》く。もしかしたら一瞬だけは「え?」と思ったかもしれないけどすぐに消えてか消してかして頷く。思考力を完全に奪われた人の姿が、投稿を読むたびに浮かび、薬物か何かに冒《おか》されて脳がダメになった人を見せられるようでたまりませんでした。

夫が何か言うと自動的にそれを肯定する、というより頭から思考力が消滅してしまう。つまり、判断を放棄することが習慣化してしまっている、そんな日常って、本質的に奴隷《どれい》の生活ではないですか?

そんな生活を、高度成長期の日本で送るのはどんなだったんだろう……。しかもこの時期に本人はちゃんと経済的にしっかりした職業を持っているのだから、いくらでも一人で暮らしていけるのに……。このへんが、大都市との風俗の差が縮まった現在とは少し様相がちがっていたとしても、ヒカルさんの言う「田舎の町の恐ろしさ」なのかとゾッとしたりもします。

そうしていたところに、今回の、まるで痴漢のような出来事です。冗談ではなく全身に鳥肌が立ちました。

うちの妻の母（義母）が、いわゆる過干渉母でした。なので、いかに「母VS娘」の因縁がウザイものであるかは、よく知っていたつもりなのです。母娘の闘いをテーマにした本もずいぶん読みましたし。

ところが、いや、それだけになのか、ヒカルさんのお母さんの話は不気味です。「父VS息子」というのは、血縁で見れば父と息子ですが、生物と生物だと見れば、同性の闘争です。♂VS♂の闘いは、つまるところ、会社でも学校でも家庭でも、ある集団の中における力の順位の闘争です。相手を打ち負かす（相手に勝つ）ことが最終目標となります。

同様に「母VS娘」も生物的には、♀VS♀の闘いなのですが、母と娘は家の中という狭い場所にいるため、順位闘争というより一対一の闘い方になるように（自分の浅学のかぎりであることご容赦のうえお読みいただきたいのですが）思います。

「母VS娘」の闘争は、自分の妻と母（僕にとっては義母）のケースや、妻や僕の周囲の母娘のケースや、あとは間接的に読んだり聞いたりしたケースからすると、大きく二種類に分かれる気がします。依存型とライバル型です（便宜上、いまこのメールでネーミングしました）。

依存型というのは、お母さんが娘に依存するケース。過干渉になるケース。お母さんが自分の女性としての人生は失敗だったと（無意識に）思い、リセットの代替として、かくありたかった人生をやりなおせるのではないかと娘に過干渉します。

娘さんが小さいうちは、お母さんを信じきっていますから、そういうものかと従いますが、人間ですから当然、成長し、自我が形成されると、「これは違うぞ」と気づく。気づいて、過干渉から脱出するために、あるいは切り離すための、反撃（意識的な反撃）に出る。でもお母さんは、理解できない。重い石のようになって娘さんにおぶさり、反撃されればされるほど、その石の重力は増してゆく。ひいては娘が自分に同化して欲しい欲望が全身に渦巻く。娘はさらにもがく、さらに重くなる、という闘争です。

もう一つのライバル型は、依存型よりずっと多いケース。お母さんが娘に対して、若くなくなった女性として、若い女性である娘に嫉妬したり対抗したりするものです。こう言うと、ドロドロして聞こえるかもしれませんが、人間も動物なのですから、これはある意味、自然な心理ではないでしょうか。

（娘さんの洋服を借りてサイズが合えば、まだ加齢太りしていないのだわと喜んだり、デザインが似合えば、ワタシもまだまだイケてるわと喜んだりするお母さん。こんな人、よくいますが、これも路線としてはライバル型です。でも問題のない度合いです。自然な心理というのはこういう意味で使っています。）

ライバル型は、母が娘に対抗や嫉妬するというだけでなく、自分が母親という、性愛を感じさせてはいけない存在ではなく、現役の女なのだと過剰にアッピールして、娘が迷惑したり嫌悪《けんお》したり、母のほうも自分で自分の頑張りに疲れてしまうケースに至りがちです。

夫が浮気していたり愛人がいたりするとき、よくこのケースになっているようです。でも、自分の夫が浮気していたり、長年の愛人がいたり、あるいはたんに不仲だというようなとき、そりゃ妻はイヤでしょう。成人女性の精神と肉体として「あたりまえ」です。

ところが、これを娘さんから見ると、妻と夫と見えず（一組の女と男と見えず）、お父さんが浮気していて（あるいはお父さんとの仲がうまくいかなくて）お母さんは欲求不満、と見えてしまうわけです。

ビデオリサーチ調査によるこのほどの好感度タレントが発表されました。ここから即席ドラマの出演者を借りましょう。こんなことをするのは、自分の母親という目ではなく、ある女性という目で見てもらいやすくなるためです。即席ドラマのヒロインは山口智子。山口智子演ずるヒロインは西島秀俊演ずる夫とちょっとうまくいっていない。このところイライラしている。イライラして家で酒を飲んだり、セクシーな服を着て街を歩いてみたり、西島秀俊を反応させたくて、これみよがしに前の会社で後輩だった岡田准一と居酒屋に行ったりする。こんなドラマがあったとして、見ている人は、山口智子を「なんて異常なの、淫売《いんばい》よ」とは見ないでしょう？　こんなこと少しも異常行為ではない。平凡な行動、ふつうです。

ところが娘という立場にいる人間の目には、お母さんがこういう行動をすると、ふつうには映らなくなる。とたんに異常と映る。なぜかというと山口智子ではなくお母さんと見るからで、「お母さん＝性愛とは離れた人、離れていてほしい人」という願望が強烈にあるからです。

こうしたケースでは、娘さんが中高生のころには、その年齢における性に対する敏感さでお母さんを嫌ったりします。しかし十九、二十歳にもなれば鎮火します。仲なおりというよりは、母といえども他人の人生だと静観できるようになる。

とすると、ライバル型よりも、やはり依存型のほうが、具体的方策をとるにあたって厄介です。

方策をとる前に、お母さんがべったりと娘にのしかかってくっついていますから、それを剝《は》がすのはたいへんです。「お母さんに冷たくしてはいけない」という道徳的通念が日本社会にはありますし、とくに娘（女性）という立場の人には、周囲の人が「やさしい（やさしく見える）行動をしてほしい」と期待します。

周囲からの圧力をはねのけつつ、べったりおしかぶさってくるお母さんも剝がさないとならない娘さんはたいへんです。長い厄介な闘いとなります。

ただ救いは、こうした依存型母親との問題は、だれか第三者にざっと説明すれば（お母さんと自分との状態を語れば）、聞いたほうは、母親の過干渉なのか、それとも娘のわがままなのかが、判断しやすいことです。

判断の上、助言もできますし、助言されたほうも、それを励みとしたり、参考にしたりして、目下の状況を良い方向へ向かわせることができると思うのです。なにより同じ悩みを抱えている人もほかにもわりと多くいて、共感も得られるでしょう。共感してもらえることは自分の力となります。

このように母VS娘については一家言あったのですが、ヒカルさんの、このたびの投稿（複数回お母さんが体をさわりにきた）は、本当にわけがわかりません。

「もしかしたら、お母さんは娘の性体験を疑っていたのでは？」と思いましたので、先のメールで追加質問をしたわけなのです。疑ったからといって体をさわって何かがわかるはずもないのですが、疑いの心理がそんなふうな行動にふらっと走らせたのかと。ところが、その返信を読んでさらに唖然《あぜん》としました。高校時代の「似たようなこと」の出来事においては、お母さんのほうが、自分の乳房を揉んでくれと頼んでいたことや、ヒカルさんが小学生のころから「昭和×年×月に、銭湯に行って花柳病になったからわたしは脳味噌に菌がまわった。あそこからは緑色の汁が出る」と言っていたということを知り、唖然としたままひっくりかえりそうになりました。

ヒカルさんのご両親が、夫婦として不仲であったことは、これまでの投稿を読んでいやというほどわかりますし、ならば、妻の肉体的欲求不満も当然です。

それだけなら、既述のとおり、ライバル型になりますから、ヒカルさんにしたら迷惑（とくに少女期には）な話ですが、まったくの第三者の他人から見れば、そんな欲求不満もまた自然なことです。

ところが、たとえそれだけが原因だったと仮定しても、敷子さんのケースは、その解消策がグロテスクきわまりない。ぼくはもはや気持ち悪さに目をそらせたほどです。今回の投稿の最後のほうにあった、何も知らない新垣くんが「お母さんに襲われるー」と冗談を言ったときのヒカルさんの顔のひきつりと膝の震えを、怖ろしい思いで読みました。

気の毒なのは、兄弟姉妹のいないヒカルさんは、お父さんの「挫き衝動」から来たのではないかと思われる出来事にも、お母さんの不気味さにも、すべて一人で対応しなければならなかったことです。

ヒカルさんは小さな出来事だと言っていますが、たしかに小さな出来事なのかもしれませんが、子供(十八歳以下)のときですと、たいへんだったと思います。

長谷川達哉

＊＊＊＊

∨∨ 長谷川さん、メールをありがとうございました。

長谷川さんは、ラーメン、好きですか?

私は胃弱なので、ラーメンをほとんど食べないので詳しくないのですが、たしか、ラーメン屋さんに「家系《いえけい》」ってありません?

はじめ長谷川さんに返信しようと件名に家系トラブルと書いて、あれ、家系トラブルなんていうと、なんだかラーメン食べて、胃腸の調子が悪くなってしまったみたいだなあと。おかしくて。

長谷川さんは以前私に、とりすまさないほうがよい、もっとガキになってだだをこねたほうがよいとアドバイスしてくださいました。でもこれでも私……と、〃これでも〃などと自慢することではないのですが、私は充分にドロドロの黒い感情に漬かっています。私は読みかけた本は最後まで読むたちですのに森茉莉《もりまり》はどれもこれも、読みかけてはすべて挫折《ざせつ》します。おそらく行間からたちのぼる、父に溺愛《できあい》された娘から滲《にじ》み出るブライトネスに窒息しそうになるのでしょう。はじめはこの人が森鷗外の娘と知らずに読んでいたので先入観ではないと思います。白洲正子と田中真紀子にいたっては写真やＴＶに出ているのを見ただけで、生まれた時より全方位から灌《そそ》がれた愛を食べて育った人の、その内外両方に籠《こ》もる自信で頬をひっぱたかれるような気持ちになります。長谷川さんにはどうか私にお姉様をひきあわせないようお願いします。

そして何が私をドロドロにさせるかといってYouTubeで「泣けるＣＭ」とか評判になっている、家族の絆《きずな》を描いたＣＭ。ぜんぶ大嫌いです。大大大嫌い。どれもこれもむかっ腹がたちます。

仲のよい両親のもとすくすくと育ったやさしき善き性格の人（男女）や、仲のよい幸せな家族が映るＣＭやドラマや漫画や映画は、いいなあいいなあと心から思うのです。でもYouTubeでみんなの人気になる家族CMというのは、必ず、無口で無愛想なお父さんや、お父さんの不器用だったりダメだったりするところや、家族がぎくしゃくしたところを見せて「一捻《ひとひね》り入れてジンとさせちゃうよッと」という演出が全開のものばかりです。絆を断ちたい人のCMも作れ。みんな何を広告代理店にだまされているんだ。

前にもこの話をして、長谷川さん笑ってらしたけど、それはこうしたCMをというか、こうしたCM的な人を前にしたときの私の顔をごらんになったことがないから笑えるのです。こうしたものを前にしたとき、私は、自分が苦労知らずで大きくなったくせにその御恩を忘れたバカ女、餓鬼になりはて、ドロドロの黒い醜《みにく》いあぶらを噴き出して燃やし、我が身を焦《こ》がしています。

家系《いえけい》トラブルって、たぶん、あちこちにあるのだと思います。出来事自体はちっぽけなのだけど、そのちっぽけな出来事によって、当事者はその奥に汚いものを徐々に溜《た》めこみ、それが噴火すると自分で自分の汚い熱に焦がされてのたうちまわる。「噴火した感情を、当事者はなかなか鎮火できないが、出来事にまったく関知しなかった立場にいる人間に、こんなことがあったと伝え、伝えられた相手が何か思うことをつたえてくると、しゅーと鎮火することがある」との旨《むね》を、以前、文容堂から提案されました。

本当ですね。

これまで私は家系トラブルを語らずに来ました。そしてひとり餓鬼になることがありました。

これまでの投稿は、私が遭遇した出来事の、ほんの一部です。

ほんの一部であっても、打ち明けたことで、これまで人生で感じたことのない落ち着きを得られました。打ち明けたあと、ただ「そうでしたか、そんなことがあったんですね」とひとこと言われるだけで、どんなに落ち着けたかしれません。

落ち着いたので、今夜はもう寝ます。

おやすみなさい。

以上、日比野光世

死人《しびと》の臭い

拝啓、文容堂。

これまでの投稿は、だいたい年齢順に綴《つづ》ってきたのですが、今回はいくつかの出来事を、時間は前後してお話しします。

いずれの出来事も、病気と容貌《ようぼう》にまつわる謎《なぞ》です。

＊＊＊＊

病気にまつわる謎というのは、両親が病気に拘《こだわ》ったことです。

まず父親の蓄膿症《ちくのうしょう》です。

私が幼稚園か小学校に入ったばかりのころから、父親は、

「おまえはそのうち蓄膿になるにちがいない」

と、言うのです。

本を読んでいると「そうしてうつむいていると鼻に膿《うみ》がたまって、いまに蓄膿にな

って、鼻を切らなくてはならなくなる」と言い、新聞チラシの裏に絵を描いていると「絵を描く姿勢はもっとも蓄膿になりやすい。ドロドロした膿が鼻だけでなく、耳の管《くだ》にまでまわって耳が聞こえなくなる」などと言いました。

困ったのは図画の授業です。画板を立てて左手でおさえて絵を描こうとしても、うまく描けない。稲辺先生には「行儀の悪い子がいます」と叱《しか》られる。崖《がけ》っぷちに追い込まれた気になり、

(しかたがない。蓄膿になっても絵を描くほうを選ぶ)

と、意を決しました。まるで大芸術家の選択のようで今となっては笑えるのですが、小学校低学年では親と先生という「偉い、怖い存在」二つの板挟みでした。

*

母親が拘ったのはハナタケです。

偶然ですが、母親もまた鼻の病気に拘りました。

過日の長谷川達哉さんや于社長さんからの回答には【お母さんはお父さんに怯《おび》え、お父さんが何か言うと自動的にそれを肯定する。思考放棄が習慣化していた】との旨《むね》

あり、こうした面はたしかに多くありましたが、鼻の病気への拘りについては、わが家におけるヒエラルキーの構図によるものではなく、独立して（？）、母親は母親で鼻の病気に怯えていたように思います。

「読書が好きな人は性質の悪い人だ」が口癖だった母親ですが、『家庭の医学小事典』という本をいつも読んでいました。その本の「鼻の病気」の項を読んでは、

「わたしはそのうちハナタケになる」

と怯えるのです。成人後に調べたところ、鼻茸《ハナタケ》という病気は副鼻腔炎《ふくびくうえん》がひどくなって水ぶくれ状になったものを言うそうです。母親の愛読書（？）にも、そう書いてあったはずですが、母親の言うハナタケはこの病気のことではなく、鼻から毒キノコが生えてくる病気のことなのです。

そういう病気を、空想というか作り出して怯えるのです。

母親は鼻を重く患《わずら》って病院で診察を受けたことはありません。結婚前にも結婚後にも。通院歴もありません。

「わたしの鼻の奥にはすでに毒キノコが生えていたのかもしれない。あんたは遅く出産したから、きっと毒を遺伝しているわ」

母親はそう言って、よく私の鼻を抓《つね》りました。

この行為部分だけを切り取るとドタバタコメディのようです。でも母親は真顔なのです。

「あんたの鼻、膿がたまってる……」

と言って、よくないものを好奇心で見る人がするように、口もとに両手を当て、眉根《まゆね》を寄せて、私の鼻をじろじろ見ます。

私は怖くてなりませんでした。

（どうしよう。ちくのうという病気になって、鼻から毒キノコがはえてくる……）

真顔で蓄膿症だハナタケだと言う両親と、怖がる子供とのやりとりを、だれかが見聞きしたらいったいなんのコントか漫才の練習かと思いますよね。

子供に姿勢に気をつけさせようとしたのか？　鼻に指を入れたりする癖がつかないようにしようとしたのか？　じっさい私は今でも鼻に指を入れるのが怖くてできないし、している人を見ると、その人の鼻が毒キノコに冒《おか》されていく幻視にぶるっとかぶりを振ります。〝親心《おやのこころ》、子不知《こしらず》〟と言いますから、子供には知恵の及ばぬ大人の教育だったのでしょうか……。それにしては効果がありすぎですよね。なんだったのでしょう？

＊

小学校の高学年になると、母親が小児乳ガンに拘りました。

小学校高学年というのは女児の乳房がふくらみはじめるころです。

そのさいちょっと胸が張るような、ごく軽い痛みがあります。それはあたりまえだと保健の時間にでも教えてもらえればよかったのですが、教わりませんでしたものですから私はびっくりして、張りや痛みがあると母親に（練習してから）言いました。

すると母親は私の乳房をさわり、

「あんた、これ、乳ガンよ。小児乳ガンだわ」

と、また（私の鼻を見るときのように）口元に手を当て眉根を寄せました。

小児乳ガン。その怖い病名に、

「え、そんな……」

私はことばを失いました。

母親も気の毒そうに私を見ました。

「そのうち手術をしなければいけないだろうから、気をつけてね」

気をつけるって、どう気をつけるの、どうしたらいいの、そう訊《き》きたいのですが訊けません。日ごろから、父母と思ったことをそのまま話せないところにきて、病名の怖さに取り乱して、ことばが何も出なくなりました。

怖くて、その夜はどきどきして眠れず、暗闇《くらやみ》で目を開けていると、ますます怖くて、ますますどきどきしました。小5でしたから、

（どうしよう、私、死ぬかもしれない）

などと真剣に思ったりして、憂鬱《ゆううつ》な日がつづきました。

あのとき小学生はだれに相談すればよかったのか。現代なら子供たちが電話やメールでさっと相談できるところがあるのだろうか。あのころにも相談場所はあったのだろうか。……過去をふりかえり思ってみたりしますが、過去のその時点では、小5の私には相談できる人や頼れる人が一人もいませんでした。

同級生はみんな子供。小児乳ガンなどという怖い病気を子供が解決できるわけがない。小学館の『小学五年生』には小児乳ガンのことなんか書いていない。『家庭の医学小事典』にも小児乳ガンの項目はない。病院？　どうやって？　病院へは家の人といっしょでないとならない。当の家の人からの発言で悩んでいるのに、いっしょに行ってと頼めない。

『城北新報』を発案された文容堂のお知り合いの保健室の先生のおっしゃるとおりです。「大人に相談する」という行為は子供にはものすごくハードルが高い。私が通った小学校の保健室の先生は、文容堂のお知り合いの方とは全然ちがって、声を出されているのを耳にすることすらめったにないくらいの方でした。担任の広尾先生も、担任であるにもかかわらずクラスの子全員がほとんどしゃべったことがないありさまでした。保健室の先生、担任の先生ともに、相談相手として顔も浮かびませんでした。憂鬱な一カ月ほどは、小5にとっては一年ほどにも長く感じられました。

憂鬱が晴れたのは松山さんが訪ねていらした日曜日です。松山さんは、母親と同じ職場の、母親と懇意にしてくださっていた女性です。

朝、わりに早くに訪ねてこられました。どなたかが入院されたことを伝えに来てくださったのですが、その方が胃癌《いがん》だとのこと、声を小さくされてソファでお話しなさっていました。

松山さんがこしかけてらしたソファは、前の投稿でも申しましたとおり、玄関からそのままつづいているような応接室にあるソファです。不便な設計の家は、私が部屋を移動するのに、そのソファのそばを横切らないとなりません。

「おはようございます」

私は頭をさげましたが、ずっと乳房を気にしていて、いつにもまして表情がナメクジだったのでしょう。松山さんは、

「あら、光世ちゃん、ごめんなさいね」

と詫《わ》びてくださいました。

「おばさんは今ね、お母さんと、ご病気で入院された方のことを話していたものだから、光世ちゃんに、おはようを言うのを忘れてしまってたわ」

自分が沈んだ口調でしゃべっていたせいで私をつまらない気分にさせたと思われて気づかってくださったようでした。

「どう？　最近は学校の勉強では何が……」

そう訊きかけてくださった松山さんを遮《さえぎ》って、

「この子、小児乳ガンなのよ」

母親は言ったのです。

「えっ、小児乳ガン？」

松山さんはおどろくよりも、怪訝《けげん》な顔をされました。

「小児乳ガンって……」

それから、松山さんは、私をごらんになりました。暗い顔だったことと思います。

「そりゃその……、え、だってその……」

松山さんは怪訝な顔のままお茶を飲まれ、辞去されました。

私は部屋の中にいると怖かったので、日のさす明るい外に出ようと思い、門まで出ました。と、そこに松山さんがまだおられました。自転車の荷台に載せた荷物を縛りなおしてらしたのです。

「……」

私はだまっていました。きっと私の顔色が悪かったり、様子がおかしかったりしたのでしょう。

「光世ちゃん、小児乳ガンなんてないわよ。毎日、ごはんを好き嫌いなく食べて、よく寝てたらいいのよ」

そう言ってくださったのです。

死ぬかもしれないと真剣に思ったのも小5なら、大人がそう言えば、すぐに、そうか大丈夫なんだと信じたのも、つくづく小5でした。

おかげで恐怖は去ってくれたのですが、それにしても、なぜ、母親は小児乳ガンなどと言ったのか。怖がらせようとしたようにも思われず、いやがらせだったとも思われないのです。ハナタケと同様、小児乳ガンという病気を自分で創《つく》り出し、それを信じていたようなふしがあります。なんのためか、その動機などなく。

そう思うと、前回の投稿で、母親が私の体をさわっていたのは、もしかしたら、小児乳ガンを心配していたのではないか、私が乳ガンになっていないかと心配するというよりは、小児乳ガンという母親の発案した現象をたしかめたかったのではないかと、そうも思われるのです……。

＊

中学生になると、父親が頭皮腐敗病に拘りました。

食堂で新聞を読んでいると、食堂を通過した父親が、

「臭い」

と言う。私の髪や頭皮が臭いと言うのです。

お風呂で髪を洗ったばかりでしたが、私はもう一度、風呂場に行き、髪を洗い直しました。

ある朝などは、学校に行こうとしているときでしたのに、帆布《はんぷ》靴の紐《ひも》を結ぶためにかがんでいる私のそばを通りかかった父親は、

「うっ、臭い」

と自分の鼻を両手で囲むのです。

「髪を洗っていないんじゃないのか、おまえの頭は臭いぞ」

「昨夜、洗いました」

「嘘《うそ》だ。面倒臭くて洗わなかったにちがいない。そんなに髪の毛が臭いと、学校に行っても先生からも憎まれ、同級生たちからも嫌がられる。おお、いやだ、なんて臭いんだ。なんとかしないといけないぞ」

朝、これから登校しようというときに、こう言われたので、私は困り果てました。これから髪を洗っては遅刻する、このまま登校すれば先生や同級生から臭いと言われる、どうしたらいいのか。大慌《おおあわ》てで結びかけていた靴紐をゆるめ、食堂にもどり、TVの横の棚に入っている救急箱を取り出しサロンパスだったかトクホンだったかその類の湿布シートを首や肩やふくらはぎにぺたぺた貼《は》りました。運動部の子はよく湿布シートを貼っていましたから自然ですし、その手のものはメントール香が強いのでごまかせるからです。

下校するとまた髪を洗いました。夜にもまた洗いました。それでも父親は私のそばに来ると、

「臭い。おまえの髪が臭い。これは頭皮腐敗病といって、頭皮が腐敗して臭くなる病気にちがいない」

と言うのです。母親の愛読書『家庭の医学小事典』で調べましたが「頭皮腐敗病」は出ていません。

「私の髪は臭い？」

母親に訊きましたら、

「わたしはハナタケだからにおいがわからない。お父さんが臭いというのなら臭いのよ」

と言いますので、私は下校時と夜寝る前にも髪を洗いました。それでも父親は、私に近寄ると、

「臭い。おまえはなぜ髪を洗わないんだ。おまえの頭からはしびとの臭いがする」

と言う。しびと、というのが、何のことかわかりませんでした。臭い。しびとの臭いが頭からする。家内で私を見ると、父親は鼻に皺《しわ》を寄せて言う。「しびと、とは何でしょうか」。何度かシミュレーションをした後日に、思い切って訊きました。

父親は広告チラシの裏にマジックで大きく書きました。『死人』。

鳥肌をたてて私は後退しました。

（私の髪は死人の臭いがするの？）

小児乳ガンも怖かったですが、髪から死人の臭いがすると、実の父から言われると、真偽以前の、なんといえばいいのか、お化けが怖いとかミイラ男が怖いといったような怖さにとらわれました。そして、それまでついぞ悩まされることのなかったフケに悩まされるようになりました。

「あら、フケが」

セーラー服の衿《えり》をパッパッと手で払ってくださったのは家庭科の中山先生です。その日は校内検診があり、女子は家庭科室を、男子は体育館を、各学年交替で受診に使用したため、ホームルームで家庭科の授業がおこなわれた後のことです。

「あなた、髪を毎日洗ってるんじゃない？　汗っかきでもないのに」

「二回」

「二回って、週に二回ってこと？」

「一日……」

私の答えに中山先生は目を大きく開かれ、壁の時計を見、

「ちょっと来て」

私を家庭科室に連れていかれました。お医者さんが何人か来校されていましたので、

一人くらいまだ残っておられるのではないかと中山先生は言われるのです。案の定、メタルフレームのスマートな眼鏡をかけた若めのお医者さんが家庭科室にいらして、年配の看護師さんと話をされていました。

「すみません、ちょっといいですか……」

中山先生はお医者さんに、この生徒が一日二回も髪を洗うこと、そんなことをしたら頭皮に悪いのではないかと自分は思うが医学的見地からどうか、と訊《たず》ねられました。

「二回？　そりゃ、だめだよ。そんなことしたら頭皮をいためてフケが出たりするよ」

「でも……あの……その……」

私はへどもどしながら、なんとか、髪が臭いと言われるので何度も洗うのだと言いました。

するとお医者さんと看護師さんと中山先生の三人がいっせいに私をぐっととりまき、髪やうなじや腋《わき》に鼻を近づけました。

「全然しないよ」

「しないわ」

「ええ、しない」

三人はあっさりと断言しました。本当にあっさりと。

「きみもアポクリン腺《せん》が少ないんだよ。アポクリン腺ってわからないかな、体臭のもとになるものを出すところ。それ、日本人だとちょっとしかないから。きみなんか、ないくらいじゃないか。においはまったくしない」

　お医者さんが言われました。三人は私の手をにぎったり、さすったりなさり、

「手もちっともべとべとしないじゃない？　皮膚がさらりとしていて、体臭がないといってもいいくらいよ。髪が臭いだなんてだれかが言ったの？　それはね、たんなるいやがらせよ。そんなことは気にしてはだめよ。もし、もっといやがらせが度を増すようだったら、私でもいいし、担任の先生でもいいから、ちゃんと打ち明けてね」

　中山先生が言われました。そのあと看護師さんが、

「あなたくらいの年齢のころは、体臭がするんじゃないかとか、ニキビができるだとか、いろいろと神経質になりがちですが、過ぎたるは及ばざるがごとし。おおらかな気持ちで前向きにね」

「はい……」

　家庭科室を出た私は安心するとともに、訝《いぶか》しい気持ちになりました。

　父親のクレームはいやがらせ……？　いやがらせというより本気で私の髪をいやがっているようなのだが……。ぼうっとして廊下を歩いたものです。

＊＊＊＊

次に、容貌にまつわる謎です。

煎《せん》じ詰《つ》めれば、父親も母親も私の容貌を貶《けな》したという話です。奥のほうに、これまで投稿で綴ったことの謎を解く鍵《かぎ》があるように思われ、打ち明けるしだいです。

自分の子供の容貌を貶すのは、日本の伝統文化だと私は思っているのですが、どうでしょう。

現代の親御さんはアメリカナイズされて、お子さんの顔やスタイルを悪く言わなくなったようですが、かつて日本人には、身内のことを悪く言うのが良いことで褒めるのはみっともないことという感覚がありました。長くあったと思います。それを謙譲の美徳とする文化だったように思うのです。

父親は、私の髪が臭いというだけでなく、肌がみっともないとよく叱りました。なぜおまえは黒くないんだ、もっと日焼けしたらどうだと、難癖《なんくせ》をつけるように叱りました。私は「こげちゃいろ」とパッケージに表示された絵の具を洗面器に溶いて、それで顔を洗ったり、腕にこすりつけたりしたものです。

紫外線が皮膚によくないのは現代の保健の常識ですが、父親は世代的に旧式の保健知識で、結核《けっかく》予防の意識から黒くなれと叱ったのだろう……と解釈しています（解釈するようにしています）。

それになにより、前にも申しましたとおり、父親も母親も、私が「男のようであること、男らしいとされている行動をとること」を望んでいましたから、黒く日焼けしていることが、父親にはよいことだったのでしょう。

このことを考えると、今、この投稿を綴っていて気づいたのですが、以前の投稿で、武藤くんに悪印象を抱き、伊勢谷くんには好感を持ったのは、肌色の差ではないか。二人とも地の肌色が黒い人でもなく、日焼けもしていませんでした。ただ武藤くんのきちんとした身なりが、色白という印象を与えたかもしれない。中村えりさんの電話に怒ったのも、かけてきた時間ではなく、受話器から流れてきた女声が耳に入り、「女声＝色が白い」というイメージが気に障《さわ》ったのではないか。

そうすると、父親が私の髪が臭いというのも……、家庭科室で私は三人から体臭がないに等しいと言われた、ということは、シャンプー剤や石鹸の香料がストレートに香ることになります。それが「男のようであること」を望んだ（私にも、私の友人にも、自分の周囲にあるものに望んだ）父親にはいやだったのかもしれません……。

母親は、私の鼻と目の二カ所を重点的に貶しました。

「あんたの鼻は低くて不細工だわ……わたしや××や〇〇や△△（母の兄弟姉妹）とはちがう。あんたのお父さんの血ね」

「あんたの目、小さいわ。それに腫《は》れぼったい。開いてるのか閉じてるのかわからない」

鼻が低い。目が小さい。腫れぼったい。徹底的にと言ってよいほど指摘しました。おそらく父親を嫌う気持ちが、父親とそっくりな顔かたちをも嫌わせたのでしょう。

「肩幅が広くてごつい。炭坑夫になったらよいわ」

こうも言いました。肩幅については、私はよろこんでいました。

五歳のころはまだ銭湯に通っていて、湯船につかると、

「ほうら鋸《のこぎり》で切ってあげるわ。このごつい肩幅を。これくらいに狭くなるとよいわねえ」

母親はてのひらを縦《たて》にして、肩に当てて切る真似《まね》をします。そのときの母親は、嬉々《きき》としてものすごくたのしそうです。

なので、低学年のころの私は、母親がたのしそうなことがうれしかったのです。ナ

メクジみたいと言われるときと同じです。いつもがっかりしている母親の役にたてているように感じられたのではないかと思います。

父親が原節子を嫌っていたので、よけいにうれしかった。

伝説の美女になんたる暴言ですが、父親は、TVで古い映画が放映され、原節子が画面に出てくるたび、「この女優の肩のみっともないこと。なんというかつい肩だ。なぜこんな女優がもてはやされたのだろう」と言うのです。

めずらしく父親も母親も足並みそろえて、肩幅が広いこと、がっしりした骨格であることを醜《みにく》いとしているわけです。

私の肩幅やいかつい骨格で、二人をそろってよろこばせることができたように感じたのです。お笑い芸人さんがすべってころんでみせたり、カツラをわざとズラせて見せるようなギャグで客に「ウケた」ときの心理に近いのではなかったでしょうか。

自分がよろこんでいたのは、ものをまだ知らぬ子供の哀れな満足であったことを、年長《た》けるにつれ理解しました。

小学校高学年以降になりますと、「あんたの鼻を見た人はきっと、いやだわこの人、どろどろの鼻汁がたまっているような鼻をしているわって思うわ」という母親の言いきかせ（？）がきいて、マスクをするとほっとするようになりました。

映画雑誌を好んだ理由の一つに、きれいな容貌をながめて祈ることもあったと思います。美しい外見の俳優のグラビアページを広げて十字架を載せて、「神様、どうか、どうか次に生まれるときはきれいな顔にしてください。目や鼻がみっともなくない人にしてください」と、組んだ手に汗が滲《にじ》むほど祈りましたが、当然ながら、祈るだけではそんな顔になりませんし、神様が祈りをききとどけてくださったとしても生まれ変わらないとなりませんから今生《こんじょう》では叶《かな》わないのは同じですね。

美容整形について調べるようになったのと、マスクをしているとほっとするようになったのとは、同じころからです。

高2のある日、母親が某大手信託銀行に用事があるというので、JR線を利用して大きな街に出向きました。その大きな街の歩道で、若い女性に声をかけられました。

「まあ、お久しぶりです」

前年に両親が仲人《なこうど》をして新妻になられた昌代さんでした（およそ仲睦《むつ》まじいとは言えぬ夫婦でしたのに、皮肉なことに仲人を頼まれることがよくありました）。ひとしきり立ち話をしたあと昌代さんはお辞儀をして、われわれとは反対方向に行かれました。

昌代さんの後ろ姿を見送っていた母親が、くるりと体の向きを変えました。

「うえっへっへ」

変えるなり、母親は笑いました。

「ああ、なんということ。うえっへっへ」

何を笑っているのかわからず、ぽかんとしている私に、

「昌代さんが細いきゃしゃな人でしょ。そしたらふりかえったとたん、あんたがドデーンと大きなごつい図体《ずうたい》で立ってるもんだから、ギョッとなってびっくりしたのよ。うえっへっへ」

そう言って、歯を見せて大笑いするのです。

辛《つら》いとか悲しいとかいう前に、人通りの多い大きな街の歩道で、自分の外見を大笑いされている。女子高校生であった私は、どのように処していいのか途方《とほう》にくれました。

自分で収入を得られるようになると、必要経費を抑えて少しずつ貯金をして（なにせ子供のころから収入を一度に使わず、来《きた》るべきことに備えるのは得意でしたから）、美容整形の費用を作ってゆきました。

でも、できませんでした。

まず、頭蓋骨頸椎肩甲骨《ずがいこつけいついけんこうこつ》など、私が自分の外見で最も忌み嫌《い》う骨組みを細くきゃしゃにする手術がないこと。つぎに、手術としての失敗の予測。皮膚を破ってシリコン

が突き出ている鼻先の写真、神経が誤切断されてまったく閉じなくなった瞼《まぶた》の写真などは、幼いころから培《つちか》ってきたネガティブシンキングが「ほかの人は成功しても、私の手術は失敗する」「私は失敗の籤《くじ》を引く」という確証的予測をさせました。

それになにより、美容整形で鼻が高くなったのではダメなのです。それでは天然でないのだから失点があるのです。「百点ではないものはダーメ」なのです。

テストで95点をとる。百点でないものはダーメ。嘲《あざけ》るように母親は言ったものです。百点をとる。三回とらないとダーメ。嘲るように言う。三回とる。全教科百点じゃないとダーメ。体育も音楽も図画工作も家庭科もみんな百点じゃないとダーメ。全教科百点なんてとてもとれない。すると、だからあんたはダーメ。遅く産んだから劣等遺伝子が遺伝されてるからダーメ。

母親に悪気はありませんでした(と、思います)。江戸時代末には夷狄《いてき》が持ち込んだカメラが魂を吸い取るとの流言で、写真を撮られることを極度に恐れた人がいたように、自分の子を褒めると魂を悪魔に吸い取られるとでも信じていたのかもしれません(皮肉ですが)。あるいは、がんばれ、という意味で言ったところもあったのでしょう(と、思いたいです)。

いずれにせよ、なにひとつ、まったくなにひとつ合格がもらえないと、たとえアインシュタインだとかキュリー夫人だとかいった天才でも、希望を失ってしまうのではないでしょうか。ましてや凡人なら。

母親の応援メソッド（全人生を賭《か》けたごとく、ビタ一文《いちもん》ならぬビタ一言《いちごん》、なにがあってもぜったいに我が子を褒めないという応援方式）は、「整形ではダーメ。鼻の中にシリコンが入っていてはダーメ。メスの痕《あと》があってはダーメ」という意識に私を縛りつけました。きっと整形手術が成功したとしても、「五カ国語が話せないとダーメ、スポーツ万能じゃないとダーメ、爪《つめ》の形が長くないとダーメ、数学検定で1級じゃないとダーメ、物理学論文が認められないとダーメ、ピアノコンクールで入賞しないとダーメ……」と絶望したでしょう。だからこそ、また美容整形病院に足を運ぶことになりました。矛盾しているのですが、だからこそ母の呪文《じゅもん》をふりきろうとするのです。ところが診察室に入ると、私が手術すると手術が失敗する、としか予測できず病院を出てしまう。あげく、手術を受けてもいないにもかかわらず、毎晩、鼻からシリコンプロテーゼが飛び出したり、上腕骨を削ったために両腕がもがれてしまったり、頭蓋骨を小さくする手術のせいで脳味噌が耳の穴からずるずる流れ出してくる夢に何年も悩まされることになりました。それでできなかったのです。

なにかの原因で、自分を醜いと感じ、自分の外見を嫌悪《けんお》する人は世界中に大勢いると思います。そういう人が美容整形という手段をとるのを、私は偉いと思います。美容整形にふみきれる人は、悩んだり傷ついたりしたかもしれないけれど、やはりポジティブで強い人だと思うのです。だから美容整形する人には畏敬《いけい》の念を抱いています。

病気を創作したり、私の容貌を貶したり、褒めない応援メソッドをとる母親には、しかし概して悪気はありません。繰り返しますが。

他人の胸中ですから正確に言うなら、概して悪気はなかったと思います。

若い人は、過去をふりかえって私がこう言うのを聞いたとしたら、私が〝いい人〟に見られたくて母親を庇《かば》っているのだと思うはずです。母親の私への言動は、いくら相手が自分の子とはいえ、暴言の域だからです。

若い年齢にあると、暴言をぶつけられた側（この場合は私）にのみ注意が向きます。なので、ぶつけられた当事者が、ぶつけた側（母親）には「悪気はない」などと言えば、母親を庇うところをわざと見せて、〝いい人〟になりたがっていると映るはずです。

しかし、若いころより多くの体験をすると、ものを見るスクリーン（視野）が大きくなる。ワイド化ですね（笑）。ぶつけた側も見える、つまりぶつけた側にも注意が向くのです。

ぶつけた側を「母親なる存在」ではなく、「敷子という人」と見る。見えるようになる。敷子の胸中はいかなるものだったのだろうと、そちらにも、いや、そちらのほうにより強く注意が向くのです。だって、ぶつけられた側の胸中はいやというほどわかっています。自分なのですから。

敷子という人の胸中は、どうだったのだろう？　この「どうだったのだろう？」という感情は、私の下駄箱や木琴の名札を貼り替えた人はだれ？　なんでそんなことをしたの？　という疑問と同レベルで、ことほどさように、私はあの出来事を、まず「投稿」したのでした。

なぜ、敷子は光世の容貌をしつこく貶したのだろう。辰造との不仲が、辰造に似ている箇所を貶すことに影響したことは　たしかに原因の一つでしょう（と思います）。しかし概して悪気はなかったと思うのです。ハナタケ、小児乳ガン同様、動機などなかったのだろうと。本人が小柄だったので、小柄な昌代さんと応接した後にふり向くと大柄なモノ（物体）があった、それで「うえっへっへ」とおかしかった、それだけだったと思うのです。悪気はないのです。

＊＊＊＊

ところで、地学を習った佐山義丈という若い先生（習った当時）は、体重が多めの女子生徒を「デブ子」「豚まん」などと呼びました。現在なら社会問題になりかねないハラスメントですが、佐山先生に悪気はありません。

「おれは、太っているとか痩《や》せているとか、そんなこと、どうでもよいことだし、気にすることじゃないと思ってる。だから、そんなふうに呼ぶだけなんだけどさ」

と笑って、鼻の皮脂のついた手を、腰のベルトに吊《つ》り下げた手拭《てぬぐ》いで拭《ふ》く、そんな先生でした。

無神経です。けれど佐山先生からすれば無頓着《むとんちゃく》なだけかもしれない。彼は外見にくよくよせずにすむほど無頓着だから、他人の外見にも無頓着で、ゆえに、女子高校生に「デブ子」「豚まん」などという発言ができたのかなと、私は自分の手の指を見るのです。

父親も母親も、この佐山先生と同じ感覚だったのかもしれない。

このたびの「投稿」を綴っていて、父母の胸中を考えるうち、ふと地学の佐山先生を思い出したのです。私の容貌を貶したのも、容貌や身体（外見）というものに無頓着だった、だから怪我《けが》（外見が傷つく）にも無頓着だったのかなと……。

私の右手の中指は、第一関節から第二関節にかけて膨らんですこし曲がっています。何十年もたっているので、曲がっているといってもたいしたことはありません。不自由してません。指の形がもともとぶかっこうなのでそれが幸いして、曲がっているのも目立ちません。

ただ、切った時には深い怪我でした。

エヌティーG型で切ったのです。切れ込みの入った刃先を、切れ味が悪くなれば折っていくナイフ。いわゆるカッターです。

新品でした。家の、釘《くぎ》や金槌《かなづち》や鋸を入れた道具箱に入っていたのです。何かを修理するにあたっては、この道具箱のものを使って（小学校低学年のころから）していました。

年月が前後しますが、小学5年の文化の日の夕方でした。

来客があり、父親と親しいその人は応接室ではなく食堂に通されていらした。

私は二階の自室で、作りかけの橋の前に道具箱を置きました。橋は図画工作の授業課題です。材木を使って橋を作るのですが、途中までは学校で作り、残りは家で仕上げるようにと広尾先生が宿題にしたのです。

道具箱をあけると新品カッターの入ったパッケージが目をひきました。「初めてのすごい切れ味」とか「画期的な切れ味」とか、そんなふうなコピーが印刷されていたのです。はじめてエヌティーG型なるカッターを使ってみました。橋の細かい部分を作るのに細かく木を切ろうとしたとき、使い慣れぬ新しい刃物は、スパーッと小5の指を切りました。

〝看板に偽り無し〟でしたよ。パッケージのコピーどおりでした。ものすごい切れ味で、私の右手中指の皮膚は、生ホタルイカのようにでろんと垂れさがり、醤油さしを倒したように血がどくどくとこぼれました。

痛い以上に、自分のすぐ目の前にある、ビジュアルにびっくりしました。

とにかく垂れさがった生ホタルイカを、左手でもとの位置にもどそうとすると、めくれた部分から、なにか白い物が見えた。この白いのは何？　と考えかけて考えないようにしました。考えると痛さが増すと、咄嗟《とっさ》に自己防衛したのではないでしょうか。

鍵っ子の一人子なので、なんでも一人でする癖がついていて、このときも自分で包帯を巻いたり薬を塗ったりしようとしたのです。それで救急箱のある食堂まで、二階から小走りしました。ですが、切った右手からどくどく血があふれてくる。左手でそ

れをおさえなくてはならない。左手が血でぐちょぐちょになりました。さすがに、食堂にいた母親に、

「切ったから、包帯を出して」

と頼みました。

親に口をきくときは、事前にシミュレーションしてからでないとしゃべれないため、これもシミュレーションしてから頼んだことです。

左手に血が溜《た》まっているのを見た母親の顔はパッと変わりました。

あわてて、私を素通りして応接室へ行きました。

「何してるのよっ。応接室の絨毯《じゅうたん》を血で汚してないでしょうね」

絨毯を点検しているかがんだ母親が、食堂から見えます。

「オムニバス映画」で申しましたとおり、わが家は不便に設計されており、自室から食堂に行くには応接室を抜けないとならないのです。

私の左手に溜まった血があふれてきました。

すぐそばに父親がいました。救急箱は、彼が手をのばしてくれさえすれば届く小棚の上に置いてあります。

（すみませんが、それを取って、こっちの、私の前のテーブルに置いて、蓋《ふた》を開けて

ください）

頼むときのことばづかいに注意してシミュレーションしているうちに、血が床にたれてゆきました。

「あっ、血が……」

客人が気づき、指さしました。

父親は彼が指さしたほうを見ました。

ちらと見て、

「この寺には前に行ったんですけどね……」

すぐにＴＶ画面のほうに顔をもどしました。

「庭に苔《こけ》が広がって……」

ＴＶに映る景色について客人にしゃべりました。客人はお酒を召してらして、

「血が、血が……」

困惑した表情で、父親と私の手から垂れる血とを交互に見ました。

この人に救急箱をとってくださいと頼もうか。ううん、そんなことしたら、お客さんにそんなことを頼んだとまた怒られる。一瞬のうちにパパッと頭に浮かびましたが、同時に私の足は洗面所に向かいました。

優柔不断で鈍い私ののろま頭です。あの日は、あのお客さんに、しっかりはっきりと依頼を求めればよかったのです。もしかしたらそのお客さんは、過日の文容堂の回答（オムニバス映画への回答）にあったXさんになり得てくださったかもしれない。Xさんにはならずとも第三者ならではの冷静さで、最適で最速の処置をとるなり、それを私に教示するなりしてくださったのではないでしょうか……。いや、やっぱりだめだったかな。かなり酔ってらした様子でしたし……。

私が洗面所に向かったのは、

（雑巾で食堂の床を拭かないと、また、母親がとりみだす）

と思ったのです。

こんな発想も、のろまですね……。とにかく先に、タオルかなにかで自分の指を巻いたほうがよかったのです。あとからわかりました。

とにかく私はこの時点ではまだ、母親の、血で絨毯を汚さなかったかという語調の強さ、剣幕に圧《お》されていて、

（床を拭《ふ》かないと拭かないと）

床にばかり気をとられていたのです。指が痛かったので、動転もしていたのでしょう。

「ああ、汚れてる、ここも血で汚して……」

洗面所に母親の声が聞こえてきました。

「ちょっと、あんた、なんなの、なんなのよ」

洗面所に来て母親は怒りました。

「なんで、血なんか出すのよ！　なんで血を止められないのよ！」

(血を止めろといわれても……)

私はまごつき、おろおろし、

(あ、そうか……)

やっとタオルに目が行きました。やっと気づきました。なんて頭の回転が鈍いんだろう。自分で自分がいやになりました。タオルを巻きました。

「何を痛そうにしてるのよ。そんな怪我、指だから血がたくさん出るだけよ。指はちょっと切っても血がよく出るのよ。バンドエイドを貼っとけば、すぐとまるわ」

痛かったのは嘘ではない。痛いふりをしたわけではない。でももうよい。

(バイバイ)

私は口の中で言いました。バイバイというのは、そのときの場や事態から早く逃れたいという意味だったと思います。洗面所、バイバイ。口中で言い、食堂へもどりました。

タオルを巻いていたので、左手で救急箱を小棚から取れ、蓋も開けられました。が、タオルをとると血が噴き出しつづけているので、バンドエイドは貼れませんでした。しかたがないので、タオルを巻いたままにしておきました。

それがへんなふうに皮膚をくっつかせたのか、後年になっても中指が曲がってしまったのです。

こうした一件についても、この一件に遭遇したときの私の気持ちはよくわかっています。自分ですから。

謎《なぞ》なのは父親と母親の気持ちや意識です。

集中力が強すぎるたちなのかなと推理しています。シングルタスクというか……。私がそうだからです。一度に複数のことができない、考えられない。

遠い文化の日、父親はひたすらTVにとりあげられたお寺に没頭していて、ほかのことが目に入らなかったのかもしれない。あるいは飲酒する客人の来訪がうれしくてならず、客人と自分のたのしい語らいをだれにも何にも邪魔されたくなかったのかもしれない。

母親は、ゴキブリがうようよお箸《はし》の上を這い回ってもいっこうに気にしないわりに、血が家具や絨毯や床につくのには堪《た》えられないたちだったのかもしれない。

格言とは反対の意味で〝親心《おやのこころ》、子《こ》不知《しらず》〟ですね……。二人とも、悪意はなかったと思うのですが……、知ることができません……。

日比野光世

死《し》人《びと》の臭《にお》い、への回答

――ヒカルさん、カッターナイフの怪我が、のちに支障が出るような大事に至らなくてよかった。本当によかった。

ご両親にどんな事情があったのか、どんな気持ちでいらしたのか、そんなことより、こういう時には、怪我をしている人が目の前にいたら、助けるのが人というものではないでしょうか。怪我をしているのが自分の子供だろうがなかろうが、そんなことではないです。

こういう時、というのは、自分も怪我をしていたり病気だったり、爆弾が落ちてくるとか大波にのまれそうになっているとか、こちらも大変な時ではない時ということです。こちらも大変な時なら相手の力になれないこともあるかもしれない。無慈悲になるかもしれない。

わたしはなにもマザーテレサさんとかガンジーさんほどの崇高《すうこう》さのことを言ってい

るのではないです。もっとふつうの、そのへんの、あたりまえのことです。ヒカルさんが怪我をしたとき、ご両親にもなにかのっぴきならない事態がおこっていたのではなくて、休日の夕方、お客さんと一杯やりながらTVを見ていたり、日常の家事をされていた、何でもないときだったのでしょう？　そんなときにどくどく血を流して怪我をしている人が、しかも子供が（自分の子という意味ではなくて年齢が）いたら、手当てをするのがふつう。百歩譲っても、手当てを手伝うのが人というものではないでしょうか。

同じく容姿についても、佐山先生にしろご両親にしろ、どういう立場や関係にある人だとか、職業だとか、そんなことはもうどけて、だれかの顔や体のことを、指さしてからかったり貶《おとし》めるのは、ケモノではない、人類が、何千年かけて文化というものを築いた、人としての誇りに反するみっともないことです。

それに、そもそもどうかしているのは貶《けな》す貶さない以前のことです。わたしはヒカルさんのことは、『城北新報』を貼るのを手伝ってくださったのでおぼえていたのですが、目鼻だちのはっきりした学生さんというのが第一印象でした。それを目が小さい細いと言うお母さんは、鼻の病気じゃなく目の病気だったのではないですか。

児玉幸子　――

しました。

＊＊＊＊

――今回の「投稿」については、「回答」として意見を述べる前の、人の感覚として、別紙（児玉幸子からの個人的な返信）が、まずあって当然と思いますので同封しました。

これまでの投稿でも、ちひろ美術館や『東華菜館《かんか》』でご一緒して伺ったときにも、ずっと気になっていたことがあります。「文容堂としての回答」に知恵を貸してくれている六人のうち、わたくしも含めて四人が、毎回気にしていました。瑣末《さまつ》なことなのですが気になりました。

ヒカルさんのご両親が、塾や習い事に無関心だったことです。

あのような親御さんなら、子供に対して、いわゆる教育熱心なこと（表面的な教育熱心なこと）をさせているだろうと、みな思うのです。ところが、そうしたことをご両親はヒカルさんに何一つさせておられません。

ヒカルさんは一人娘さんで、しかも「お父さんお母さんが年をとってできた」一人娘さんです。こんな場合はたいてい、よけいに親はそういうことに熱心になります。印象判断と言われればそうなりますが、六人のうちには現役教員と元教員もいますので、それなりに調べての印象ではあります。戦前や戦後まもないころならともかく、ヒカルさんが小学生になられたころの時代ならとうに、そういうことをさせる親が多かった（経済的に苦しい家の親でさえ）のに、あなたのご両親はさせていません。

ある人からは次のようなコメントがありました（あなたのお名前やお住まいなどは伏せています。あなたにもこの人の詳細は伏せます）。

【なぜこの投稿者の親御さんは、一人娘さんに何の習い事もさせなかったのか、なんだかずっとひっかかっていました。

時代差・地域差では片づけられないように思います。なぜなら私も近畿地方の、この投稿者と同じくらいの規模の町に育っています。私には姉がいて、近隣の町にはイトコも何人かいました。よって投稿者より上・同じ・下の年齢の者をサンプルにできます。みんな、そろばん塾、公文式《くもん》、ヤマハのオルガン教室、お習字教室、旺文社LL英語教室、などに通わされていました。そのときはいやいや通わされていたものの、私は公文式に通ったことは本当によかったと、今でも親にものすごく感謝していますし、そろばん塾に通ったイトコ、オルガン教室に通った姉なども、同様のことを言います。

私の家は、小学生のときに父が工場をつぶしてしまい、別の勤め口を見つけられたのはよかったけど借金がずいぶんあったので、休みの日には農家で日雇いの仕事をもらってきて、母はスーパーのレジ打のパートタイムをして返済していました。そんな私の家と比べても、それにイトコたちの家と比べても、投稿者の家のほうが経済的に恵まれていたはずです。

それに、このさい嫌らしい言い方を使いますが、ガサツなプロレタリアートの家でなく、仲人を頼まれるなどそれなりに田舎町では教養のある家みたいな家だったのに、なぜ一人娘に習い事をさせたり塾に行かせたりすることにまるで無関心なのか気になってしかたありませんでした。

そうした機会があれば、この投稿者にはもっと……選択肢とか出会いとか増えて、なにかもっと、うまくいえませんが、なにかもっと方法があったような気がして、他人事《ひとごと》ながら残念でなりません。】

なぜヒカルさんの親御さんは、一人娘に塾に行かせたり習い事をさせたりすることをしなかったのであろうかと、わたくしも首をかしげるのです。

一見、瑣末なことです。が、あなたが親戚《しんせき》ではない人の家に一人で預けられていたこと、家の中がゴミ屋敷、虫屋敷であったこと、それに非科学的な病気診断、耳を疑うような容貌への中傷……すべてつながっているのではないかと感じられ、考えていました。そうしましたところ……。

支配的なようでいて、実は、まったく無頓着だったのではないか。

二人ともすごく杜撰《ずさん》だったのではないか。

そう思われてきたのです。

いい譬《たと》えが思いつかないのですが……、たとえば、産業革命時代のイギリスでは、工場で子供が長時間労働に就《つ》いていました。織機のゴミ掃除や工場の煙突に入っての掃除には体の小さい子供が便利だったからです。煤煙粉塵《ばいえんふんじん》が肺にたまり、時間的にも長時間の重労働で死ぬ子が増えすぎて、九歳未満の子供の就労を禁じる工場法が制定されたくらい、それくらい子供をこきつかうのがあたりまえだった。産業革命はイギリスを始めとして各国にもおこります。度合いの強弱はあろうとも、子供を労働の担《にな》い手と見る感覚が、ずいぶん長いあいだ、親なるものにはあったのです。

あなたのご両親は産業革命下の悪徳工場主のようだったと言いたくてこんな話を持

ち出してきたのではありません。なんでしたら譬えを、モノクロが当然だった時代の映画に差し替えましょう。主人公役の美男俳優が、病気で臥《ふ》せっている恋人を見舞う。その枕元《まくらもと》で煙草《たばこ》を吸う。別室で、医師に恋人の具合について相談する。また煙草を吸う。医師も吸う。見ている現代人はぎょっとなるくらい、みなどこでも煙草を吸う。現在とはまったく違う意識を、人々が抱いていた時代もあったわけです。

わたくしなども両親からは大雑把に見られていました。先妻の子である長男が跡継ぎで、三男は跡継ぎ第二候補、真ん中のわたくしは跡継ぎからは外れるからです。十代でわたくしを産んですぐに夫に先立たれた母親は、幸い若かったのでわりに裕福な家の主《あるじ》と再婚できたのです。連れ子は跡継ぎではないという大雑把な見方は、わたくしの両親にかぎったことではなく、当時は世間全般そんなもので、ごく自然でした。ですからわたくしも大雑把に扱われることを自然なことと受け取っていました。跡継ぎという点では大雑把でも、人としてのわたくしを父はちゃんと可愛《かわい》がってくれましたし、同時に悪さをすれば杖《つえ》で叩《たた》かれきつく叱《しか》られました。飴《あめ》と鞭《むち》は兄へも弟へも同等でした。

あなたの投稿を読んでいて、我が身の幸いを思うのは、叩かれたり叱られたりした理由が自分が子供だった時点でわかっていたことです。むろん、なかには同意できない理由もありましたが、少なくとも父の理由は見えていた。過日に「ひとこと」について問われましたが、「厳しい」という形容は、ルールと理由が明確であって初めて成り立つものです。あなたの家にはルールがありません。あなたがつねに「厳しいというのとはちがう」と戸惑ったのも、だからだと思います。

あなたは同級のご友人たちからご両親のことを「爺《じじ》い」「婆《ばば》あ」とからかわれたりなさっていたくらいですから、辰造・敷子両氏は、あなたのご同輩の親御さんよりは、意識が一時代か二時代くらい旧態だったのでしょう。子供を労働の一端とするのが自然だった時代の意識そのものではなかったかもしれませんが、ほかのご同輩の親御さんよりは、ずっとそちらの意識に近かったのではないか。

こうした旧態の意識にある、子供への配慮の大雑把さ杜撰さに、辰造・敷子両氏の場合は、結婚生活によって発生した負の要因が加わったのではないでしょうか。

辰造氏には辰造氏の、結婚するまでの人生によって形成された個性があった。

敷子氏には敷子氏の、結婚するまでの人生によって形成された個性があった。

すべての人間には個性があり、すべての個性には長所と同時に短所もあるから、辰造氏にも敷子氏にも短所はあった。あなたにもわたくしにも佐山義丈教諭にも原節子にもニカワ氏、松山氏にもある。みんなにある。だが短所があるイコール悪人ではない。辰造・敷子両氏も悪人ではない。にもかかわらず両氏の結婚は、頗《すこぶ》る運の悪い、根本的に合わない組み合わせだった。塩素系漂白剤と酸素系漂白剤をまぜると有毒ガスが発生するような。

有毒ガスによって両氏ともそれぞれに憂鬱《ゆううつ》症的な、ある種の精神疾患に罹《かか》ってしまった。

旧態の親の感覚ながら基本的には我が子のことは愛している。しかし、憂鬱症のために、配慮や注意や、親が被保護者に払うべきものを大幅に欠いてしまった。

そのためヒカルさんがいることを、「小さな子がいる」とだけとらえてしまう。大雑把に、杜撰に。

テッキンの家に子供がいる。小さい体の人間がいる。肩車すれば高い棚を拭ける。ベッドの下にもぐらせれば転がった百円玉を拾わせられる。某を買って来い持って来い持って行けと命ずれば小回りきかせて動く。家庭内労働の便利な担い手。いわば丁《でっ》稚小僧《ちこぞう》です。丁稚だから塾や習い事をさせようとは思いもつかない。させるべきは労働。そのときの気分で（ムラのある気分で）、主《あるじ》や番頭からアタられても、労働組合もない旧態の徒弟《とてい》制度の内では〝当然〟のことです。

丁稚を憎んでなどいない。ちゃんとかわいいと思っている。暖簾《のれん》分けしてやろうと大雑把に思っている。悪意も排斥もない。

だから、ヒカルさんは「悪気はない」「よくしてもらった」と心から感じる。

辰造・敷子両氏にとってヒカルさんは、小さい体の人間＝丁稚の小僧だったのではないでしょうか。だからヒカルさんの体が大きくなると、辰造・敷子両氏は、それぞれに、意識の処置がわからなくなったのではないか。この大きな人間はだれなのかと、この大きくなった物体は何なのかと、不安になり、ときには恐怖さえ感じて取り乱してしまったのではないか……。こう考えると、辰造・敷子両氏の、胸中の核心まではわからないまでも、なんだか、謎の出来事がみな納得できるような気がするのです。

タクシーに乗って帰ったというのも、あなたを丁稚と感覚しているのなら、丁稚がトイレに行こうが小遣いがなかろうが主《あるじ》は気にもしない。ただただ、自分が煙草を吸いたくなったら（タクシーに乗りたくなったら）、パッと火をさしだすのが（タクシーの発車を滞らせることなくその場にいるのが）丁稚の役割です。それに対応できなければ激怒するわけです。

髪が臭い臭いと辰造氏が言ったのも、丁稚は小さな男の小僧なわけですから、小僧とはちがう外見に違和感を感じ、違和感のために臭気（幻臭）を感じたのではなかろうか。

敷子氏が商店街であなたに会ったが、あなたがだれかわからなかった一件も、あなたを丁稚と感覚しきっているのなら、丁稚は家で待機しているもの、商店街へは主《あるじ》の命で使い走りで行くだけで、そこをぶらぶら歩いているわけがないと認識されていますから、向かい合っても「だれ？」と思ってしまったのではなかろうか。

体をさわられたという出来事も、自分と夫の欲求不満の捌《は》け口《ぐち》ウサ晴らしに、丁稚小僧の着物の裾《すそ》をまくって水をかけて笑ってみたり、パンツの中にカエルを入れてびっくりさせたりするような感覚だったのではなかろうかと、なんだか納得できるのです。むろん、だからしてもよいのだということではなく、胸中を推察するという意味です。行為としては、ヒカルさんの人権を無視するものです。

*

大学生のヒカルさんは、わたくしどもの店によくいらした。東京の大学に通われていたからですよね。

「出身は近畿地方。大学入学にあたり上京」

この小さな事実は、容易ならざる事実がいくつもあった果てではないかと思います。

東京は、あなたの出身地から離れた場所だからです。

ある土地に生まれて、ずっとそこかその周辺で暮らしている人を「固定者」としましょう。離れた土地に移って暮らす人を「移動者」としましょう。

「移動者」が誤りがちなことがあります。たとえばわたくしは山陰の、あなたのご出身地のような規模の市の生まれです。大学進学で上京しました。山陰から東京に移動すると、東京で受けた正負いずれの印象も、「東京とはこういうところだ」と思ってしまう誤りをおかしました。

ちがうのです。気候以外は、東京だから感じることではない。東京の印象ではなく、「生まれ育ったところではない土地」の印象なのです。

ずっと同じ土地に住んでいるか、それとも移動した体験があるか。これは人の感受性やひいては思想にまで、大きく影響を及ぼします。ですが国内であれば、それは移動した先の土地よりも、移動したことがあるかどうかの差である場合が、はるかに大きいのではないでしょうか。

いっぽう、ほとんどの「固定者」が見落としていることがあります。

彼ら固定者は、われわれ移動者が、たんに新幹線なり飛行機なりに乗って移動して来たと思っている。乗物に乗れば来られるとだけ思っている。

乗物に乗れるまでのことを見落としがちです。とくに東京ならびに近辺にずっと住んでいる固定者は、みごとにすっかり見落とす。

16か18の、それまで親元で暮らしていた人間が、「親元から遠く離れた土地」に行くには、とくに東京に代表されるような大都市に行くには、いくつものハードルを跳び越えねばなりません。

東京や首都圏にずっと住んでいる固定者を、やや乱暴ですが一括《ひとくく》りにして東京育ちと呼んでみると、東京育ちのほとんどが、わたくしやヒカルさんのような上京学生は、ある日、親に「おれ（わたし）、東京に行くよ」と言い、言われた親は「そうか、気をつけてね」と言ったのだと、錯覚しています。

とんでもない錯覚です。

そんなことを言う親はまずいません。

親ならほぼ全員が大反対します。大反対されることを、子のほぼ全員も予想している。親の大反対を乗り越えてはじめて乗物に乗って移動できるのです。で、大反対とはいえ、大反対にも各家庭で程度差があります……。

今回は、わたくしからヒカルさんに訊《き》きたい。

これまでの投稿で伺ってきたような家から、いったいどうやって脱出されたのでしようか？

文容堂　――

＊＊＊＊

――拝啓、文容堂。

テッキンの家で私に求められた最たる任務は「小さい体の人でいること」だったのかもしれません。

今回の回答を読み、強く思い当たるふしがある出来事があります。

すでに私は大学生でした。父親の知人に会わなくてはならない用事ができ、その方がお住まいの大きな街で、私と両親は落ち合いました。その方に会った後の夜は、三人でホテルに泊まることになりました。宿泊予約は予《あらかじ》め父親が済ませてあるとのことで、ホテルのフロントではチェックインの手続きを私がしました。すると私を見たスタッフが「えっ」と大きな声を出したのです。父親は電話で予約をするさい、「夫婦と、小さい子供が一人だけです」と言ったのだそうです。われわれ家族に用意されていた部屋には子供用の小さい簡易ベッドが運びこまれていたため、ホテル側は急遽《きゅうきょ》、大人三人用の部屋を手配せねばなりませんでした。文容堂の回答のとおりなのかもしれません……。

さて、家からどうやって出たのかという文容堂からのご質問には、別便にてあらためてお答えいたします。

日比野光世――

緻密な脱出

拝啓、文容堂。

私が現在の仕事をしているきっかけは文容堂だったともいえます。

大学生のころ、お店の壁に手書きで貼《は》り出される『城北新報』の文字の美しさにいつも感服していました。稲辺和子先生が、かきかたの授業時間に熱心にご指導して下さいましたので、文字や筆跡《ひっせき》というものに関心が強かったのです。『城北新報』の随筆は書き手の方それぞれが手書きされていたとのことで、どれも味わいがありましたが、「打ち明けてみませんか」コーナーの幸子さんの字は本当におみごとでした。稲辺先生の字は、今でたとえるならPCの楷書《かいしょ》フォントに近いくらい、癖のない正確な筆蹟《て》でした。かたや幸子さんの字は、元気いっぱいで力強いのに、実に優美なのです。

いつものように『城北新報』を読んで、店を出たある日、

『今からでも遅くない』

という宣伝文句が目に入りました。書道教室の通信教育のパンフレットです。書店

の外のラックに、ほかの無料のパンフレットといっしょに入っていました。大きな文字で印刷されたメインキャッチの下に、
『あなたの字はこれからでも上手《うま》くなる』
と一段階小さな文字で印刷され、さらに小さな文字で、詳しいことが書かれていました。

文容堂の前回の回答にあったとおり、塾や習い事とは無縁でしたから、私の字は、硬筆習字（鉛筆書き）を稲辺先生に学校の授業として教わっただけで、毛筆やペン字は教わったことがありません。なもので、「学生が勉強するときの字」といったふうの筆蹟《て》で子供っぽい。通信で習えばちょっとは上手くなるだろうかとほのかな期待をし、「一カ月分の月謝無料キャンペーン中」にもつられて、半年間、書道の通信添削を受けたのです。翌年には同じ学校の、通信ではなくオープンスクールで集中講座も受けたりしました。

それだけのことなのですが、この学校に対しての親しみがあったのでしょう、大学を卒業して新卒で勤めた職場を一年ほどで辞めて、この専門学校の本部に転職したのです。開校校舎は横浜にありますが、通信ならびに事務本部は相鉄線にあります。私の住まいも同沿線です。

「家からどうやって脱出されましたか」というご質問は、すなわち、テッキンの恐怖の虫館に住んでいた少年（＝未成年）が、いかにして現在の住環境に至ったか、いや至れたか、というご質問ですよね？

これまでの私の投稿がみな、およそドラマチックとはかけはなれたものであったように、このご質問に対する答えもまたドラマチックではありません。

文容堂が言うところの「移動者」の多くがとったであろう手段は、おそらく似たりよったりでしょうから。似たりよったりは、つまりドラマチックではないですよね。

＊

小5の晩秋でした。

指をカッターで怪我《けが》したころです。

（家から脱出しないといけない）

思いました。

（ここにいてはいけない）

強く思いました。

どうしたらいいのか、どうしようとしているのかはわからない。家から出ないといけない。とにかくそう思いました。

Q駅駅前商店街の、定期的に支払いに行く大川書店で買った（前の投稿のとおり〝どさくさ方式〟で買った）B6判型の、忘れな草のイラストが表紙についた日記帳に、黒い太い水性ペンで書きつけられたページがあります。

「この家から脱出しないとならない」

と。1ページ全部を使って大きく書きつけられています。

以来、どうしたらよいか、方法を考え続けました。

義務教育期間中の少年には金を得る手段がありません。高校生になればアルバイトができますが、私の家では不可能と見ました。具体的に現実的に、確実に、脱出する方法は何か。

少年レベルの知恵と経験で、家から遠い場所にある大学を受験することだと思い至りました。学研の『科学』『学習』の定期購読は、商店街の大川書店さんが自動的に同社『中1コース』に切り換えていたので、それで受験や進学についてのページを読み、思いついたのです。

受験させてもらえるかどうかはまだ先のことです。中学生ではこの心配よりも、

「遠い街にある大学を受ける」という発案そのものが、家からの脱出と完全同義となり北極星となりました。

では「遠い街にある大学を受ける」にはどうしたらよいか。

「とにかく問題をおこしてはならない。目立ってはいけない。おとなしく羊の皮をかぶっていること。ぜったいに親に言い返すな。先生に目をつけられるな。反抗心を持っているとは思わせないようにしろ。体育の好きな明るい子のふりをしろ」

中2の日記に書きつけてあります。赤字で囲った線がギシギシと何重にもなっているところに、書きつけた日の怒りが滲《にじ》んでいます。

私は演技をつづけました。

投稿でお話しした以外にも、わけのわからない出来事はほかにもありました。もっと、もっともっとありました。私はいっさい異を唱えませんでした。黙っていました。

けれど、美容整形をすることにさえ悪い予想しかできない私は、強い人間ではないのです。ポジティブな人間ではないのです。

いつか家を脱出することを支えにはしていても、黙って羊の演技をしていることに、何度くじけそうになったかわかりません。思春期ですからあらゆる自我が体内で萌芽《ほうが》してきます。

「脱出する。離れる」

この文言《もんごん》を紙に書いて時計に入れました。

榊《さかき》を包んでいた紙です。正月に年始挨拶《あいさつ》にいらした（宗教的儀式ではなく、田舎町での父母の知人として）神主さんが榊をくださったのです。それを包んでいた紙を小さく切ったものです。町では一番大きな神社の神主さんだったので、そうした人がくださった榊が包まれていたものならご利益《りやく》があると宗教的な意識というよりもっと子供っぽく、ご利益があるような気がしたのでしょうね。そこに書きつけて、小さくたたんで、時計に入れました。

時計はずっとわが家にあったものです。テッキンの家に越してくる前から。重たい石に文字盤が嵌《は》め込まれたねじ巻き式の時計。玄関からそのまま つづいている応接室のピアノの上にずっと置いたきり、ねじを巻くのは私の役でした。道具箱からドライバーを出してきて、時計の裏の金属板をはずし、たたんだ紙を内にしまいました。世界のだれひとり知らないところにしまっておけば「問題のない子として先生や親を欺《あざむ》くことに成功する」と信じたのです。願掛けです。

自我がグングン芽生えて尖《とが》ってきているので、いっぱしの大人のつもりでいましたが、今からすると笑ってしまう〝中坊《チュウボウ》〟の発想ですね。それでも、家の中で、これまでの投稿のようなわけのわからない出来事に遭遇すると、食堂から応接室のこの時計をじっと見て堪《こら》えました。

堪えきれないときもありましたよ……。

同級生の前ですと、近所の人や先生の前とちがって親の耳に入る確率が下がるので、つい気を抜いてしまいました。

同級生に、「私は金星から来た」とか「ムーキープーキー島に本当の両親が住んでいるのでそのうち島に帰る」とかいった嘘《うそ》をつきました。

嘘なことは自分でよくわかっている。相手も「何バカ言ってるの？」という顔をする。それは友坂さんや早水さんが私に感じたのと同質の、「いやだなこの人、こういうこと言って注目されようとして」という嫌悪感《けんおかん》を表に出した顔です。それもよくよくわかっている。

けれども日本人は好感より嫌悪感（プラス感情よりマイナス感情）を大きく表に出すのです。つまり反応があるのです。相手の顔が大きく変化して反応する。すると、自分が本当に金星で、あるいはムーキープーキー島で、両親からわけのわからない叱《しっ》責《せき》を受けずに、虫のいない家で暮らしている子になった気分に、一瞬なのですが、心からなれた。通学途中にあった、あの、「夏休みを自由な雰囲気で過ごせる家」で暮らしているのだと幻覚できた。

年をとってよかったと、つくづく思います。あんなみじめな虚言は二度といやです。

＊

以前、長谷川達哉さんから、

『あなたのこれまでの投稿には、声高にご両親に不平をぶちまけるところがありません。ご両親本人にも、ぶちまけていない。正直なところ、こんなに忍耐できることのほうに異様さを感じます。』

というメールが来ました。長谷川さんが異様に感じられるのは当然です。私は忍耐力があったのではなく、怖かったのです。

ただし。いいわけ（？）のようですが、実際に父親と接触した人の殆《ほとん》どが、父親を怖がっていました。

父方の親族は交流がとだえていたに等しかったのですが、交流のある母方の親族は、みな辰造を怖がっていました。私の戸籍上の父である日比野義雄など、私を子とすることで、ひいては辰造の経済的援助をしたのです。怖がるどころか、多少は恩を売ってもよい関係であったのに。実祖父母も辰造を怖がっていました。

親類ばかりではありません。高校生のある日、門の前を掃《は》いていると、豪農の辻さんの若奥さんの洋子さんが軽量トラックをとめて、「これ、召し上がって」と、お米や野菜の入ったダンボールを下ろされました。二人で玄関まで運び、「今、家の者を呼んでまいります」と言うと、洋子さんは走ってトラックにもどられ、「勘弁して。勘弁して。あんたのお父さんに会うのは怖い。もう、ほんとに体が竦《すく》んでしまうのよ。今日だって、なにも言わずに門のところに置いて帰るつもりだったのよ。ね、お野菜はあんたからわたしておいてくれればいいから」とエンジンをかけて帰ってしまわれました。

ほんの日常の暮しでも、こんなふうに誰かから、辰造が怖いから会いたくないとの旨《むね》を、私は聞かされたものです。

辰造には一種、手配師のような、人心を操る動物的才能があったのではないでしょうか。手のつけられぬ獰猛《どうもう》な大型犬も、辰造の前では尻尾《しっぽ》を丸めて大人しくなってしまいました。

ですので、ずっと家で寝食している私などは、忍耐力が強いのではなく、豪農の洋子さんと同じ、体が竦んでしまっていたのです。ぶちまけるという行為に踏み切る力がなかった。

加えて、母親の「絶対褒めない教育メソッド」の成果はみごとなもので、私は自分に自信がまったくありませんでした。いつも、びくびく、びくびくして、同級生や先生や近所の人がいつ私の鼻や目やスタイルを嘲笑《あざわら》うかとおびえていました。びくびくしている弱い犬が、バカそうな声で吠えるように、ワタシのホントウのイエは金星やムーキープーキー島にアルノヨと言って相手に嫌悪感を催《もよお》させて大きく反応してもらうことで一瞬の幻覚に逃げるのが精一杯の自己防衛の砦《とりで》でした。

それにまた、当時まだ日本に強く残っていた儒教的道徳観念や、小さな町でこそ布教熱心だったキリスト教的道徳観念も、私を恐れさせました。救うというよりも。

ですから、我が身の弱さ（知性の弱さ、気力の弱さ、身体《しんたい》の弱さ）からぶちまけることができなかったのです。すべて自分の内に詰め込みますから(ちょうどわが家がゴミを詰め込んでいたように)、あふれることもありました……。

親に怒鳴って言い返す夢を見て、叫び声をあげて、夜中に起きたことは一度や二度ではありません。五度や六度でもありません。

高校二年のある夜。

これまでの投稿と同じような、まったく意味不明の叱責を受けた私はカーッとなりました。

夜更《よふ》け。

カーッとなった私は、台所からよく切れる刺身包丁を二本取り出し、食堂のテーブルに置きました。人を刺したり切ったりすると脂《あぶら》が刃に絡《から》みついて切れなくなる、一人を殺すのが限界である、と何かで読んでいたので二本用意したのです。

殺す。思いました。カーッとした私が真剣であったのは、裸足《はだし》やスリッパではなく玄関に脱いでいた下靴に履きかえ、土足だったことにあらわれています。殺したあと逃げるためにです。この点では殺人未遂です。どう逃げるのか、何を持って逃げるのか何も考えていなかったので、この点では瞬間的な発火です。

辰造の部屋のほうが食堂から近かったので、一本を持って暗闇《くらやみ》の中を歩き出しました。ゴキブリが数匹、わらわらっと壁を動くのを満月が照らしましたが、虫など気にならぬほど感情が発火していました。

ところがズキッとする痛みが拇指球《ぼしきゅう》を走った。ゴミを捨てないわが家です。壊れかけた木箱が無造作に置いたままになっていたのを踏んだのです。釘《くぎ》が出ていました。履いていた下靴が、毎日通学に使っていた帆布《はんぷ》の安物のスリップオンだったのでソールも薄っぺらく、かんたんに釘が突き抜けたのです。

（この靴、逃げられない。もっと走りやすい靴に履きかえて来なければ）カーッとなった状態ですから、咄嗟《とっさ》に考えたのはこんなことです。包丁を持ったまま、自分の部屋にもどり、体育の時間に使う陸上競技用の運動靴の入った袋を机のそばで手さぐりで探しました。「殺してやる」という衝動（錯乱）が、「電灯をつけてはいけない」と思わせていました。

月明かりの部屋で袋を引っ張った。袋がラジオを倒した。現在のようなスマートなデザインではなく、小さなチップを上下させるスイッチのついたラジオは、倒れたはずみでスイッチが入った。

これが私を正気にもどしました。

まず、人の声にとびあがるほどびっくりしました。びっくりしたのが気付薬《きつけぐすり》を嗅《か》がされたに似た効果とでもいうか、ハッとしました。

他の部屋に洩《も》れないよう、いつも小さな音量で聞いていたので、スイッチが入っても大音量だったわけではありません。道路の名前、ジャンクションの名前、渋滞時間などが静かにアナウンスされただけです。「交通情報でした」というやさしい女声のあと、ニュースを読む男声。短いニュースでした。「逮捕」「警察」という単語は、私を正気にもどしました。

　これほどの錯乱の直後ですから、道徳的に正気にもどったのではない。

(あんなやつらのために牢屋《ろうや》に入ったら損だ)

　そう思ったのです。これまであんなに我慢してふりをしてきたのが水の泡になってしまうと。

阿漕《あこぎ》な沈着です。

現実社会を何一つ知らない少年のエゴイズムです。

薄っぺらソールを突き抜けた釘、ラジオの深夜ニュースという偶然が、私を救ってくれました。

　本当に救ってくれた。

　この日以降は、頭にカーッと血が昇ることはなく、登校前、学校から帰ってきたとき、夕食の支度をするとき、風呂《ふろ》から出たとき等々、日常生活のはしばしで、応接室を通過するたびに、私はピアノの上のねじ巻き式の時計を見つめました。

(現実的な方法を考えないと)

と。それからは「遠い街にある大学を受ける」ために具体的に考えるようになりました。といっても現在と違い、当時の田舎町には大都市なら当然入手できる受験情報も効果的な解答テクニックを身につける塾もありませんから、長閑《のどか》きわまる受験勉強にモタモタとりかかったくらいですが。

なにせスタートしたのは高3の晩秋で、それまでは体育祭や文化祭をぞんぶんにたのしんでいたのです。田舎町の田舎臭い公立高校の、校則など無きにひとしい、しめつけのまったくない学校生活はパジャマを着ているようでした。運動会が嫌いだった私ですが、わが高校の体育祭は（文化祭も）アミューズメントでした。今から思えば、生徒を縛らぬのびのびとした母校の校風が、恐怖の虫館に住まう私をずいぶん救ってくれていたのではないでしょうか。

受験するにあたり、第一志望を県内にある国立大学の教育学部としました。第二を県立の短期大学の教育学部。第三は隣県の私立女子大学の教育学部。ことは別の私立女子大学の文学部を第四志望としました。表向きは。

文系学部にせよ理系学部にせよ、卒業後に学校の先生になるか役所に勤めるのが家《いえ》系《けい》が安心する、子の進路ですから、女子生徒が受験するなら教育学部を第一志望にしておくのは家系を安心させる最たる手段です。

私が第四志望として文学部を受けた私立大学は、東海地方の大都市にありました。この大学を、第四志望として予行演習ふうに受験することについては、するりと通過しました。高速バスを利用すれば廉価《れんか》で便利にアクセスできるこの地域の学校に進学する人は、Q市周辺にけっこういたからです。

お父様がこの地域の学校を卒業されていた新垣くんもそうでしたし、お姉さんがこの街に嫁いでいたミワちゃんもそうでした。ほかにもQ市内における父母がよく知る家でも、この地域の大学を出た人、この地域に進学した人がけっこういました。察しをつけられたのではないかと思います。私の密《ひそ》かな第一志望は、県内の国公立大学でも隣県の私立女子大学でもなく、この街の私立女子大学でした。

ねじ巻き式の時計を見つめては、

（現実的な手段で、警察に捕まったりするようなことのない方法で、確実に脱出しろ）

と自分を励ましてきたのです。

第四志望だけ合格したので、そこに入学しました。ほかの学校は不合格でした。実はほかの学校では白紙同然で解答用紙を提出していたのですが、今から思えばそんな作為などしなくとも、ろくな試験勉強をしていなかったので、結果は同じだったでしょう。

私にとって幸運だったのは、バレリーナの絵のついた上靴《うわぐつ》入れをプレゼントしてくださったご夫妻が、この街に転居されていたことです（このことを知っていたので、

『高3コース』の受験情報ページからこの街にある大学を調べて第四志望にしていたのですが)。バレリーナご夫妻(フルネームをおぼえておりますが伏せます)は、幼いじぶんの私を一時期預かってくださっていた方です。そんな方はほかにもいらしたのですが、両親と交流がとだえなかったのは数人、数組で、そのうちの一組でした。

私の高校卒業時には六十代半ば。お子さんは四人ともご結婚され、ご長男と同居されていました。当時流行《はや》り始めた、二世帯住宅と呼ばれる、同じ家屋なのだけれど玄関は別々になった建築の家の、老夫妻が利用するほうの玄関を入ってすぐわきの三畳の和室に、私は下宿させてもらえることになりました。この方の家での下宿はあっけないほど両親に快諾されました。今から思えば、文容堂の前回の回答に、この理由が潜《ひそ》んでいたかもしれません。

前回の文容堂の回答に、「辰造・敷子は私に対して『小さい体の人間』という意識のままでいた、『小さい体の人間のままでいてほしい』という無意識の希望を抱きつづけていた云々《うんぬん》」とありましたよね……。現実に小さい体であった幼児期、私はいろいろな家に預けられていたのです。そのときと同じような住環境にもどったわけですから、両親にはむしろ違和感がなかったのかもしれません。

大学で知り合いになった同級生は、他人の家で、玄関も下駄箱も食事も共有するなどなんて窮屈そうなの、とおどろきましたが、実の両親との同居と、バレリーナ夫妻との同居を比較して、どちらがリラックスできるか、これまでの投稿をお読み下さったなら答えは明らかです。

ただし隔週末か、それ以上を、私は実家で過ごさないとなりませんでした。

Q市とこの街は自家用車があれば行き来は至便。ご一家は心からのご好意で私をわが家に送ってくださったのです（Q市に旧友を持つバレリーナ夫妻のドライブもかねて）。そのたびに、

「さすがは辰造さんのお嬢さんですよ。まじめねえ。勉強ばっかりして」

「敷子さんのお嬢さんだけあってまじめねえ、今の大学生なんかチャラチャラ着飾ってるのに、なんて質素」

このようなことを、バレリーナ夫妻もご長男夫妻も、両親に報告してくださいました。

この、私の生活態度評はお世辞抜きです。本当に私は「勉強ばっかりして」いたのです。受験勉強を。女子大学にも通いましたが夫妻宅のすぐ隣に大手予備校があり、当時はセキュリティが甘く、いくらでももぐりこめました。私はさらに家から離れる計画をたてていたのです。

家系トラブルの解決策の、まず第一歩は、家から離れることです。より遠く離れる

こと。とにかく物理的に親から離れた場所に行くこと。そう思います。だが実行に移すのにはいくつかのハードルがある。私は段階的に離れていく方法をとりました。離れるとなると北海道か沖縄です。家が関西だったので、西ではなく東へ離れたく思い、かつ自分の頭の悪さから三教科で受験できる大学にせねばならぬと思い、三教科受験の北海道の大学はどこだろうと、もぐりこんだ予備校で調べたのですが……、北海道は旅費がかかるのと、宿泊しての数日間で数校受けるにも旅費をかけて大きく移動せねばなりません。となりますと、学校数の多さはなんといっても東京ですし、入学後の生活費（暖房、被服費）が北海道や東北は割高なうえ、入学後はアルバイトをして生活するつもりでいましたから、東京のほうが働き口がたくさんあります。

バレリーナ夫妻宅で下宿するようになって、初めて、仕送りという形で定期的なお小遣いを得られるようになりました。それを吝嗇《りんしょく》なほど節約しました。ほかには盗んだお金がありました。私は親の金を盗んで来ていたのです。ゴミ箱から盗みました。

文容堂が、前回の回答で指摘してくださった「辰造・敷子は、子供に支配的なようでいて、実は無頓着《むとんちゃく》だったのではないか」というのは、的を射ているのかもしれません。庭の、れいの『ゴミ焼き場』でゴミを焼こうとしてダンボールのゴミ箱を窪《くぼ》みにひっくり返し、お札の入った封筒を見つけたことが三回あったのです。刺身包丁を握りしめて歩いた夜から近い日に一回、さらに十カ月ほど後と、さらに二カ月ほど後に一回。

「どうしてゴミ箱などにお金が」とは全然驚きませんでした。さもありなん。ゴミやモノや、それに虫を片づけない(片づけられない?)ので、何かのためのお金を、どこへしまったかを失念したままゴミに紛れさせてしまったのでしょう。なにせ豆腐パックもカップ麺《めん》のカップも通信販売のカタログも株主となっている会社からの報告書類もすべてごちゃごちゃになっている家の中なのです。三回で発見したお札の額は三十一万円でした。

このお金と、下宿中に節約して貯めたお金を合わせると、師走《しわす》にはもうすこしまとまった額になっていましたので、東京にある私立大学に受験願書を提出し、夫妻宅の隣の大手予備校で『受験のお宿』の申し込み用紙をもらって、数人一室で泊まれる受験生用の安くて安全な宿を予約し、上京しました。バレリーナ夫妻には東京の大学をもう一度受けると本当のことを伝えました。ただし同時に、「落ちたら恥ずかしいからだれにも内緒にしておいてください」と頼みました。この頼み方ですと、なぜ内緒にするのかとはまったく問われませんでしたし、日ごろのまじめに見えるふりから信用を得ていました。

７８２。この数字を合格者発表掲示板に見つけた時、コートのポケットの中でぎゅっと手をにぎりました。この先をどう動くべきか。教務課の前で、私はメモ帳を開き、練《ね》りに練りました。「どうかしましたか」と大学職員に質問されるくらい長い時間、自分のこの後にとるべき行動と順番を考えあぐね、その結果、以下のように行動しました。

鞄《かばん》からお金を出して、入学手続きをすませ、バレリーナ夫妻に電話をかけ（ご夫妻は屈託なく大喜びしてくださりました）、ご夫妻から両親に知らせてくれるように頼み、新幹線でご夫妻宅にもどりました。

電話口で両親は驚いたはずです。バレリーナ夫妻宅に来ていました。ですが両親より十数分遅れで私が、ご夫妻の二世帯住宅の玄関に入ったのは、おりしも夕食時です。ご夫妻はご長男一家とともに盛大に私の合格祝いを用意してくださっていたのです。これには私も驚きました。母親か父親か、あるいは二親ともがバレリーナ夫妻宅に来るだろう、そしたらご夫妻をまじえた場で、私は親に上京することを頼もう、というつもりでしたので。

陽気なご夫妻とご長男一家総出のにぎやかなお祝いの夕食会の空気は、辰造・敷子なってしまいました。当然のごとく両親も合格を喜んでいることになってしまいました。ご長男一家は敬虔《けいけん》なクリスチャンで、通われているメソジスト系教会の前牧師さんが、私が東京で受かった大学の宗教主任です。「あの方がご指導されている大学ならだいじょうぶ」「あの学校ならきちんとしていて安心」と信心から両親を説得してくださったことや、もとの大学より偏差値が高かったこともあり、私は、ちょうど大川書店でどさくさにまぎれて本を買えたような具合で、家からさらに離れた距離へ移動できたのです。

このことで、陽気さ、人数が多いこと、これらの力の強さを、私は思い知らされました。

私ののろまさも、このときはすこしは功を奏したのではないでしょうか。浮ついた理由ではなく、事情あって実家から脱出したいと願っている人は少なからず世の中におられると思います。段階的に移動するなどじれったく感じられるかもしれませんが、この方法はローコスト・ローリスクです。主目的は「親から物理的に離れること」なのです。主目的を見失わず、確実な手段をとるべきです。カーッとなって包丁をにぎるなど何の解決ももたらしてくれません。あのとき、釘が安物のソールをつきやぶってくれて本当に助かりました……。

東京の私立大学に通うにあたり、父親はまたもや個性的な命令を出しました。入学手続きと同時に入寮手続きもすませていたのですが、大学寮に入って通学することを嫌悪したのです。大学寮に入るような女子学生は不良であると。

文容堂がご指摘されたように、狂気じみたものが、たしかに父親にはあったのかもしれません。大学の寮に入る女子学生は不良だと言うファナティックなものがあってこそ、小学校の卒業式を終えたばかりの、一円の金銭も持たぬ子が『東華菜館』からタクシーに乗って帰ったと思えるというものです。

ともかくも、こうして私は西武線沿線の某家に下宿して通学することになりました。

この家は、四十代のご夫婦と二人のお子さんのいる家庭でした。私が下宿する二年前に、奥様のご母堂（それまで同居してらした）がお亡《な》くなりになっていました。編物が得意なご母堂は、かつて私に『わんわん物語』の雌犬を手編みにしたセーターを贈ってくださった方です。この方も幼児の私を一時期預かってくださっていたのです。

ふりかえれば、なんの血縁もなく、ふとしたことで父母と知り合ったに過ぎない他人様《ひとさま》に、私は幼いころより実に助けられてきたものです。

カッコウは自分の卵をよその鳥に育てさせます。よその鳥はカッコウの卵を育てますが、それはカッコウの卵とは知らず、自分の産んだ卵だと思って育てるのです。ミーアキャットの雌《メス》は、よその雌の子を殺して、自分の子が集団での上位をゲットしやすくします。ゴリラは母ゴリラが長々と子を育てますが、あくまでも自分の子です。ヒトだけが他人の子に親切なのです。

他人様のご親切により、大学生時代の私は近くの文容堂書店にも立ち寄れたというわけです。

＊

モラトリアムは四年しかありません。

前回の回答で文容堂は、東京育ちと上京者の差をお話しされました。

上京者の私は、モラトリアムの期間を見誤りました。

四年しかないのです。それを、四年もあると錯覚したのです。

東京育ちは、四年しかない絶好の機会の期間に、絶好の機会を逃しません。

つまり、東京育ちは学問を忘れません。

この絶好の機会になすべきことは学問だったのです。受験テクニック体得とは全く違う、大学生という状態をフルに活《い》かした学問だったのです。土地を移動するために労力を使わなかった東京育ちは余裕をもって学問に臨みます。加え、希有《けう》な資質を持った非凡の上京者も。

ですが、平凡な私はすっかり忘れました。

わざと単位を落としてモラトリアムを一年延長しましたが、もともと私はのろまですし、頭も悪いしカンも鈍いのです。離郷までのハードルを必死に跳び越えるだけで、もともと乏しかった力を使い果たしてしまい、せっせと学問しない日々を送りました。

実家ではむろん、バレリーナ夫妻宅でもできなかったことができたのが、うれしくてなりませんでした。「トモダチと長電話する」ということができたのが、うれしかったですね。あれはほんとにうれしかったです。あと、暑い夏の夜に眠れず、ちょっとそのへんをひとりで散歩する。下宿の部屋でTV・ラジオで漫才や落語を見たり聞いたりして大笑いをする。ブラジャーを買ったり着たり洗ったり干したりする。それができたのがうれしかった。たいていの人はやすやすとしていたことかもしれませんが、恐怖の虫館では絶対にできなかったことです。それができたことが本当に本当にうれしかったです。

卒業後は北関東の農協に勤めました。下宿していた家のご主人はもともと北関東のご出身で、ご自身もご尊父も農協のお仕事をされていて、採用募集をしているのを教えてくださったのです。Q市から新幹線で一本ではなく、さらに電車を乗り換えないとならない行きにくい場所にある。農協なら親族や田舎町の近所の人が安心するだろう、彼らをひとまず撒《ま》ける。大学生の単純さで選んだ勤め先だったのですが、農協は大きく複雑な組織で、私が配属されたのは金融系の部門でした。この業務は私には向かず、小用でたまたま出向いた、現在の勤め先である書道専門学校で、職員を募集しているのを知り、転職したのです。

自分に合った職場とか自分らしさが活かせる仕事などと、よく人は口にします。私も今、口にしました。でもこんなこと、わかるものではありません。だれにもわからないでしょう。私は最初の勤め先を一年ほどで辞めましたが、ずっと勤めておりましたら、自分もついぞ知らなかった長所を発見し、開花したかもしれません（笑）。でも、「もし」「だったら」は空想です。現実世界ではタイムトラベルはできません。「あのときもし」「あのときこうだったら」と思ったからといってやりなおせない。私は転職を選んだのです。この時の決心は、親の目、親戚《しんせき》や近所の人の目、といった他人の視線ではなく、書道や字に接していたいなあという、すなおな自分の気持ちからでした。

転職した書道専門学校は、私が転職するころ、通信教育部門に限っては、書道だけでなく他の生涯学習学科にも手を広げました（広げるにあたり、社員募集をしていた）。各学科の教材には、受講者（高校生から定年退職者まで幅広い年齢層）が手紙のようなことを書く欄がついています。このコーナーは職員が兼務でたずさわるのですが、数年前から私も担当メンバーに入りました。大きな声で人と接し、きびきびとした動きをするのは苦手な私ですが、このコーナーは、私の生来ののろまさが向いているように思います。

洋裁仕立てをされていた松浦さんほどには『水車小屋タイプ』の生活ではありませんが、どことなく近い暮しではないかと思います。

＊＊＊＊

――「回答」拝誦《はいしょう》。

中高生の頃を代表として、若い時期には、感情が噴火することがあります。恐ろしい噴火となることも多々あります。

ヒカルさんはご自分をのろまだとおっしゃる。頭の回転が遅いとおっしゃる。もしそうなら、そんなのろまなあなたにさえ、夜中に包丁を握らせる恐ろしい感情の噴火があったのです。
恐ろしい噴火はあなたをも消滅させてしまったかもしれない。ところがゴミや虫とともに放置されていた壊れた木箱の釘があなたの足の裏を刺したとは！　恐怖のゴミ虫館が、辰造・敷子両氏の命を救い、何よりまさにあなたを救った。恐ろしくも優秀なコメディのようではないですか。天が助けてくださったとさえ、わたくしは思いました。

辰造・敷子両氏の言動には、たしかに狂人じみたものがあります。いっぽうで、両氏などとは比べようもないほど凄惨《せいさん》な暴力をふるう親もいる。悲惨な家がある。こうした存在を、つねにあなたは指摘する。これこそ、あなたにとって重圧だったもの、あなたを踠《もが》かせたものは、あなたの家の中での出来事以上に、家の外と内との溝《ずれ》だったことのあらわれではないでしょうか。

先の回答でわたくしは、「移動者」についてふれました。
「固定者」が見落とすことがもう一つあります。
「移動者」は「親を見捨てた薄情者」と白眼視されることです。
親と同居しないこと。これは現代でも白眼視されます。

高齢や病気・障害のある親御さんと同居しないことについて言っているのではありません。

元気な親と同居していなくても白眼視なのです。

だれが白眼視するかといえば町です。ヒカルさんも最初の投稿に書かれていた。町は、まこと難儀です。東京も、町が集まってできています。東京にある企業でも、新採用試験のさい、親と同居していない女子応募者は撥《は》ねつづけてきたのです、つい最近まで。

町から離れた向こうのほうにネオンが光っている。あらすてきとネオンのほうに行ってみる。おかしなことではない。ネオンのそばに行き、まあきれいねと見終ったらまた町にもどり家に帰る。おかしなことではない。

しかし、移動者の中には、外にあるネオンのまたたきなどではなく、家の内にある事情をふりきるために、あるいは逃げるために、あるいは解決するため、改善するため等々により、必死の形相で脱出した者もいるのです。

事情があるから出ることが、事情がないから出ない者にはわからない。

わからないから、出る者が出る理由は、ネオンのまたたきにあるとしか想像できない。だから白眼視するのです。

ヒカルさん、ゆえにQ市で白眼視されつづけられよ。

それでよろしい。何かを得るためには何かを失うこともあります。

文容堂――

＊＊＊＊

拝復、文容堂。

そのとおりです。

大学の同級生に沙織さんという友人女性がいます。私の郷里と同じ規模の町の出身です。

沙織さんは百倍の難関を突破して、有名な音楽雑誌出版社の試験に合格しました。すごいすごいとわれわれ友人たちは騒ぎ、学食で祝賀会をしたくらいです。

でも沙織さんの郷里の町では、沙織さんがストリッパーになったという噂《うわさ》が広まり、ご両親は買い物に行くのも恥ずかしくなったそうです。沙織さんが入社したことが町の噂になったちょうどその時期の、その社発行の音楽雑誌のある号の表紙が、ブロンドの人気女性パンクロッカーが、黒い革のビスチェとパンティ、ガーターベルトで黒い靴下を吊《つ》っている写真だったからです。まるで笑い話か漫才です。ですが現場にいれば笑っていられない。ひそひそとした陰口の痛いこと痛いこと。私はよくよくわかります。そういうことです。

家から離れたことは正解でした。

離れたら、もうそれで問題がぜんぶなくなったわけではありません。年をとってからの子供でしたから、親が加齢から来るさまざまな病気を発症していき、私は見舞うために新幹線で東西を往復せざるをえなくなりました。そういう生活は、結婚や恋愛といったものを遠ざけますし、どろどろと過去が脳裏によみがえったりします。

それでも乗り切れたのは、やはり、離れていたからです。

脱出した先での自分の生活というもの、自分の場所というものを持っていたこと。家が関わらない場所を摑《つか》み取ったこと。これで乗り切れたのだと思います。

「結婚してはだめよ」

「結婚してはならん」

ともに鼻の病気を創作していた両親は、そういえば結婚についても意見が一致していました。病床でも「結婚してはだめだ」「結婚すると不幸になる」と私に言いきかせるのが、ほとんど愉《たの》しみのように見えたくらいです。

自分たちの結婚につくづく絶望していたのでしょうね。こんなふうな両親を持てば、言いつけを守ろうという気持ちからではまったくなく、「ほんとだー、しないほうがいいよねー」と心から感じるのもまた自然なことです。

結婚や恋愛は、互いの個性のハーモニーです。そして人の個性というものが、家庭環境に多大な影響を受けて形成されるとしたら、私が男性に魅力的に映るわけがありません。これは自己卑下《じこひげ》の発言では決してありません。自棄《じき》でも哀れな諦念《ていねん》でもありません。魅力的に映らんと望んだ妙齢のころを、落ち着いてふりかえることのできる現在の年齢になったので客観的に言えることです。現在でも私は鏡に映った自分の顔や骨格に吐き気をもよおすことがあります。男性に魅力的に映るどうの以前に、人がだれかに関わろうとするとき、その相手がはげしく自己を嫌悪していると、関わる前に近寄れなくなる、関わろうとする意欲をなくしてしまう、それが自然なことだと思うのです。

しかし、それでも。

家から離れているただそれだけで、東京とQ市を往復して両親の施設や病院に通うことも、自分が恋愛に縁遠いことも、これも私という人間の個性だ、私の人生だと把握できました。時計の神様のご利益でしょうか（笑）。小さな紙をたたんで潜ませた、ねじ巻き式の石の時計。豆腐のパックは何百とためておくのに、あんな立派な時計を、母親か父親かわかりませんが、捨ててしまったそうですが。

恋愛でも仕事でもなんでも、自分の暮しにおける悩みは今もあります。あたりまえです。

でも家から脱出した後の悩みやトラブルは、それをだれかに打ち明けることを選んだとき（へんな言い方ですが、いかなる悩みやトラブルも他者にぜんぶ打ち明けるわけではないでしょう？）、打ち明けるということができました。打ち明けて解決できたかできなかったかは措《お》いて。

ですが、Q市のテッキンの家にいたとき、私は打ち明けることを選んでも、ぜったいに叶《かな》わなかったのです。

前の投稿のとおり、何人かに何度か打ち明けかけた。でも遮断されるか、殆《ほとん》ど伝わらなかった。

その伝わらなさは、「怖いはなし」に似ています。

「怖いはなし」とジャンルわけされる映画や漫画や芝居がありますよね。そうしたはなしでは、主人公が孤立してしまうのが定番です。小学生のころ従姉《いとこ》の家で読んだ古い漫画をたとえに出しますと——。

——父と二人暮しだったヒロインは、父の再婚により継母ができる。だが継母は実は蛇が化けている。ヒロインと二人きりのときだけ蛇の正体を見せる。ヒロインは父や近所の人に「新しいママは蛇なのです。助けてください」と訴えるのだが信じてもらえない。あげく父に「かわいそうに、おまえは病気になってしまったのだね」と言われ、地下室に閉じこもって暮らすようにと言われる。地下室に移らねばならない直前に、新聞配達の少年がやってくる。少女は一縷《いちる》の望みを託して彼に打ち明ける。少年はヒロインと同じくらいの年齢で、何ができるというわけではない。部屋の押し入れに隠れて、継母が蛇の形相になるようすを見て、怖くて「ワーッ」と叫ぶ。そして押し入れから飛び出し、ヒロインと手をつないで交番まで逃げ、警官に助けられる——。

このはなしで私が怖かったのは、ヒロインがいくら話しても周囲が彼女の言うことを信じてくれないことでした。

ヒロインを助けたのは正確には警官です。けれど私は「おかあさんは蛇よ」という彼女の話を新聞配達の少年が信じてくれたシーンで「ああ、よかった」と思ったのです。私が家で遭遇した出来事を打ち明けても伝わらなかった理由は、今はよくわかります。出来事に悲劇がないからです。

「怖いはなし」にはヒロインを震えあがらせる継母のビジュアルや、いやがらせがある。ヒロインにふりかかる悲劇があってはじめて、聞く人見る人の関心を惹《ひ》きつけるのです。私が遭遇した出来事にはそれがありません。

何度もくりかえしたことですが、じっさいのところ私は悲劇のない、苦労知らずの環境に育ったと心から思います。町の白眼視を避けるためでもなく、いい人に思われようとするのでもなく、これこそ文容堂には信じていただきたいのですが、そう思うのです。

だからこそ、ちっぽけな出来事をだれにも話せなかった。話そうとすると「あなたのお父さんとお母さんはご立派な方なのに、悪く言うものではない」「一人娘で恵まれているのに不平を言うとは何事か」と遮断される。私自身も、両親が戦争を体験していることで、自分が平和な世の中で安穏《あんのん》と暮らしていることに強い罪悪感を抱いていました。

些細《ささい》な、苦労のない、なんの悲劇もない、だれも聞く耳持ってくれなかった出来事をようやく語れたこと、聞いてもらえたこと。本当に救われました。

長く投稿におつきあいしていただきましたこと幸甚でした。ありがとうございます。

これまたくりかえしになりますが、両親は私によくしてくれました。ただ彼らの個人的なパーソナリティは、子供には対応しきれなかった。とくに子供一人では。

日比野光世

＊＊＊＊

――拝復、ヒカルさん。

辰造さん、敷子さんは、ただもう、激しく疲弊《ひへい》されていたのではないでしょうか。徴兵、過酷な捕虜生活。生理休暇も育児休暇も配慮されなかった時代の有職婦人の労働環境。これらは旧《ふる》い時代の体制に原因があったのだとしても、男女として、もとい人間として、徹底的に合わない組み合わせだった。お二人こそ距離的に離れるべきだったのです。同じ屋根の下にいることが、肉体も精神も疲労困憊《こんぱい》させていたのではないでしょうか。

年末年始はどのように過ごされますか？

よろしければ、わが家にいらしてください。次男家族たちは海外正月なので、長男家族だけ来ます。『東華菜館』でご一緒した孫（長女のほう）が、あなたにまた会いたいと言っております。むりにとは申しませんので、よろしければ。

——文容堂

エピローグ
昨日・今日・明日

　ＮＨＫ紅白歌合戦が、音量をほとんど消して画面に映っています。

「美輪明宏を見るって言ってたのに、チビすけたち、一家そろって寝ちゃったわ」

御長男一家が帰って来ている文容堂宅。安全柵《さく》で囲ったトヨトミの石油ストーブの上で、薬罐《やかん》がしゅうしゅう湯気をたてています。

「ねえ、あなた、美輪明宏って、むかしは丸山明宏だったわよね、おぼえてる？　ヒカルちゃん、梅干しは入れなくていいのね？」

「おぼえてますよ」

「はい、入れなくていいです」

三人分の昆布茶《こぶちゃ》をいれようとしてくださっている幸子さんに、文容堂さんと私は同時に返事をしました。

「ミワといえば……、法事で帰省したとき美和雪子ちゃんと会って。お嬢さんが、うちの学校の通信でお習字を習ってくれているそうです。ミワちゃんが通っていた書道教室はなくなってしまったとか」

居間に通してくださった文容堂夫妻に、私は言いました。

「ミワちゃんね、名札貼《は》り替えをいっしょに考えてくれた人気者の子よね」

幸子さんは昆布茶をいれたお湯飲みを私のほうへ押してくださいました。

「美和雪子ちゃんとか、友坂尚子さん、早水美鈴さんに、須田顕彰先生、渡瀬弥一郎先生、それに林奈津子ちゃんでしたか、ヒカルさんは子供のころの周りの人の名前をよくフルネームでおぼえておられますね」

「文容堂さんのほうがよくおぼえておられるじゃないですか。私の知り合いなのに」

「それは投稿が印象的だったからですよ。フルネームで書いてあって、たいそう印象的でした」

「子供のころの同級生や先生って、フルネームでおぼえていませんか？」

「その傾向はありますが、ヒカルさんほどではないんじゃないですか」

「あら、あなた、わたしもおぼえているわよ。矢沢永吉くん。小学校の五年二組のときの男子。知ってるでしょ」

「あなたから話を聞いてね。宇和島に転校したという子でしょう」

「そうよ。よくおぼえてるわね」

「そりゃ、矢沢永吉なんていう名前……」

文容堂さんはしゃべるとき顔の筋肉をほとんど動かされないのですが、自分がおもしろいときにはとくに動かされないので、そばにいるほうは文容堂さん以上におもしろくなってしまいます。

「この人のお母さん、柴崎コウなのよ。わたしのお婿《むこ》さんになる前、この人、柴崎清人だったの。サキは長崎県のサキだからうそ柴咲コウだけど、わたしの同級生の矢沢永吉くんは、ほんとの矢沢永吉とぜんぶいっしょよ」

幸子さんは新聞広告チラシの裏に、矢沢永吉と、大きく墨で書かれました。年賀状をまだぜんぶ書き終えていないのだと、窓に向いた文机《ふづくえ》に硯《すずり》と筆が出たままになっており、それで。

「わたしね、子供のころ、一人子だからいいわね、甘えられていいわねと言われるのがイヤだったわ。何でも買ってもらえて、ぜんぶ自分のものになるからいいわねって言われたけど病人がいたからお金がかかって……。家に枇杷《びわ》の木はなかったけど……。何でも買ってもらえるわけじゃないし、ぜんぶ自分のものになるっていうことは、ぜんぶ自分で責任持たないとならないっていうことなんだよって、言い返せないのよ、子供だとね……」

幸子さんはお茶碗《ちゃわん》を両手で囲みました。

「わたしの父と母はヒカルちゃんとこみたいじゃなくて仲はよかったから、それはよかったのだけど、父は片足がなかったの。戦争で外地で切断したの。肋膜《ろくまく》の病気もあったから、よく寝込んだのよ。これで母に何かあったら、わたし世の中でひとりぼっちだ、どうしたらいいんだろうって、夜に考えたりすると怖くてね……」

「子供は〝葦《よし》の髄《ずい》から天のぞく〟ですからね。葦の髄から見えるものだけ見ているから核心が摑《つか》めない。だから怯《おび》えるしかない。近目になったり遠目になったりしないと核心は摑めませんから」

「ヒカルちゃん、泊まっていけばよいのに。なんでホテルなんてとったの」

「駅から2分なので」

「そんなことじゃなくて、元旦もうちにいたらよいのに」

「はい。明日も来させていただきます」

「だから、泊まっていけばよいのに。なんでホテルに泊まるのよ」

「それは……」

私が一呼吸おくと、

「好きになさればよろしいですよ。ポイントを貯《た》めたいかもしれませんしね」

文容堂さんが言われました。顔の筋肉はほとんど動きません。

「なにそれ。大晦日《おおみそか》にホテルに泊まるとなにかのポイントがつくの？」

「今の世の中、いろいろなことで、いろいろとポイントがつくじゃないですか。大晦日だったりすると1万ポイントついたりする」

「ほんと？　それセゾンカード？　ねえ、ヒカルちゃん、ほんと？」

「いいえ、ポイントどうのというのではなくて、ほかの理由です」

「なに？　なになに？」

「おことばに甘えたいからです。元旦も来たいので」

「えー、だから、だったら……。ねえ、あなた、そんなのへんじゃない、ねえ」

「いや、わかりますよ」

「なんで？　なにがわかるの？」

「距離のセンスが」

「距離？　距離ってなに？」

「あとで言いますよ」

「ふうん。じゃあ、わかったわ。あとで言ってね」

「はいはい。じゃ、ヒカルさん、明日は元旦ですから、チェックアウトしたらすぐにいらしてくださいね」

「そうよ。お雑煮たべてお屠蘇《とそ》飲んでね。孫もたのしみにしてるんだから」

「はい。ありがとうございます。必ずそうします」

私は昆布茶の温度に気をつけながら、それを飲むと、赤組か白組のどちらが勝ったのか結果を知る前に文容堂宅を辞去しました。

ビジネスホテルのシングルルームはエアコンディショナーの調子が悪く、フロントに頼み、毛布を二枚持ってきてもらいました。けれどその狭い部屋で年を越すのは、あたたかい気持ちでした。モデルハウスに入ったときのように。

＊＊＊＊

ヒカルさん、あらためて文容堂より新年おめでとう。

あなたの「投稿」を読むたび、わたくしはいろいろなことを思い出したり、考えたりしました。

『両親は私によくしてくれました。ただ彼らの個人的なパーソナリティは、子供には対応しきれなかった。とくに子供一人では。』

前回の投稿……いえ、これは手紙と呼びましょう。前回の手紙に、あなたはこう書いてらした。

「家」というのは「社会」の最小単位です。「社会」はタテとヨコの関係で成っているのですが、あなたのように一人子ですと、家の中においてヨコの関係がなく、タテからの力だけがかかる。しかもご両親の夫婦関係がよくないため、父方向と母方向からの2点からかかっていた。

視野の狭い無力な子供の時期、長いあいだ、あなたは孤独だったことでしょう。

「恐怖の虫館」にあったニカワ姉弟さんのように、世間には「励ましの正解」とでもいうべきものがあります。

「過去にはもどれない。もどれないことについて考えたってしかたがない。無益な痛みや傷は忘れて。前向きに考えよう。明日に向かって進もう」

といったところでしょうか。

よく耳にし目にもしますが、こんなことができる人は、そもそも痛まない傷つかない泣かない、とまではいきませんが（まがりなりにも人類なのですから）、痛んでもすぐなおる。傷ついてもすぐなおる。涙してもすぐ乾く。いわゆるポジティブな人なのです。

ポジティブな人として生まれてくるのか、ハイハイから歩けるようになるころに早々にポジティブな人になるのか、それはさておき、ポジティブな人というのは、子供のころからポジティブなゆえに、わからないのです。子供のころからネガティブな人のことが。

生来ポジティブな人の、生来ポジティブな人への、ポジティブな励ましが、生来ネガティブな人からよりいっそう自信を剝奪《はくだつ》し、自己否定を強くし、絶望させることがあります。

ネガティブな人は、はじめの一歩で躓《つまず》いている。はじめの一歩を跳び越えて成長した人がポジティブな人なのですから。

わたくしも多分にネガティブなので、はじめの一歩で躓くという状態に思い当たることがたくさんあります。あなたと同じ体験をしたというのでは決してないのですが。

ネガティブな人の最大の援助者は時間です。当然ながら即効の援助はできない。ですが、あなたがとられた、第四志望に見せかけて第一志望の東海地方にある大学にまず進学し、さらに東京へと移動されてきたスローながらも緻密《ちみつ》な脱出作戦のように、この援助者を使ってください。

＊＊＊＊

日比野光世より文容堂。

Q市の小学校の校長室で会った高峰三枝子さんや、わが家の前を通りかかった人は、『葡萄《ぶどう》の木はその家の子の能力を縛る』とか『枇杷の木は病人の呻《うめ》き声を聞いて育つ』などと言われました。樹木にまつわる迷信は、今でさえ日本のあちこちにまだはびこっているようです。というのは、通信教育の受講者（高校生、大学生）からの通信欄に、この迷信を心配していることが何度か書いてあったのです。

樹木迷信は、その樹木の様相や効能からのネガティブな空想なのでしょう。とすれば、地元の有力者の社交的な奥様にも、そんなネガティブな空想をするような、なにか事情があったのかもしれません。すべて家の中のことや実態は、その家に住まう者にしかわかりませんものね。

怖いことがあったとき、いやなことがあったとき、「お母さーん」「お父さーん」と父母に泣いてすがりつけない子供は、けっこうな数いると私は思っています。

親そのものが怖い場合もあるではないですか？　従姉《いとこ》の家で読んだ古い漫画のように。

受講者の通信欄に返事をしておきました。『そんなの迷信だよーん』と。チャラく。こんな迷信、チャラく返されるほど「そっか、そうだな」と思えるというものです。家系《いえけい》トラブルで悩む子がいても、私はその子を救うことはできないでしょう。私はその子の親ではありませんから。でも親も救えないでしょう。その子本人ではありませんから。

親子の縁というのは切れません。

よって私は過去から永遠に脱却できません。

あるとき生を受け、私は私の人生を歩いてきました。ほかの人もみなそうであるように。

テッキンの私の家は、あんなでした。打ち明けたことはごく一部ですが、ほかも推《お》して知るべしです。

苦労知らずながら、ふしぎな出来事に満ちたあの家で大きくなった私という人間は変えられません。文容堂さんも長谷川達哉さんも幸子さんもみんな過去から脱却はできません。できないことを要求するのは、そんなことは、私の母親の「百点は三回とらないとダーメ」「勉強も体育も図工も音楽も一番じゃないとダーメ」と同じです。不可能な要求を自分にしている。

脱却はできないのです。

けれども。軽減することはいくらでもできる。

家を出てからの歳月のうちに、私は出会いました。軽減してくれるさまざまな事や人に。家を出る前にも出会いました。まだPCやスマホが普及していなかったことも大幸運でした。浅薄で悪質な網《あみ》を、出会いだと勘違いせずにすみました。私は数多《あまた》の他人に助けられてきたのです。私を白眼視する人は同時にまた、私など及《およ》びもつかぬ善良な気持ちあふるる人でもあるのです。

父親と母親のように組み合わせの不運が彼らの本来を病ませてしまったのなら、まったく同時に、この世には、マイナスを減らしてくれる組み合わせもあるのです。

そんな他人に私はこれまでどれほど助けていただいてきたことでしょう。

貴重な出会いの中で、こんなことがあったと述懐《じゅっかい》し、マア、大変ダッタノネとだれかから返される。返した人は通《とお》り一遍《いっぺん》に短く返しただけなのかもしれない。でも、その通り一遍のひとことをもらうだけで、ようやく泣ける子供もいると思うのです。

「毒親」という「ひとこと」にはずっと抵抗がありましたし、今でもあるのですが、けれど、このひとことを得たことで何らかの効力があるのなら、さびしい子供たちの、悪いのは自分だとひたすら自責し涙を禁じた心の鍵穴《かぎあな》にやっと入《はい》れる鍵になって欲しい。この手紙で、私はこの「ひとこと」を父と母に対して使います。さびしい毒親と。

****

ヒカルさんへ。

人は過去を悔いることがあります。過去の痛みに涙することもあります。しかし乍《なが》ら、やみくもに過去に引っ張られるのは無益です。

あなたのおっしゃるとおり過去は捨てられません。『昨日・今日・明日』をオムニバス映画だと言って叱責《しっせき》された過去の傷も消えません。今日は昨日のつづきです。明日は今日のつづきです。

けれど、今日のあなたは昨日のあなたとちがって、昨日よりも多くを知っているでしょう？

『昨日・今日・明日』ひとつにしても、これがすばらしい映画であることを知っています。オムニバス映画だと言って叱責されただけの映画ではなくなっているのです。今日があったことで。

ネガティブな人というのは忘れない。忘れられない。忘れられない人が忘れようとするから苦しいのです。ならばおぼえていればよいではないか。おぼえていてくよくよすればよい。だが、それだけおぼえているのなら、たのしいこともおぼえているはず。たのしいこともあったはず。たとえ数少なくともささやかでも。思い出せるはずです。

昨日に別れは告げられない。昨日をファイリングなされよ。心に貯めたものを分類されよ。これはここに、あれはそこに。

さすれば、大切に保管すべきものと、ぞんざいに扱ってもかまわないものと、貯まったものが見通せます。ぞんざいに扱ってかまわないものは、ぞんざいに扱っているうち援助者（時間）がうまく捨ててくれましょう。

援助者の到着を待たずして、勝手にひそかに庭の窪《くぼ》みの焼却場で焼いてくれるかもしれませんよ。小学生のあなたがひそかにゴミ焼きをされていたように。

文庫版あとがき

「毒親」ということばの元は、アメリカのセラピストであるスーザン・フォワードの著書『毒になる親（原題 TOXIC PARENTS）』です。

この本をきっかけにして、というよりは、この本のタイトルをきっかけにして「毒親」ということばが生まれ、日本においては、二〇一八年現在、やや誤認識されて、しかし圧倒的に広まっていることばです。

フォワードの著書が玉置悟《たまきさとる》訳で毎日新聞社から刊行されたのは一九九九年。すでに両親による子供への虐待《ぎゃくたい》（殴る蹴《け》るの肉体的暴力や、売春強要や強姦《ごうかん》などの性的虐待）は問題になっていました。社会でもさまざまな取り組みが（顕著な効果をあげていたかどうかは措《お》き）なされていました。

とはいえ、刊行されたころの日本ではまだ、とくに地方の小さな町ではまだ、「家庭はすばらしいところ」「父母、祖父母はすばらしい存在」だとする儒教的、いや教育勅語的ともいえる価値観があたりまえでした。フォワードの著書の功績は、明確な子供虐待とは別に、子供本人も「よい親」だと思い、親自身も「よい親」だと思い、ましてや周囲は「とてもよい親」だと見ている親なのに、「毒になる（なってしまう）親」についてのケースを、世の中に示したことです。

しかし、現在の日本では「毒親」ということばだけが、圧倒的に広まってしまい、圧倒的に広まったがゆえに、誤認、誤用されている向きがあるのは否《いな》めません。「毒」という漢字が、英語のtoxicが持たない印象を与えてしまうのかもしれません。

そのため私は、この作品を単行本として出すことになったとき、タイトルについて刊行寸前まで迷い、迷って迷って、やはり「毒親」ということばを用いました。

日本社会に広まったひとことであること、そして、このひとことの広まりにより、長く心中に抱えていた問題が、解決されないまでも、以前よりはましになったという人が、たしかに存在する（それもけっこうな数）と思ったからです。

＊

本書は、凄惨《せいさん》な虐待を受けた子供の話ではありません。過酷な環境を歯を食いしばって耐え、過酷な環境を自分に与えた敵と戦った話でもありません。

『謎の毒親』は、小さな町でのどかに育った子供の話です。両親の言うことをよく聞き、経済的な苦労をとくにすることもなく、もっさり暮らしていました。ただ、この子供のお父さんには不可解《ふしぎ》なところがありました。お母さんにも不可解《ふしぎ》なところがありました。父と母、それぞれに不可解で、そのふしぎさも、父と母とでは質が違ったので、家では、謎の出来事がよくおこりました。

これらの出来事については、子供が大人になってからも長く放置されたままでしたが、「大人になってから」というよりはもはや、中年期も終わろうとするころに、ふとしたきっかけで、数人に質問してみることになりました。そのため「相談小説」と名付けました。

最初は「名札貼り替え事件」です。章題のとおり、なぜか名札が貼り替え（取り替え）られた出来事についての相談です。へんてこな出来事です。

そのあとは順々に、家でおこった出来事について相談されてゆきます。ですが、どれも「名札貼り替え事件」と同質のへんさです。

本書で質問される出来事は、すべて事実です。ただし、人名、団体名、地名、学校名などは、プライバシー保護のために変えてあります。発生時や順序等も、相談の主旨を、回答者（ならびに読者）に明確に伝えるために変えたところがあります。こうしたこと以外は、すべて著者の実体験です。

本書に出てくる出来事と同じ体験をした人はいないでしょう。でも、親御さんの不可解さの〝質〟が同じだった人はたくさんおられるはずです。

なぜなら、親というのは、ここに一〇〇人の子がいたとしたらその親全員が、子にとって「課題」だからです（死別離別含め）。課題には、すっとクリアできるものもあれば、やっかいなものもあります。課題を乗り越えて人は大人になります。

そして、親にとっても子供は課題なのです。子供を産んだとたん性格が変わるわけではありません。とくに男性は妊娠・出産をしませんので、子供ができたという肉体の感覚は皆無です。子供というものを得て、まずは親という立場に立ち、そこから徐々に、内実ともに親になっていくのだと思います。

ですが、中には、子供を授かる前から、その人の経験（人生）における体験がもたらしたいびつな部分があったり、子供とは無関係に何らかの原因でいびつな部分が肥大してしまったりして、そうしたいびつな部分を、子供にぶつけてしまうこともある。こうしたことは、一般的ではないにせよ、めずらしいことでもないと思います。ゆえに、本書と〝質〟を同じくする体験をした人は、たくさんおられるはずだと思うわけです。

本書は、子供のころには「？？？」と思う以外、対処のしようがなかった出来事について、中年期も終盤の今なら、推考というか端倪《たんげい》というか理解というかができるかもしれない、という話で、ゆえに相談小説なのです。

＊

著者の実体験を相談するにあたり、回答していただいたのは、版元である新潮社の、複数の、男女社員です。

各出来事を書き上げるごとに回答を依頼する↓依頼されたみなさんは、自分だけでなく周囲の人（家族・友人など）にも訊《き》いたりして、それぞれに回答を返してくださる↓全部の出来事について質問して回答を得たあとに↓一つの物語として構成するべく

↓文容堂こと児玉清人、その妻児玉幸子、長谷川博一、その息子長谷川達哉、『城北新報』関係者という回答者をキャラクター造形し↓それぞれのキャラクターに沿って、回答文の文体をアレンジ。

こうして完成させました。作中の『柬華菜館《かんかさいかん》』に行った出来事（章題「タクシーに乗って」）では、レストランの社長さんから回答の手紙が来ています。これは、モデルとなった店（既述の理由により仮名にしてありますが）の社長さんが、特別に回答してくださったものを参考にしました。

文庫化にあたり、回答をしていただいた方々、ならびに単行本刊行時に御声援を送ってくださいました読者の方々に、この場を借りて、あらためて厚く御礼申しあげます。

二〇一八年　秋

姫野カオルコ

本書の「投稿」はすべて事実に基づいていますが、人名、地名、団体名等の一部を
仮名とするなど、フィクションとして構成したものです。

この作品は平成二十七年十一月新潮社より刊行された。

アンデルセン
矢崎源九郎訳
絵のない絵本
世界のすずみを照らす月を案内役に、空想の翼に乗って遥かな国に思いを馳せ、明るいユーモアをまじえて人々の生活を語る名作。

堀口大學訳
アポリネール詩集
失われた恋を歌った「ミラボー橋」等、現代詩の創始者として多彩な業績を残した詩人の、斬新なイメージと言葉の魔術を駆使した詩集。

J・アーチャー
永井　淳　訳
百万ドルをとり返せ！
株式詐欺にあって無一文になった四人の男たちが、オクスフォード大学の天才的数学教授を中心に、頭脳の限りを尽す絶妙の奪回作戦。

イプセン
矢崎源九郎訳
人形の家
私は今まで夫の人形にすぎなかった！　独立した人間としての生き方を求めて家を捨てたノラの姿が、多くの女性の感動を呼ぶ名作。

ウィーダ
村岡花子訳
フランダースの犬
ルーベンスに憧れるフランダースの貧しい少年ネロは、老犬パトラシエを友に一心に絵を描き続けた……。豊かな詩情をたたえた名作。

J・ウェブスター
岩本正恵訳
あしながおじさん
孤児院育ちのジュディが謎の紳士に出会い、ユーモアあふれる手紙を書き続け——最高に幸せな結末を迎えるシンデレラストーリー！

ゲーテ
高橋義孝訳
若きウェルテルの悩み
ゲーテ自身の絶望的な恋の体験を作品化した書簡体小説。許婚者のいる女性ロッテを恋したウェルテルの苦悩と煩悶を描く古典的名作。

J・M・ケイン
田口俊樹訳
郵便配達は二度ベルを鳴らす
豊満な人妻といい仲になったフランクは、彼女と組んで亭主を殺害する完全犯罪を計画するが……。あの不朽の名作が新訳で登場。

テリー・ケイ
兼武進訳
白い犬とワルツを
誠実に生きる老人を通して真実の愛の姿を美しく爽やかに描き、痛いほどの感動を与える大人の童話。あなたは白い犬が見えますか？

ヘレン・ケラー
小倉慶郎訳
奇跡の人
ヘレン・ケラー自伝
一歳で光と音を失い七歳まで言葉を知らなかったヘレンが、名門大学に合格。知的好奇心に満ちた日々を綴る青春の書。待望の新訳！

E・ケストナー
池内紀訳
飛ぶ教室
元気いっぱいの少年たちが学び暮らすギムナジウムにも、クリスマス・シーズンがやってきた。その成長を温かな眼差しで描く傑作小説。

ゴールズワージー
法村里絵訳
林檎の樹
ロンドンの学生アシャーストは、旅行中出会った農場の美少女に心を奪われる。恋の陶酔と青春の残酷さを描くラブストーリーの古典。

サン＝テグジュペリ
河野万里子訳
星の王子さま
世界中の言葉に訳され、子どもから大人まで広く読みつがれてきた宝石のような物語。今までで最も愛らしい王子さまを甦らせた新訳。

サガン
河野万里子訳
悲しみよ こんにちは
父とその愛人とのヴァカンス。新たな恋の予感。だが、17歳のセシルは悲劇への扉を開いてしまう――。少女小説の聖典、新訳成る。

中村能三訳
サキ短編集
ユーモアとウィットの味がする糖衣の内に不気味なブラックユーモアをたたえるサキの独創的な作品群。「開いた窓」など代表作21編。

サルトル
伊吹武彦他訳
水いらず
性の問題を不気味なものとして描いて実存主義文学の出発点に位置する表題作、限界状況における人間を捉えた「壁」など5編を収録。

サリンジャー
村上春樹訳
フラニーとズーイ
どこまでも優しい魂を持った魅力的な小説……『キャッチャー・イン・ザ・ライ』に続くサリンジャーの傑作を、村上春樹が新訳！

シェイクスピア
福田恆存訳
ハムレット
シェイクスピア悲劇の最高傑作。父王の亡霊からその死の真相を聞いたハムレットが、深い懐疑に囚われながら遂に復讐をとげる物語。

ジョイス
柳瀬尚紀訳
ダブリナーズ
20世紀を代表する作家がダブリンに住む人々を描いた15編。『フィネガンズ・ウェイク』の訳者による画期的新訳。『ダブリン市民』改題。

上田和夫訳
シェリー詩集
十九世紀イギリスロマン派の精髄、屈指の抒情詩人シェリーは、社会の不正と圧制を敵とし、純潔な魂で愛と自由とを謳いつづけた。

B・シュリンク
松永美穂訳
朗読者
毎日出版文化賞特別賞受賞
15歳の僕と36歳のハンナ。人知れず始まった愛には、終わったはずの戦争が影を落としていた。世界中を感動させた大ベストセラー。

H・A・ジェイコブズ
堀越ゆき訳
ある奴隷少女に起こった出来事
絶対に屈しない。自由を勝ち取るまでは――残酷な運命に立ち向かった少女の魂の記録。人間の残虐性と不屈の勇気を描く奇跡の実話。

ゾラ
川口篤
古賀照一訳
ナナ
美貌と肉体美を武器に、名士たちから巨額の金を巻きあげ破滅させる高級娼婦ナナ。第二帝政下の腐敗したフランス社会を描く傑作。

チェーホフ
神西清訳
かもめ・ワーニャ伯父さん
恋と情事で錯綜した人間関係の織りなす日常のなかに、絶望から人を救うものは忍耐であるというテーマを展開させた「かもめ」等2編。

デュ・モーリア
茅野美ど里訳
レベッカ（上・下）
貴族の若妻を苛む事故死した先妻レベッカの影。だがその本当の死因を知らされて――。ゴシックロマンの金字塔、待望の新訳。

ドストエフスキー
工藤精一郎訳
罪と罰（上・下）
独自の犯罪哲学によって、高利貸の老婆を殺し財産を奪った貧しい学生ラスコーリニコフ。良心の呵責に苦しむ彼の魂の遍歴を辿る名作。

トルストイ
木村　浩訳
アンナ・カレーニナ（上・中・下）
文豪トルストイが全力を注いで完成させた不朽の名作。美貌のアンナが真実の愛を求めるがゆえに破局への道をたどる壮大なロマン。

バルザック
平岡篤頼訳
ゴリオ爺さん
華やかなパリ社交界に暮す二人の娘に全財産を注ぎこみ屋根裏部屋で窮死するゴリオ爺さん。娘ゆえの自己犠牲に破滅する父親の悲劇。

阿部知二訳
バイロン詩集
不世出の詩聖と仰がれながら、戦禍のなかで波瀾に満ちた生涯を閉じたバイロン――ロマン主義の絢爛たる世界に君臨した名作を収録。

バーネット
畔柳和代訳
小公女
最愛の父親が亡くなり、裕福な暮らしから一転、召使いとしてこき使われる身となった少女。永遠の名作を、いきいきとした新訳で。

謎《なぞ》の毒《どく》親《おや》

新潮文庫　ひ－17－5

平成三十年十一月一日発行

著者　姫《ひめ》野《の》カオルコ

発行者　佐藤隆信

発行所　株式会社新潮社

郵便番号　一六二―八七一一
東京都新宿区矢来町七一
電話　編集部(〇三)三二六六―五四四〇
読者係(〇三)三二六六―五一一一
http://www.shinchosha.co.jp

価格はカバーに表示してあります。

印刷・大日本印刷株式会社　製本・株式会社大進堂

ISBN978-4-10-132125-7 C0193